主な英傑の出身地

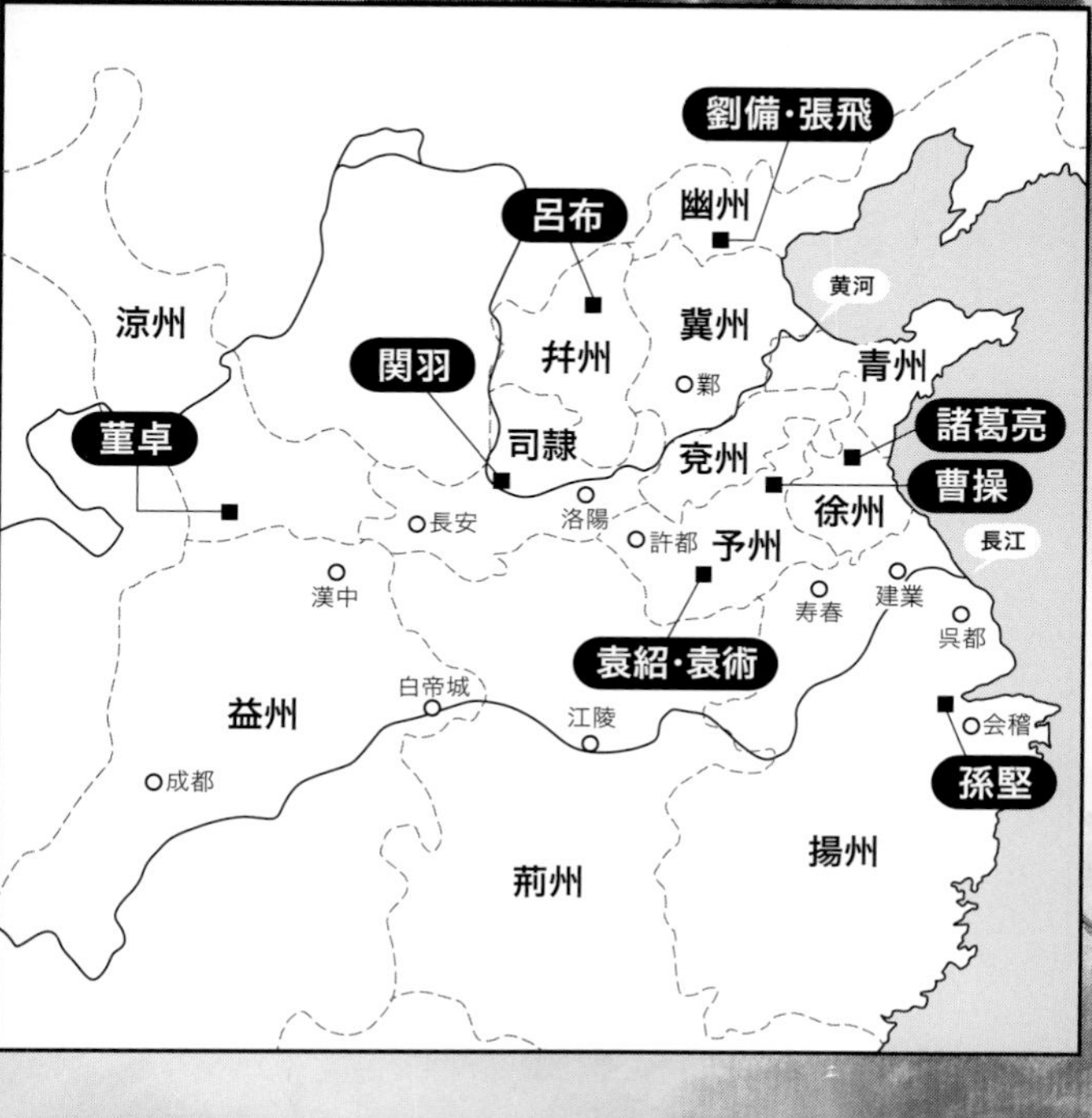
劉備・張飛
呂布
幽州
黄河
涼州
冀州
関羽
幷州
青州
鄴
董卓
司隷
諸葛亮
兗州
曹操
徐州
長安
洛陽
許都
予州
長江
漢中
寿春
建業
呉都
袁紹・袁術
白帝城
益州
江陵
会稽
成都
孫堅
揚州
荊州

張遼《ちょうりょう》【文遠《ぶんえん》】……雁門《がんもん》郡馬邑《ばゆう》県出身。呂布配下の部将だったが、戦いに敗れて曹操の部将となる。

賈詡《かく》【文和《ぶんわ》】……武威《ぶい》郡姑臧《こぞう》県出身。張繍《ちょうしゅう》に仕えていたが、曹操の側近となる。

司馬懿《しばい》【仲達《ちゅうたつ》】……河内《かだい》郡温《おん》県出身。曹操に仕官し、曹丕の側近となる。

許褚《きょちょ》【仲康《ちゅうこう》】……沛国譙県出身。曹操の護衛。忠勇無双の武人。

孫権《そんけん》【仲謀《ちゅうぼう》】……呉《ご》郡富春《ふしゅん》県出身。孫堅《そんけん》の次男。二〇〇年、暗殺された兄・孫策《そんさく》の志を受け継ぐ。曹操に対抗するため劉備と同盟を結ぶ。

魯粛《ろしゅく》【子敬《しけい》】……臨淮《りんわい》郡東城《とうじょう》県出身。周瑜《しゅうゆ》の推挙により、孫権の重臣となる。

呂蒙《りょもう》【子明《しめい》】……汝南《じょなん》郡富陂《ふうひ》県出身。孫権配下の部将。

陸遜《りくそん》【伯言《はくげん》】……呉郡呉県出身。孫権配下の部将。亡き周瑜もその能力を評価した。

黄忠《こうちゅう》【漢升《かんしょう》】……南陽《なんよう》郡出身。弓を得意とする劉備軍の老将軍。

孟達《もうたつ》【子度《しど》】……扶風《ふふう》郡出身。劉備軍の益州侵攻の際、法正《ほうせい》らとともに劉備配下となる。

張魯《ちょうろ》【公祺《こうき》】……沛国豊《ほう》県出身。五斗米道《ごとべいどう》の三代目教祖として漢中《かんちゅう》を支配。

張衛《ちょうえい》【公則《こうそく》】……沛国豊県出身。張魯の弟。五斗米道軍を指揮。

馬超《ばちょう》【孟起《もうき》】……扶風郡茂陵《もりょう》県出身。馬騰《ばとう》の長男。〝錦馬超《きんばちょう》〟と呼ばれる勇猛な武人。一族を曹操の命で処刑され、反旗を翻す。

登場人物紹介

劉備《りゅうび》【玄徳《げんとく》】……涿《たく》郡涿県出身。漢《かん》の中山靖王劉勝《ちゅうざんせいおうりゅうしょう》の子孫。一八四年、関羽、張飛と義兄弟の契《ちぎ》りを結び、黄巾《こうきん》討伐に参加。曹操に敵対し、各地を流浪《るろう》するが、孫権との連合で赤壁《せきへき》の戦《いくさ》に勝利し、荊《けい》州に足場を築く。

諸葛亮《しょかつりょう》【孔明《こうめい》】……琅邪《ろうや》郡陽都《ようと》県出身。〝臥竜《がりょう》〟と呼ばれ、劉備に軍師として仕える。

関羽《かんう》【雲長《うんちょう》】……河東《かとう》郡解《かい》県出身。劉備、張飛と義兄弟になり黄巾討伐を行う。劉備たちが益《えき》州の攻略に向かった後、荊州の領地を守る。

張飛《ちょうひ》【翼徳《よくとく》】……涿郡涿県出身。劉備、関羽の義兄弟。関羽とともに劉備軍を代表する部将。

趙雲《ちょううん》【子龍《しりょう》】……常山《じょうざん》郡真定《しんてい》県出身。公孫瓚《こうそんさん》の配下であったが、主君を求めてさすらい、劉備に従うようになる。

関平《かんぺい》……関羽の養子。成長して将となり、関羽とともに荊州を守る。

馬良《ばりょう》【季常《きじょう》】……襄陽《じょうよう》郡宜城《ぎじょう》県出身。孔明も信頼する文官。民政に手腕を発揮する。

曹操《そうそう》【孟徳《もうとく》】……沛《はい》国譙《しょう》県出身。黄巾討伐、董卓《とうたく》討伐ののち、官渡《かんと》の戦いにおいて袁紹軍を破り国の大半を手中にするが、赤壁では、孫権、劉備の連合軍に大敗する。

曹丕《そうひ》【子桓《しかん》】……沛国譙県出身。曹操の息子として弟の曹植《そうしょく》と後継を争う。

夏侯惇《かこうとん》【元譲《げんじょう》】……沛国譙県出身。曹操の従弟《いとこ》。戦いで左目を失う。夏侯淵《かこうえん》とともに曹操の両腕として活躍。

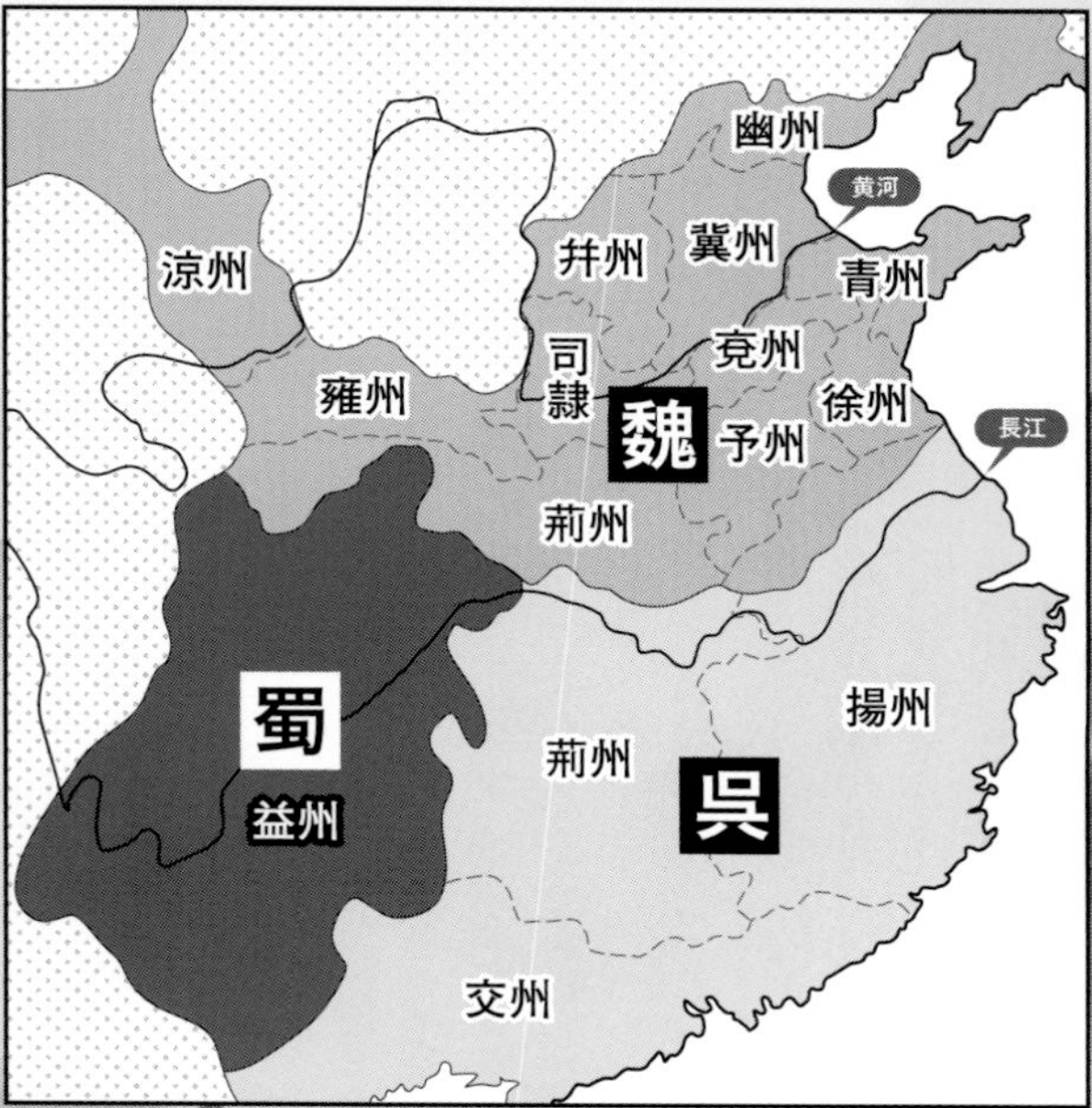

三国時代

三国志

九の巻 軍市の星

新装版

北方謙三

時代小説文庫

角川春樹事務所

目次

新装版
三国志
九の巻
軍市の星

＊編集注　本文中の距離に関する記述は、中国史における単位に従い、一里を約四〇〇メートルとしています。

たとえ襤褸《らんる》であろうと

1

山が哮《ほ》えていた。

定軍山《ていぐんざん》より西、二百五十里（約百キロ）ほどの陣である。

山全体が咆哮《ほうこう》をあげ、見たこともないようなけだものが疾駆《しっく》してくる、と張衛《ちょうえい》は感じていた。敵ではない。しかし、傷つき、のたうつけだものである。

陣を敷いているのは、旗本《はたもと》二百騎を中心にした八百騎だった。白水関《はくすいかん》に劉備《りゅうび》軍の守兵はいるが、北へ攻めのぼってくることは、まずないだろう。武都《ぶと》郡の山中には支配者はおらず羌《きょう》族の村がところどころにあるだけだった。

「あれを」

高豹《こうほう》が指さした。十里（約四キロ）ほど先の山上に、一団の軍兵が現われた。およそ一千で、半数は騎馬である。

「間違いない。馬超《ばちょう》だ」

「百騎ほどを、迎えにやりましょう。それで、馬超様も安心されるでしょう」

高豹《こうほう》が言い、黙って張衛《ちょうえい》は頷《うなず》いた。

馬超は負けた。一度潼関《とうかん》で負け、涼州《りょう》に逃げ帰って再び兵を挙げ、雍州《よう》まで攻め返してきた。曹操《そうそう》軍を相手に、それは驚くべきことで、冀城《きじょう》に拠《よ》った時はもしかすると思わせるものがあった。さすがに、馬超だった。しかし、軍の勢いが、どこか上滑りなものに感じられた。援軍を出せればと張衛は思ったが、益州《えき》に劉備《りゅうび》が侵攻してきていて、とてもそれどころではなかったのだ。

漢中《かんちゅう》をしっかり守る。張衛にいまできることは、それしかなかった。

馬超は、長安《ちょうあん》にいた夏侯淵《かこうえん》の軍に敗れたというより、綿密に張りめぐらされた曹操の諜略《ちょうりゃく》に敗れた、と言った方がいいかもしれない。かつての関中《かんちゅう》十部軍など、その姿もなく、すべて曹操の諜略に落とされていたのだ。雍州に攻め返してきた馬超と、連合しようという勢力はすでになかった。

馬超は、冀城から涼州にむかって逃げたというが、涼州もまた、曹操の諜略の手がのびていて、敦煌《とんこう》に到達することはできなかった。涼州も、敵ばかりだったという。

馬超の消息は山中に消え、隴西《ろうせい》に現われたと思うと、鳥鼠山《ちょうそざん》を西から迂回《うかい》して、武都《ぶと》郡に入ってきた。その間に、楡中《ゆちゅう》にいた馬超の妻子は、夏侯淵の軍に殺されていた。許都《きょと》にいた、父の馬騰《ばとう》や弟の馬休《ばきゅう》、馬鉄《ばてつ》などの一族すべてが、曹操の手にかかって殺されたことになる。

錦《きん》馬超は、まさにいまや襤褸《らんる》だった。それでもまだ、千数百の兵が馬超に従っている。

「鳥鼠山を西から迂回したというが、よほど山に詳《くわ》しい道案内がいたのだろうな」

「牛志《ぎゅうし》という、鳥鼠山で育った者が、麾下《きか》に加わったという話です」

「あそこまで夏侯淵が追っても討《う》ちきれなかったのは、やはり馬超の名が、涼州では圧倒的であったのだろう」

韓遂《かんすい》の裏切りが、潼関での敗北のきっかけだった。その韓遂も逃げ、一度は夏侯淵に降伏《こうふく》を申し入れたようだが、許されていない。ついに、涼州、雍州も、曹操の支配下に入るということなのか。

ただ、益州には劉備がいた。まだ成都《せいと》の攻囲中で落としてはいないが、益州全域の民政もはじめ、成都さえ落とせばすぐに充実した益州の主《あるじ》になるはずだった。劉備

ころで、まだ曹操《そうそう》の天下が決したということにはならない。

と張衛《ちょうえい》は読んでいた。劉備《りゅうび》と曹操の対立の中で、生きる道を探っていくことになるだろう、五斗米道《ごとべいどう》は、劉備と曹操の対立の中で、生きる道を探っていくことになるだろう、

には、荊州《けい》のかなりの部分もある。揚州《よう》には、孫権《そんけん》もいる。西の辺境を奪《と》ったとかを考えなければならない。

遅すぎたのだ、と張衛は思っていた。益州《えき》の情勢が動くのが、遅すぎた。いや、自分が決断するのが、遅すぎた。兄の張魯《ちょうろ》の臆病《おくびょう》さをもっと早く見抜いていれば、方法はいくらでもあったのだ。

このところ張魯は、ただ劉璋《りゅうしょう》を討てとだけ言い続けている。益州の支配権が、劉璋から劉備に移ったことなど認識になく、自分に刺客《しかく》を送ってきた劉璋が死ぬことだけを、願っているとしか思えなかった。

迎えに出した百騎が、馬超《ばちょう》の軍と出会った。

斜面を、こちらに登ってくる。疲れきった軍であることは、張衛が見ている場所からもはっきりとわかった。

馬超は、先頭にいた。その面貌《めんぼう》を見て、張衛は胸を衝《つ》かれた。痩《や》せている。眼《め》にだけ、異様な光があり、それは待ち受ける張衛を圧倒するようであった。傷も、い

くつか負っている。

兵が馬超の馬の轡《くつわ》を取り、馬超は馬を降りた。張衛の方から歩み寄った。この男は、ひとりで最後まで、あの曹操と闘ったのだ。その思いは、やはり張衛の気持をふるえさせた。闘って闘って、それでもまだ死なずにここにいる。

「鳥鼠山《ちょうそざん》を西へ迂回していると、放《はな》っている者から報告があった。それで、私もここまで出てきて待とうという気になった」

馬超は、かすかに頷いただけだった。

「漢中で、不自由はさせん」

「俺《おれ》を漢中に入れるというのか、張衛？」

「当たり前だろう。小緋《しょうりん》も待っているぞ」

「俺がいれば、曹操が攻めてくる。それでもいいというのか？」

「益州は、いま劉璋から劉備へ、支配権が移ろうとしている。劉備がいるとなれば、曹操もたやすくは攻められまい。天下は、まだ曹操で決したわけではないのだ」

「大きいな、曹操は。闘ってみて、そう思う。武力だけではない。すべてが、大きい」

呟《つぶや》くような口調だった。自分にむかって言われたことだと、張衛は感じなかった。

「関中《かんちゆう》十部軍をなくしても、おまえは曹操《そうそう》と互角に闘ったと思う。戦《いくさ》では、互角だ。謀略《ちようりやく》で負けただけだ」

「張衛《ちようえい》、負けは負けだぞ」

馬超《ばちよう》の口もとに、冷笑に似たものが浮かんだ。負けた自分を嗤《わら》っているのか、闘わない張衛を嗤ったのか。

兵たちはみな、馬超の背を見て立っていた。歩兵も入れると、千二、三百はいそうだった。傷を負っている者も多い。

「とにかく、幕舎《ばくしや》で休んでくれ。兵糧《ひようろう》の準備はさせている」

馬超が頷き、片手をあげた。兵たちが、倒れるようにしてその場に座りこんだ。

「ここまで付いてきた兵を、俺は死なせたくない。俺が死ぬことで裏切りたくもない。だが、行くところはない」

幕舎に入ると、馬超が言った。

「漢中がある」

「五斗米道《ごとべいどう》がどういうものか、俺は知らん。信者になる気もない」

「私も、信者にしようとは思っていない」

信者以外の兵が欲しい。口に出かかったその言葉を、張衛はなんとか呑《の》みこんだ。

従者《じゅうしゃ》が、酒と焼いた肉を運んできた。

馬超は、皿に手をのばそうとはせず、じっと宙を睨《にら》むような眼をしていた。具足《ぐそく》が破れ、二の腕からは血が滲《にじ》んでいる。それでも、負けた男というようには、張衛には見えなかった。

「兄に会って貰《もら》いたいのだが、馬超」

「それは、会うさ。漢中の主は、おまえではなく、張魯《ちょうろ》の方なのだろう。曹操と事を構えるだけの肚《はら》が、据《すわ》っているのかな？」

「兄は教祖なのだ。戦のことは、わからない。軍はすべて、私が掌握《しょうあく》している。兄の命令がなければ、動きにくいことは確かだが」

「五斗米道は、結局はなにもできなかった。なんとなく、漢中に集まっていただけのことだ。劉璋《りゅうしょう》と組むか、あるいは潰《つぶ》してしまうかすれば、別の展開があったはずだがな」

「まさしく。そして兄は、いまようやく攻撃的になりつつある。遅すぎると、私は思ってはいないのだ」

「劉備《りゅうび》と組むのか？」

曹操と対抗しようと思えば、五斗米道ができるのは、劉備軍との連合だけだった。

しかし兄は、いまだに劉璋《りゅうしょう》を討てと叫んでいるだけだった。劉璋が生きていることに、しばしば苛立《いらだ》ちさえ見せる。

「まあ、飲めよ、馬超《ばちょう》。よく生きていてくれた、と私は思っている」

「生きたくて、生きているわけではない」

馬超が、杯に手をのばした。死ねなかった。馬超はそう言っているのだろうか。いまも付き従っている千二、三百の兵が、相当の精鋭であることは、移動の動きを見ていただけでもよくわかった。

「いずれ、おまえが涼州《りょう》に帰る。すると、今度こそ、涼州と漢中《かんちゅう》の同盟が成る。私はそうやって、曹操《そうそう》とむかい合いたい。戦の時は、劉備《りゅうび》軍とも、孫権《そんけん》軍とも連合する」

馬超が、かすかに鼻で笑ったような気がした。張衛《ちょうえい》は、自分の杯に酒を注《つ》いだ。高豹《こうほう》が、馬超の部将を二人伴って、幕舎に入ってきた。ひとりは従弟《いとこ》の馬岱《ばたい》だが、もうひとりは見たことがなかった。

「牛志《ぎゅうし》だ。俺の校尉《こうい》（将校）をしている」

小柄だが、全身に気力を漲《みなぎ》らせたような男だった。拝礼する間も、張衛から眼をそらそうとはしない。

「こいつがいたおかげで、俺は鳥鼠山《ちょうそざん》でも夏侯淵《かこうえん》の追撃から逃れることができた。あの山を、駈《か》け回っていた男さ」

「再び長安《ちょうあん》を衝《つ》くというのは、無理です、殿。五斗米道《ごとべいどう》が、全軍を出してくれるというなら別ですが。どこかで、力を蓄えるしかないと私は思います」

「いま考えているところだ、牛志」

言って横をむき、馬超は杯を呷《あお》った。

逃げて、ここへ来たわけではないのか、と張衛は思った。漢中から、再び長安に出るつもりで、鳥鼠山を迂回してきたのかもしれない。夏侯淵の軍はまだ西で、長安の守備力は確かに落ちている。しかし、いかに馬超でも、千数百で奪えるところではなかった。

滅びるまで、闘い続ける。その覚悟があれば、曹操とむかい合うことができるのかもしれない。馬岱を除く一族のすべてが殺されてもなお、曹操と闘い続けようとしている馬超には、滅びということしか頭にないのではないのか。

それでも、自分に付き従ってきた兵を、これ以上死なせたくないと言った。馬超が望んでいるのは、ひとりきりの孤独な滅びなのかもしれない。

「兄上、傷を負った者が半数を超えています。兄上もまた、三カ所に傷を負っておられます。それは、癒《いや》さなければなりません」

馬超《ばちょう》は、自分で杯に酒を注ぎ、黙って飲み続けていた。

「とにかく漢中《かんちゅう》だ、馬超。闘うにしろ力を蓄えるにしろ、漢中で態勢を整え直せ。それなら、私の裁量でどうにでもなる。武具もある。兵糧も馬も」

「おまえの裁量が不安なのだ、俺は。というより、張魯《ちょうろ》という男の本心が見えん。そんな中に、兵を置いておきたくない、という思いがある」

「兄の、なにが？」

「本心が見えんところがだ。おまえは五斗米道《ごとべいどう》軍を率《ひき》いて、天下に雄飛《ゆうひ》しようと考えていたのだろう、張衛《ちょうえい》。しかし教祖に締めつけられて、なにひとつ思っていることができはしなかった。その締めつけ方が、ころころと変ったように、俺には見えた。おまえは、頭の中では、実にいい戦略を持っていたのだが、実行は許されなかった」

だからこそ、兄の呪縛《じゅばく》を受けない兵が欲しい。張衛のその思いまで、馬超は見抜いて言っているのかもしれなかった。

いまは、それを語っても仕方がないだろう。時をかけて、馬超と理解し合うしかない。とにかく、五斗米道は健在なのだ。劉備《りゅうび》も、漢中には手を出してこようとしなかった。

「私が、いずれ五斗米道軍を自分のものにする。それまでは、耐《た》えて貰《もら》わなければならぬことがあるかもしれん。しかし私は、おまえと組みたいのだ」

「時を逸《いっ》している。そういう気がするぞ、張衛」

「これは、俺の時だ。まだ、逸するところまでは行っていない。俺が俺の時を摑《つか》もうと考えはじめたのは、ごく最近のことなのだからな」

馬超が杯を呷《あお》る。この男が、飲んだり食ったりする姿には、不思議に下品さが微《み》塵《じん》もない。以前から、眩《まぶ》しいような思いでそれを見つめていたものだ。

「兵たちを」

馬超が腰をあげかかった。

「傷の手当てをさせます。それから休ませます。殿も、どうか休まれてください」

牛志《ぎゅうし》が言う。

「しばらく、眠れ、馬超」

張衛が言うと、馬超はかすかに頷いた。

滞陣《たいじん》したのは一日だけで、すぐに進発《しんぱつ》した。馬超が、そう要請してきたのだ。

馬超軍の半数は徒歩《かち》だったが、武都《ぶと》郡の山中の道では、騎馬と変りない速さで移動した。

負傷した者を馬に乗せ、元気なものが歩いていることもあった。それでも、兵のまとまりは驚くほどだ。もともとはすべて騎兵で、馬を失ったから歩いているのだろう。

南鄭《なんてい》に、四日で到着した。

とりあえず仮義舎《かりぎしゃ》（信徒の宿泊所）のそばの兵舎を、馬超軍《ばちょう》に提供した。信徒ではない軍が南鄭に入るのは、はじめてだった。信徒たちは最初戸惑っていたようだが、馬超軍の兵は静かだった。連日の調練《ちょうれん》以外は、兵舎に留《とど》まっている者が多い。外に出る時も、二人三人と一緒にいるだけで、決して大きな集団を作ろうとはしなかった。そのあたりは、牛志《ぎゅうし》の指揮が行き届いているようだ。

馬超が漢中《かんちゅう》に来て、最も喜んだのが、やはり馬綝《ばりん》だった。馬超は、馬綝が大きくなっていることに驚いたようだった。それは、たえず見ていた張衛《ちょうえい》には、わからないことだった。

馬超が最初にやったことは、別れ際に馬綝から預かったものを返すことだった。

馬綝は、嬉《うれ》しそうにそれを首にかけた。

「箱が毀《こわ》れ、袋も破れ、中身が落ちてきた時は、驚いたぞ、張衛」

「ほう、娘が、そんなものを持っていたのか」

「おまえは、思い違いをしている。説明する暇もなかった。娘として育てようと決めたが、実の娘ではない。袁術《えんじゅつ》の娘なのだ」

「袁術だと？」

「だから、馬綝ではなく、袁綝《えんりん》なのだ」

「そうか、小綝《しょうりん》は袁術の娘か」

「首に下げているのは、伝国《でんこく》の玉璽《ぎょくじ》だ。いま、なにかの役に立つとは思えないが」

なんでもないものの話でもするように、馬超が言った。張衛は、息を止めた。伝国の玉璽は、孫堅《そんけん》が洛陽《らくよう》の井戸の中から発見したといわれていた。それが息子の孫《そん》策《さく》の手に移り、孫策に庇護《ひご》を与えた袁術に渡ったという噂《うわさ》だった。それゆえに、袁術は揚《よう》州寿春《じゅしゅん》で、自らを皇帝と称したのだ。袁術の死以後、伝国の玉璽の行方《ゆくえ》はわかっていない。

袁術の娘というのがほんとうなら、伝国の玉璽の話も真実だと考えられる。

この国の、王たる者の証《あかし》の玉璽だった。

「伝国の玉璽とはな」

「いまでは、ただの石だ。袁綝にとっては、父から受け継いだ大事なものなのだろうが」

意味はある。張衛《ちようえい》は、そう思った。少なくとも、力もあり玉璽《ぎよくじ》もあれば、王を名乗っても人々は受け入れるはずだ。

「おまえはそれを、袁綝《えんりん》に返したのか?」

「袁綝から預けられたものだ」

この男なら、こう言うかもしれない、と張衛は思った。

「曹操《そうそう》がそれを知れば、奪いにかかってくるぞ。いまの曹操が伝国《でんこく》の玉璽を持てば、
帝《みかど》を廃して自らがそれに代るいい口実だ」

「この乱世は、力で覇者《はしや》が決まる」

「確かにな。しかし曹操は、その力が突出している。揚《よう》、荊《けい》、益《えき》の三州を併《あわ》せたところで、曹操にはかなうまい。その曹操が玉璽を持って皇帝となれば、孫権《そんけん》も劉備《りゆうび》も間違いなく賊軍ということになる」

「つまらんな」

「大変なことだぞ、馬超《ばちよう》。曹操は、すでに魏公《ぎこう》となって、皇室に連《つ》らなっているのだ」

「覇者のものだ、この国は」

「その覇者にむかって、曹操が二歩も三歩も前進する、と私は言っているのだ」

「奪えるなら、奪えばいい。乱世とは、そういうものであろう。袁綝からは、俺が奪わせはしない」

「もっと考えろ、馬超」

「伝国の玉璽だとわかった時は、俺も驚いた。ただ驚いただけだ。あんなものを持っていても、袁術《えんじゆつ》はどうなった。野垂死《のたれじに》ではないか。袁綝は、あれがただ父親の形見だと思って、大事にしているだけだろう」

張衛は、ひとつのことを考えはじめていた。いずれ劉備が主となった益州と、曹操との対立。その間に位置する漢中《かんちゆう》。

袁綝を女帝として担《かつ》ぐことができないか。そして、益州、荊州、揚州をうまく嚙《か》み合わせれば、曹操をいくらか押し返せる。長安《ちようあん》を奪《と》って、洛陽《らくよう》まで押し返せばいいのだ。雍《よう》州と涼《りよう》州。それは馬超の力で治められるだろう。つまりは、天下は四分される。

しかし、張衛はすぐにはそれを言葉にしなかった。

時間をかけて、馬超をその気にさせることの方が先なのだ。

「とにかく、そういうことなら袁綝も兄に会わせたい」

「俺が会ってからだ」

南鄭《なんてい》へ来て、十日が経《た》っていた。馬超《ばちょう》の眼の暗さは変らないが、傷などはもう癒《い》えてしまっているように見えた。馬岱《ばたい》や牛志《ぎゅうし》は、五斗米道軍《ごとべいどう》よりずっと激しい調練を、兵たちに課しはじめている。

馬超が張魯《ちょうろ》に会ったのは、南鄭へ来て十六日目だった。

それまでに、馬超の勇猛《ゆうもう》さについては、張衛《ちょうえい》は充分に兄に語っていた。祭酒《さいしゅ》（信徒の頭）の中には、信徒ではない軍が南鄭にいることに反撥《はんぱつ》を示す者もいたが、兵が静かなので、そういう声も小さくなっていた。

しかし兄は馬超に、張衛が思いもしなかったことを言った。

成都《せいと》の劉璋《りゅうしょう》の首を持って来い、と言ったのである。それが、南鄭に留《とど》まっていてもいい条件だ、とも言った。

馬超は、ただ黙って聞いていた。

劉璋は、すでに死んでいるのも同じだった。劉備《りゅうび》に、成都を囲まれている。益州《えき》のほかの地域は、劉備による民政もはじまっていた。いま、益州の主は劉璋ではなく、劉備なのだ。そのことすらも認識していないことを、兄は馬超の前で露呈《ろてい》した。

「おまえが、思うさまに乱世を駈《か》け回ることができなかった理由が、わかるような気がした」

南鄭の仮義舎《かりぎしや》に戻ると、馬超はそれだけを言った。張衛には、返す言葉がなかった。益州の情勢については、機会があるごとに、詳しく説明している。それでも、これだった。

石岐《せきき》を失ったことが、よほどの衝撃だったのだ、と張衛にも最近わかりはじめていた。父に対するものに似た感情を、兄は持っていたのかもしれない。父のような存在として、自分には鮮広《せんこう》がいたのだ、と張衛は思った。兄には、誰《だれ》もいなかった。恐らく、教祖という立場は、想像できないほど孤独だったのだろう。その孤独に、石岐が入りこんだ。そして、浮屠《ふと》（仏教）が考える、宗教のあり方を兄に吹きこんだ。石岐と刺し違えて死んだ鮮広は、そこまでは見抜いていたはずだ。しかし、兄の中に、石岐を父と思う感情が芽生えているところまでは、わかっていなかっただろう。

劉璋の首を持ってくるのが、馬超軍が漢中《かんちゆう》に留まる条件。その言い方の中には、一片の思慮もない。感情をむき出しにしているだけだ。

数日経って、張衛は馬超の館《やかた》を訪ねた。

仮義舎のそばの、小さな館である。袁綝《えんりん》も、そこに移っていた。

いる。

「なにをしているのだ、小綝《しょうりん》？」

庭に袁綝《えんりん》の姿を見かけて、張衛《ちょうえい》は言った。

「仔犬《こいぬ》を貰《もら》ったのです。孟起《もうき》も、飼っていいと言いました」

袁綝の足もとに、小さな白い仔犬がいた。さかんに、袁綝の足にまとわりついている。

「かわいいな」

「張衛殿もそう思われますか。動物は無垢《むく》で、注いだ分の愛情を返してくれます」

「名は？」

「風華《ふうか》。脚が太いので、とても大きな犬に育つと孟起が言いました」

「そうか、風華か」

張衛は仔犬を抱きあげ、眼の高さに翳《かざ》した。無心に、尻尾《しっぽ》を振っている。

「小綝は、父の話を誰かから聞いたことがあるのか？」

仔犬を袁綝に抱かせ、張衛は言った。どこかに収《しま》ってあるのか、玉璽《ぎょくじ》の箱を首からぶらさげてはいない。

袁綝は答えず、仔犬に顔を寄せただけだった。もう一度、問いをくり返すことが、張衛にはできなかった。

「馬超《ばちょう》は中か？」

そう言っただけである。この数日、毎日兄と話をした。そしてもう一度、馬超に会うことを承知させたのである。次は、馬超を説得する番だった。

「馬超は、中なのだな？」

袁綝が、張衛を見つめ、それから軽く頷《うなず》いた。

2

益《えき》州の夏は暑いという。陽《ひ》が照りつけるというより、蒸《む》しているのだ。しかし、涼《りょう》州の暑さや寒さに較《くら》べると、楽なものだった。陽が照りつける涼州は、昼間は肌が焦《こ》げるように暑い。春でも秋でもそうだ。しかし、夜になると寒いほどだ。

益州で、陽の光を見る日は少なかった。曇天が多いのである。

馬超は、千五百騎を率《ひき》いて、西へむかっていた。あと二日進むと、南に行先を転じる。それで、成都《せいと》に到着できるのだ。

漢中《かんちゅう》にいたのは、ふた月ほどだった。その間に三度、張魯《ちょうろ》に会った。一度目は、劉璋《りゅうしょう》の首を持参することが、漢中滞留《たいりゅう》の条件とされた。二度目は、劉璋を討つために、一万の五斗米道軍を貸そうと言った。それをもって、劉備軍と連合せよというのだ。三度目は、なにも喋《しゃべ》ろうとはしなかった。劉璋《りゅうしょう》を討つために、軍備が整ったら部下を連れて出発する、と馬超の方から告げた。

五斗米道の教祖として、どういう魅力を持っているのか、三度会っただけでは馬超にはわからなかった。

ただ、劉璋を討てと言い募《つの》るところは、いやな感じはしなかった。むしろ人間的なのだ、と馬超には思えた。自らの感情に、忠実な男に違いないのだ。

張衛《ちょうえい》は、何度も張魯《ちょうろ》を説得したのだろう。戦闘経験の豊富な馬超軍を、五斗米道軍の一翼《いちよく》に加えることの利点について、くり返し説いたようだ。張衛は、どうしようもない兄だと思っているようだが、人の話を聞く耳は持っている、と馬超は思った。だからこそ、三度目に会った時は、感情を殺して沈黙していたのだろう。

劉璋を討つために軍備を整える、という名目で、馬超は麾下《きか》の千五百の武器から具足《ぐそく》、馬まで手に入れた。そして、出陣したのだ。馬超が本気で劉璋を討つつもりだと、張衛は信じていないだろう。それでも、黙って漢中《かんちゅう》から出してくれた。自分の兄について、諦《あきら》めてしまったのかもしれない。益《えき》州のどこかにいてくれ、と耳打ちしただけだった。

張衛は、結局、馬超にたっぷりと休養を取らせ、武器や馬まで整えてやったのだ。劉備軍にしっかりと包囲されている劉璋を、まさか討てるとは思っていないだろう。借りがひとつ。馬超はそう思っていた。だから、あっさりと死ぬわけにもいかなかった。とにかく、劉璋を討つ試みだけはしてみようと思い、成都にむかったのだ。劉璋を討つというのであれば、劉備の敵というわけではない。兵たちも、曹操《そうそう》の勢力圏にいるより、安心していられるだろう。

漢中を出たからといって、行く当てがあるわけではなかった。この国は、南の三州を除けば、すべて曹操の勢力圏なのだ。

ほんとうは、長安《ちょうあん》を衝《つ》きたかった。そうすれば、また関中《かんちゅう》の兵が集まってくるかもしれない。そして、いずれ涼州《りょう》の奪回も可能になる。

しかし、馬岱《ばたい》も牛志《ぎゅうし》も、強硬に反対した。千五百の十倍の兵力があったとしても、無理だというのだ。馬超はそう思わなかったが、いま長安を衝けば、当然五斗米道軍が後ろ楯《うしだて》だと曹操は思うだろう。それで曹操の漢中攻めを早めたくはなかった。

張衛には、無から出発し、手にしたもののすべてを賭《か》けて闘ってきた、という厳しさがなかった。どこか甘いのだ。

自分にも、辺境でだけ闘ってきた、という甘さが多分あるのだろう。甘さと甘さが呼び合っている、と馬超《ばちょう》は思った。

「孟起《もうき》、どこかの城郭《まち》を落とさないのですか？」

袁綝《えんりん》が馬を寄せてきて言った。

袁綝が、付いてきた。これは馬超が計算したことの外にあった。牛志《ぎゅうし》に頼みこんで、兵の中に紛《まぎ》れていたらしい。馬は、よく乗りこなしている。張衛《ちょうえい》に教えられ、大人《おとな》しい馬を与えられたようだ。なぜ袁綝を伴ったのか牛志に訊《き》いたが、はっきりした答えは返ってこなかった。

「どこの城郭《まち》を落としても、劉備玄徳《りゅうびげんとく》という男と敵対することになる。だから、流浪《るろう》を続けているのだ、小綝《しょうりん》」

「それでも、成都《せいと》にむかっているのでしょう？」

「一応はな」

「劉璋《りゅうしょう》と劉備、どちらと闘うのですか？」

「どちらでもいいさ」

「そんな敵の選び方が、あるのですか？」

「いいのだ、小綝」

「どこかで闘って勝たなければ、孟起は敗残のままです」

戦《いくさ》には、倦《う》んでいるのかもしれない。部下が死んでいくのを見るのは、もうたくさんだという思いがある。ひとりで闘い、ひとりで死ねたらと、このところずっと思い続けていた。それが、自分に合った死に方なのだ。

死に方などというものを、これまで考えたことはなかった。ひとりで剣を構え、木とむかい合っている時、なぜ生きているのかと木に問いかけたことはある。

南に方向をとってから、三日進軍した。すでに平地になっている。広大な平地だが、四方を山に囲まれているはずだ。その山が、益《えき》州を戦乱から守ってきた。

城郭のある場所は、大きく迂回《うかい》して進むようにしていたが、平地に入ってからは、さすがに千五百の兵を隠しおおせることはできなかった。時々、各地の守兵に止められた。涼《りょう》州の馬超孟起と、はっきりと言った。止めるのは、劉備軍の守兵で、大抵は二、三百の規模だ。主力は、成都近辺に集結している。

涼州の馬超と聞いて、通るなと言う者はいなかった。

「大抵は、投降した劉璋軍の兵が中心のようです。守兵としては、それで事足りるのでしょう。ただ、劉備のもとに、注進は入っているはずです」

牛志が言った。これ以上進んでもいいのか、と暗に訊いているのだ。

進んだらどうなる、ということを深く考えなかった。進めば、なにかにぶつかる。

それはわかっていた。ぶつかった時に、考えればいいとも思った。

希望はない。目的もない。ただ、劉璋《りゆうしよう》を討つと張魯《ちようろ》に言ったから、成都《せいと》にむかって進んでいるだけだ。絶望すらない行軍だった。

どこかで軍勢とぶつかれば、それが敵ということだ、と馬超《ばちよう》は思った。

漢中《かんちゆう》にいる間は、日に三人、四人と、はぐれていた部下が集まり、およそ二、三百が増えた。しかし漢中を出てからは、それももうない。

馬超は、緊張もしていなかった。ぶつかる敵が現われれば、打ち払う。荒野に木を見つけて、斬《き》り倒すことと同じだ、と思っていた。自分が斬り倒せる木は、斬り倒す。その時、木がなにかを語りかけてくれるように、ぶつかる敵もなにか語りかけてくるのか。

行軍は、速いものではなかった。陽が高いうちに幕舎《ばくしや》を張り、露営《ろえい》することもしばしばだった。幼いころから旅には馴《な》れているのか、袁綝《えんりん》は漢中にいる時と同じように、白い仔犬《こいぬ》と戯《たわむ》れたりしている。

前方に、二千の騎馬隊。そういう注進が入ったのは、平地に出て十日を過ぎたころだった。

いつも制止の声をかけてくる、各地の守兵とは違うようだった。整然とした騎馬隊だという。

「牛志《ぎゅうし》、戦闘態勢を取らせろ」

「ぶつかるのですか？」

「相手が、そうしてくれればな」

千五百を、鶴翼《かくよく》に配した。鶴翼は見せかけで、動きはじめれば、敵を両側から刺し貫く、二本の槍《やり》のような隊形になる。

そのまま、待った。

敵の姿が見えてきた。馬超の全身に、強い緊張が走った。半端《はんぱ》な相手ではない。ゆっくりと近づいてくる騎馬隊全体から、気のようなものがたちのぼっている。

「袁綝を、後方の馬岱《ばたい》のところにやれ」

「いやです」

背後で、袁綝の声がした。

「私はここで、孟起《もうき》の戦を見ています」

馬超は、いいとも悪いとも言わなかった。すでに、相手の気が全身の肌を刺している。久しぶりだった。充分に、手応《てごた》えのある相手だ。荒野で、信じられないような巨木を見つけたようなものだった。

右翼を、小さく固まらせた。鶴翼《かくよく》からの変幻の陣形で、翻弄《ほんろう》できるような相手とは思えない。全力で打ちかかって、勝てるかどうか、それほどの相手だ。

「劉備《りゅうび》軍、張飛《ちょうひ》将軍の騎馬隊です」

斥候《せっこう》の報告が入った。

音に聞えた将軍である。関羽《かんう》、張飛、趙雲《ちょううん》の三人の将軍の力で、劉備軍は乱世を生き抜いてきた、と言われている。

「あれが、張飛か」

さすが、と思わせるものがあった。騎馬隊が、巨大な一頭のけもののようにも感じられる。およそ二里（約八百メートル）の距離で、張飛軍はぴたりと動きを止めた。その状態で、すでに立派な陣形になっている。

「危険です、殿。劉備軍の中でも、最も精鋭《せいえい》の騎馬隊とぶつかったようです」

牛志《ぎゅうし》が、馬を寄せてきて言った。

偶然ぶつかったわけではない、と馬超《ばちょう》は思った。張飛は、自分とぶつかるために、成都《せいと》を離れて来ているのだろう。

睨《にら》み合う恰好《かっこう》になった。どれぐらいの時間睨み合っていたのか、馬超にはよくわからなかった。束《つか》の間《ま》のような気もする。

一騎だけ、ゆっくりと進み出てきた。大きな男だった。その躰《からだ》にふさわしい、見事な馬に乗っている。

「涼《りょう》州の馬超軍だな」

進みながら、男が大声をあげた。

「劉備軍の敵として、益《えき》州にいるのか？」

「そんなことは、決めていない」

馬超も、一騎で進み出た。脇《わき》に携《たずさ》えているのは、槍《やり》である。

「不穏だな、そんな軍勢が動くのは」

「それを、劉備軍に言われなければならんのか。もともと、劉璋《りゅうしょう》の依頼で劉備軍は益州に入ったのではないのか。それが、益州をわがもの顔で闊歩《かっぽ》している」

「悪いか。これが乱世であろう」

「別に、悪くはない。不穏だと、劉備軍の張飛などに言われたくなかっただけだ」

血が、熱く巡《めぐ》りはじめていた。

雄《お》叫《たけ》び。張飛の方が先だった。馬超も、肚《はら》の底から声をあげた。馬腹を蹴《け》る。馳《は》せ違う。圧倒的な力だった。こんな男もいるのか。そう思った。次の刹那《せつな》、馬を返していた。陣形がどうの、兵がどうのという考えは、頭から飛んでいた。全身全霊が、ただ張飛《ちょうひ》にむかっている。

三合、四合と馳せ違った。張飛の蛇矛《じゃぼう》と槍がぶつかるたびに、足の爪先《つまさき》にまで衝撃が走った。打ちこむ隙《すき》は、与えていない。こちらも、隙は見出《みいだ》せない。

八合目。槍が叩《たた》き折られた。

馬超《ばちょう》は、剣を抜き放《はな》った。馬を止め、両手で柄《つか》を持ち、右耳の脇《わき》で構えた。剣先は、曇天《どんてん》を突いている。

再び駈《か》けようとしていた張飛も、馬を止めた。蛇矛を、横に構えている。お互いに、馬が歩み寄るように、近づいた。しかし、十仞《じん》（約十五メートル）。それ以上、馬は進もうとしない。張飛《ちょうひ》は、大きな眼《め》を見開いていた。大きいが、どこか静かである。微塵《みじん》も、気を乱してはいなかった。

蛇矛が、かすかに動く。そのたびに、馬超の剣も動こうとする。抑《おさ》えた。気が満ちる。そういう時がある。待つしかないのだ。

張飛の汗。顔に、いく条《すじ》も流れている。馬超も、顎《あご》の先から汗が滴《したた》り落ちるのを感じていた。なにも、考えていなかった。考える前に、躰《からだ》が動く。動く時は、動く。陽炎《かげろう》がたちのぼっているような気がした。やがて、視界から張飛以外のものがすべて消えた。風。馬腹を蹴っていた。張飛の胴。渾身《こんしん》の力で横に薙《な》いだ。両断。思ったが、張飛は馬から落ちていない。逆に、首筋のあたりに、痺《しび》れたような感じがあった。蛇矛がそこを掠《かす》めたのだ。

はじめて、馬超は口を開けて息をした。位置が入れ替っただけで、対峙《たいじ》のかたちは変っていない。張飛も、肩で息をしていた。

相討ちなら、倒せる。馬超は、そう思った。つまり、死を賭《か》ければ。いま馬超の頭にあるのは、張飛を倒すということだけだった。

剣を構えたまま、二度三度と、馬超は大きく息をした。

不意に、鉦《かね》が打たれた。張飛の軍。いや、自分の軍からも打たれている。馬首を返し、駈け戻った。牛志《ぎゅうし》が、二十騎ほどと前へ出てきている。

「なにが、あった？」

「張飛軍から、十騎ほど出てきましたので。いや、ほとんど同時に私も出たかもしれません。息が詰《つま》って、見ていられなくなった、というところです」

「勝負をさせよう、とは思わなかったのか？」

「劉備《りゅうび》軍は、敵ではありません。曹操《そうそう》と闘うのなら、むしろ味方と言ってもいい存在で、張飛はその中で、三本の指に数えられる将軍ですぞ」

確かに、劉備軍と闘うのは馬鹿げていた。しかし、張飛と闘うのは別だ。あれほどの相手には、生涯に何度もめぐり会えるわけではあるまい。しかし、馬超《ばちょう》はそれを口には出さなかった。千五百の兵は、馬超に命を託しているのである。自分だけの勝負にこだわるのは、その千五百に対する裏切りに近かった。

「張飛《ちょうひ》の軍から、誰《だれ》か出てきました」

牛志《ぎゅうし》が指さした方をふり返ると、確かに一騎が駈けてくる。

「馬超殿に申しあげます」

まだ若い校尉《こうい》（将校）だった。それほどの体軀《たいく》ではないが、馬上で堂々としている。

「ただいまのは、出会いの挨拶《あいさつ》。劉備《りゅうび》軍は、馬超軍を敵とは思っておりません。できれば、この地に滞陣《たいじん》されますように。われらは、成都《せいと》へ戻ります」

「名は？」

「張飛将軍麾下《きか》、陳礼《ちんれい》と申します」

一礼して、若い将校は駈け去っていった。

「どうされます、殿？」

「このまま、俺《おれ》たちも成都へむかう。急ぐ必要はない。敵ではない、と陳礼は言った。ゆっくり進んでいいのだ」

「はあ」

なんとなく、納得できないという表情を、牛志はしていた。何もなかったように、袁綝《えんりん》が馬を降り、仔犬と戯れた。移動の間は竹の籠《かご》に入れて抱いているので、地面に降ろしてやるとはしゃぐようだ。

まだ、首筋に痺《しび》れるような感じが残っていた。張飛軍は、すでに姿を消し、遠くに土煙《つちけむり》が見えるだけだ。

「兵に、兵糧《ひょうろう》をとらせろ。それから出発する」

言って、馬超は馬を降りた。

それから二日、成都にむかってゆっくりと進んだ。なにをするべきなのか、まだ決めていなかった。流浪《るろう》を続けられるような、時代ではなくなっている。かつて劉備が流浪していたころは、各地に群雄《ぐんゆう》がいた。その客将となれば、兵を養うことだけはできたのだ。

いつの間にか、天下は三分の形勢になっている。

男が訪ねてきたのは、二日目の夜だった。

牛志と馬岱《ばたい》を控えさせて、馬超はその男と会った。赤ら顔をした、小肥《こぶと》りの男で、簡雍《かんよう》と名乗った。袍《ほう》の着方が、どこか崩れている。

「劉備の使者と言ったな」

「はい。馬超《ばちよう》殿が、わが軍の張飛《ちようひ》将軍と、互角の勝負をされたと聞きましてな。なぜ、私が会ってこいと命じられたのかは、わかりませんが」

「それで」

「酒でも酌《く》み交《か》わすしかないと思い、供《とも》の者に瓶《かめ》を二つ運ばせてきております」

「酒か」

劉備は、おかしな男を寄越《よこ》したものだった。

陳礼《ちんれい》が、挨拶をして去って行った時から、劉備の使者が来ることは予測していた。麾下《きか》に加われという誘いは、断るつもりだった。せいぜい客将で、それでしばらく兵たちを養うことはできる、と考えていた。しかしそれも、劉備がどういう男か見定めてからだ。

「いいな、それは。簡雍《かんよう》殿の酒の相手をしようか」

「それで、私は気が楽になります。音に聞えた豪傑《ごうけつ》に会うなど、私の任ではないと気が重くなっていたのです」

簡雍が、幕舎《ばくしや》に酒を運び込ませた。

いやな気はしなかった。不思議な男だ。別の人間だったら、斬《き》り捨てていたかもしれない。馬岱《ばたい》も牛志《ぎゅうし》も、毒気を抜かれたという恰好《かっこう》だった。

杯《さかずき》に酒が注《つ》がれると、簡雍はさらに嬉《うれ》しそうな表情をした。ただ、眼に悲しみの色が滲《にじ》み出している、と馬超は思った。

簡雍が杯を呷《あお》り、袍の袖《そで》で口を拭《ぬぐ》った。

「酒がお好きなようだな、簡雍殿」

「好きというより、酔いの中に逃げているのですな。自分でも、よくわかっております。つらい思いから、逃げる。恐怖から、逃げる。いまも、逃げておりますぞ。なにしろ、あの張飛と互角の勝負をした豪傑の前ですからな。なによりも、まずこわいのです」

かすかに、簡雍が笑った。

3

報告に来た、孫乾《そんけん》と糜竺《びじく》が退出すると、入れ替りに孔明《こうめい》が入ってきた。

営舎の居室である。孔明は、支配下に置いた地域からの、徴兵《ちょうへい》をはじめようとしていた。大きな戦《いくさ》があったわけではない。民にはいま、兵士を出す余力はある、と見ているようだった。

「成都《せいと》を落としたら、すぐに漢中《かんちゅう》攻めにかからなければなりません。曹操《そうそう》は、いきなり劉備《りゅうび》軍を潰《つぶ》そうとはしてこないでしょう」

「まず、漢中に足がかりを作るか」

「恐らく」

ほぼ手中にした益州《えき》では、人の動きがめまぐるしかった。劉璋《りゅうしょう》に見切りをつけて帰順してくる者が、成都の攻囲をはじめたころから、飛躍的に増えたのだ。文官は、孫乾《そんけん》と麋竺《びじく》が会い、有能なものを選んで、各地に配置している。武官に関しては、張飛《ちょうひ》と趙雲《ちょううん》は、それをやることをいやがった。人を選ぶ任ではないと言うが、選ぶことそのものをいやがっていることが、よくわかった。

だから孔明《こうめい》が、法正《ほうせい》と李厳《りげん》の意見は聞くものの、最後にはひとりで会って、帰順させるかどうか決めている。

めずらしく、張飛が帰順させたい男について意見を言いに来たのは、数日前だった。

馬超《ばちょう》という名を聞いて、瞬間、劉備は構えるような気持になった。

いまでこそ敗残の身だが、曹操と独力でぶつかり合っていた男だ。劉備よりもず

った。

しかし、涼州《りょう》の英傑《えいけつ》を麾下《きか》に加えることができたら、という思いもまたあった。呂布《りょふ》以来の強さだった、と張飛は言っと大きな存在だったと、本人は思っているだろう。

張飛と一騎討《う》ちをして、互角だったという。呂布《りょふ》以来の強さだった、と張飛は言った。

客将として迎える気はなかった。客将がどれほど頼りないものか、乱世のほとんどを客将として生きてきた劉備には、よくわかっていた。迎えるなら、麾下である。

そう決めて、孔明に会いに行かせようとしたら、張飛が簡雍《かんよう》を推挙してきた。これも、めずらしいことだった。

「簡雍殿は、まだお戻りになりませんな」

細かい報告が終ると、孔明が言った。

やはり馬超のことが気になって、劉備の居室を訪《おとな》ったものらしい。

「馬超とは、どういう男なのだろうと、このところしばしば考えていた。曹操に、決して屈しなかった。それだけでも、とんでもない男だという気がする」

「英傑でありましょう。しかし、こういう乱世では、生きにくいのかもしれません。戦では互角に闘っても、諜略《ちょうりゃく》で、着物を一枚ずつ剥《は》がされた、という感じがあります。それで曹操に負けたのです」

「それでも、生き延びている」

「涼州《りょう》の民は、馬超《ばちょう》を嫌っていないということです。ああいう男には、諜略《ちょうりゃく》に長《た》けた男が必要だったのだと思います」

「絶望の剣。悲しみの剣。張飛《ちょうひ》はそう言っていた。いまのままでは、なんの役にも立たぬ剣であるとも。一族のすべてを曹操《そうそう》に殺され、それでも涼州、雍《よう》州の盟主として闘い続けなければならなかった。それが、馬超という男を変えたのであろうか？」

「一族を殺された痛みがどんなものか、私にはよくわかりません。誰も馬超の心を動かせぬほど、冷えきっている、と張飛殿は感じられたのでしょう。しかし、簡雍《かんよう》殿がいた、ということです」

「張飛が、簡雍を推挙か」

「私には、張飛翼徳《よくとく》というお方が、ようやくわかってきたという気がいたします。想像した以上に、深いものをお持ちです」

「私が趙雲《ちょううん》をかわいがると、拗《す》ねて泣きじゃくったりしていたものだ。まだあんな髭《ひげ》が生えてもいないころの話だが」

「馬超は、殿の麾下《きか》に加わる、と私は見ています。張飛殿が、簡雍殿を使者に推挙した時に、それは決まったのだという気がします。簡雍殿は、酒の瓶《かめ》を二つ持っていかれたそうですね」

張飛が感じたことと、簡雍が感じたことは、また違うのだろう、と劉備《りゅうび》は思っていた。簡雍は、戦には出ない。しかし、心と心の戦については、幕僚《ばくりょう》の中の誰より通じている。それは、謀略というほど作為的なものでなく、人情と呼ぶほど甘いものでもない。

「人は、集まってきたな」

「はい。民政に関しては、馬良《ばりょう》が思った通りの力を発揮しはじめていますし、武将に関しては、もともと人材は揃《そろ》っております」

「まこと、天下三分の形勢になった」

「問題は、孫権《そんけん》でございましょうな。一時的にでも曹操と組み、殿を追いつめようとしかねません。それが、最後は自分の首を絞めることになると考える前に、その場をどう乗り切るかに心を砕く男です」

「孫権と対立しないように、気をつけろということか」

「孫《そん》夫人が、殿のもとへ戻られるということは、多分ありますまい。いまは、魯粛《ろしゅく》という男だけで、孫家と繋《つな》がっているという、危うい状態です。敵対していればわかりやすいのですが、いつ背をむけるかわからない同盟者なのですから」

益州《えきしゅう》を手にし、荊州《けいしゅう》と併《あわ》せる。孔明《こうめい》の戦略は、そこから新たにはじまることになる。揚州《ようしゅう》と組んだ状態でも、兵力ではやはりまだ曹操《そうそう》に劣る。ただ曹操は、こちらの二倍はある、長い戦線を抱えることになる。

「荊州に逼塞《ひっそく》し、劉表《りゅうひょう》殿の客将をしていた時には、こんな情勢には思いも及ばなかった」

「乱世は終熄《しゅうそく》にむかっている、と私は思います。次第に力が三つになり、そのひとつが潰《つぶ》れると、残った二つの決戦が起き、この国はひとつにまとまります」

曹操を潰すしかない。いまの劉備《りゅうび》には、それがはっきりわかった。益、荊、揚《よう》の三州による、北上作戦である。しかし、孫権《そんけん》がそれに乗ってくるかどうか。

自分の兵力は、すでに十万を超えたと考えていいだろう。成都《せいと》を落とし、軍の再編をはじめれば、十五万に達してくるはずだ。孫権の軍も十五万。合わせて三十万になり、それに対する曹操は、五十万というところか。

「揚州の動向によって、すべて決まるな」

「孫権の性格が問題でしょう。いつまでも合肥《がっぴ》にこだわると、曹操としては楽な展開になります。いま見ているかぎり、合肥をなんとかしないことには、孫権は前へむかおうとはするまいと思います」

「慎重な性格が、逆に孫権の首を絞める」

「周瑜《しゅうゆ》ほどのものがいたら、まるで変ってくるのでしょうが、見あたりません。つまり、孫権の器量を凌《しの》ぐ者が、孫家にはいまのところいないのです」

「とにかく、われらはまず益州だ」

孔明が頷《うなず》いた。

その気になれば、全力で攻めて成都を落とせる、と劉備は思っていた。ただ、ひどい破壊を伴うことになる。成都は、落としたその瞬間から、自分の城となるべきところだった。そのためには、できれば無傷で手に入れたい。

馬超《ばちょう》が涼州《りょう》から姿を消したいま、曹操が漢中《かんちゅう》の奪取に出てくることは、充分に考えられた。それに対する方策が、いまのところない。漢中の五斗米道《ごとべいどう》を攻めれば、益州内で戦線を二つ抱えることになり、その余力まではなかった。特に、漢中攻めは山岳戦になる。

まだまだ、力をつけなければならないことが多くあった。

「劉璋《りゅうしょう》は、あとどれぐらいで音《ね》をあげると思う、孔明？」

「さて、なにかきっかけがあれば、すぐにでも音をあげるでしょう。なにもなくても、あと半年で」

「張松《ちょうしょう》が死んだのが、痛いな」

内応するものを新たに作る前に、攻囲をはじめた。最初に調べあげていた不平派は、すでにほとんど帰順してきている。

「巡察に出る。久しぶりに一緒に行くか、孔明《こうめい》」

「はい」

攻囲の陣をひと回りするのは、日課のようなものだった。長い攻囲になると、戦陣の緊張が気づかぬうちに緩《ゆる》んでくる。大将の姿を見ることによって、兵たちは緊張を取り戻す。

張飛《ちょうひ》の軍だけが、いつもと変らぬ激しい調練《ちょうれん》をやっていた。

簡雍《かんよう》が戻ってきたのは、出発して十日以上過ぎたころだ。

は、馬超《ばちょう》と、その麾下《きか》の千五百騎を伴っていた。簡雍と一緒に劉備《りゅうび》の前に現われたのは、馬超と、その従弟《いとこ》だという馬岱《ばたい》、それに牛志《ぎゅうし》という校尉《こうい》だった。

「錦《きん》馬超が、私の麾下に加わるというのか？」

「はい。死ぬまで、と本人は申しております」

簡雍が、いつもの口調でそう言った。馬超は、無言で劉備を見つめている。

「いかに涼州《りょう》にその名を轟《とどろ》かせた錦馬超とはいえ、わが軍においては、ほかの将軍たちと同じ待遇しか与えられぬ。それでもいい、と申すのか？」

「張飛殿との勝負は、互角であったと思います。したがって、それ以上の待遇を求めるのは、傲慢《ごうまん》というものでしょう」

馬超が言った。低い、肚《はら》の底をふるわせるような声だった。躰《からだ》つきや面構《つらがま》えなどより、その声が劉備の心にしみこんできた。

「よし。これからは、わが幕僚《ばくりょう》として働いて貰《もら》おう。私は、いまの帝《みかど》を推戴《すいたい》し、漢《かん》王室が再びその権威を取り戻すために、闘っている。それだけは、頭に入れていてくれ」

「すでに、簡雍殿に、そのことは頭に押しこまれました」

「ならばよい。当面は、成都《せいと》を落とすことがなすべきことだが、いずれ曹操《そうそう》との対決になるであろう。錦馬超の力が発揮されるのは、その時だと思っている」

馬超が、軽く、頷くように頭を下げた。

眼《め》の色は、やはり暗い。

馬超だけを残して、ほかの者を退《さ》がらせた。

酒を運ばせた。対座することを勧めると、馬超は臆《おく》せず腰を降ろした。眼が合う。

絶望の剣。張飛《ちょうひ》が言ったことを、劉備《りゅうび》は思い出した。

「飲め、馬超《ばちょう》」

杯《さかずき》に酒を注《つ》ぎ、劉備は言った。軽く頭を下げ、馬超は杯を呷《あお》った。

「酒の味が、うまいと思えるようになる。それまでに、どれほどの時間がかかるのかな」

「うまい酒です」

「そんなものか」

「酒には、酒の味があるだけでしょう」

この男は、まだ屈していない。自分に臣従するというのも、心の底からではなく、多分連れている兵たちを養うためなのだろう、と劉備は思った。

それならそれでいい。馬超孟起《もうき》という名は、当面の敵の劉璋《りゅうしょう》だけでなく、曹操《そうそう》にすら衝撃を与えるはずだ。

「ひとつだけ、約束をして貰《もら》いたい、馬超」

「もう、しましたよ。簡雍《かんよう》殿と酒を飲みながら。決して裏切らない。約束は、それだけでいいのではありませんか？」

「それでいい」

「明日は、攻囲の陣に加わろうと思います。私が加わることで、攻囲の圧力が増すとも思えませんが」

「そうかな」

馬超という名は、劉璋には大きな衝撃になるはずだった。馬超ですら、攻囲に加わっている。それを知って、わずかに残っている気力を萎《な》えさせるかもしれない。

「馬超、おまえほどの男は、客将として迎えるのが当然なのかもしれないと思う。しかし私は、客将は認めない。自分がそうであった経験から、言うのだが」

「死ぬまでは臣下でいて、決して裏切らない。簡雍殿との約束です」

「死ぬまでか」

簡雍との間で、暗黙のなにかがある。劉備は、あえてそれを知ろうとは思わなかった。

馬超が麾下《きか》に加わった効果は、翌日にはすぐに出た。

馬超軍千五百騎が、旗を翻《ひるがえ》して城門の前に集結すると、内部で明らかに動揺が起きるのがわかった。城壁に、次々に兵が顔を出す。馬超は、城からよく見える場所を、十騎ほど率《ひき》いて駈《か》け回った。

城門が開き、降伏《こうふく》の使者が出てきたのは、翌日だった。

雒城《らくじょう》ほどの、しぶとさはなかった。劉璋《りゅうしょう》は、なにもかも投げ出してしまいたくなつたのだろう。城内にいるすべての人間の助命、ということ以外に、降伏の条件はついていなかった。

まず趙雲《ちょううん》の軍が入城し、劉璋軍の武装を解除し、武器倉と兵糧《ひょうろう》倉を押さえた。それから張飛《ちょうひ》を先頭として、劉備《りゅうび》軍のすべてが入城した。

無傷で成都《せいと》を手に入れた。いや成都だけでなく、益州《えき》がほとんど無傷だったと言っていい。龐統《ほうとう》という軍師は失ったが、新しい人材を多数抱えた。

会見した劉璋は、打ちひしがれているというより、むしろほっとした表情をしていた。劉備は、劉璋を罠《わな》にかけたのである。益州深くへ入ることができたのは、五斗米道《ごとべいどう》討伐という名目においてだった。恨《うら》みのひと言でも言ってよさそうなものだが、劉璋は今後の身を案ずることしか口にしなかった。

「荊州《けい》へ行っていただく。益州牧《ぼく》(長官)であられたころと、暮しむきは変らないようにいたしましょう」

そう告げた劉備に、劉璋は礼の言葉まで並べたのだった。

益州という、天然の要害に守られた土地にいたから、劉璋はいままでもったのだ。所詮《しょせん》は、乱世の中で生き抜ける男ではなかった。

そう考えると、劉璋を罠に嵌《は》めたというしろめたさも、いくらか軽くなった。すぐに孔明《こうめい》に命じて、益州全体の民政にとりかからせた。成都が落ちていなかったので、いままでの民政は、その場を繕《つくろ》う以上のものではなかったのだ。

軍の再編は、劉璋の降兵を受け入れ、劉備自身が手をつけた。

張飛、趙雲を筆頭にして、黄忠《こうちゅう》、魏延《ぎえん》、李厳《りげん》、という将軍で、劉備軍の本隊六万を編成した。馬超《ばちょう》、孟達《もうたつ》には、それぞれ一万ずつをつけ、第二軍、第三軍とした。第一軍は、荆州の関羽《かんう》である。

厳顔《げんがん》という降将がいて、成都に進攻する間、実にいい働きをした。人望もあった。しかし老齢だったので、劉璋軍の選別と調練を任せた。すでに、およそ三万の降兵が成都郊外に集められている。これから、もっと増えていくはずだった。

馬良《ばりょう》が、産業の掌握《しょうあく》にとりかかった。益州は、物産が豊かだった。州内にいくつか、その集散地を作った。市を設け、物の交流もできるようにするのである。商人も集まってくるだろう。

牧《まき》を作る計画もあった。主に、軍馬の生産であるが、農耕用にすることもできる。

劉備は、かつての劉璋の館《やかた》に居を定めた。部将たちも、それぞれに館を構えた。全軍を成都に集結させる意味は、もうなかった。孟達は、荆州宜都《ぎと》郡に行かせた。

長江《ちょうこう》という大きな道を押さえるためで、これは関羽《かんう》の指揮下に入る。馬超《ばちょう》は、益州《えき》北部に配した。羌《きょう》氏など異民族の多いところで、その慰撫《いぶ》は馬超が適任だろうと思えたのだ。

そして、巴西《はせい》郡に張飛《ちょうひ》をやった。北に漢中《かんちゅう》がある。いわば、もっかの劉備《りゅうび》軍の最前線で、いつ五斗《ごと》米道《べいどう》軍と衝突《しょうとつ》が起きても、おかしくない場所だ。

そこまで、休む間もなくやった。

「曹操《そうそう》が、すでに軍を動かしはじめているようです」

応累《おうるい》が、報告に来た。

雍《よう》州には夏侯淵《かこうえん》がいて、涼州《りょう》も含めた経営をしている。それへの援軍とは思えなかった。長安《ちょうあん》近辺の兵力が増えるのなら、これは明らかに漢中《かんちゅう》を狙《ねら》っていると判断できる。

「それに割《さ》く兵力が、いまのところないな。ほとんど無傷で益州を手に入れたとはいえ、少なくとも二年は、配置した兵力を動かせん。孫権《そんけん》が、合肥《がっぴ》攻めに大軍を動員してくれれば、助かるのだが」

「合肥は、張遼《ちょうりょう》がおります。兵力だけが勝負とはなりますまい」

「そうだな。いまのところ、曹操が漢中を攻めても、座して見ているしかないか。

孔明《こうめい》は、漢中攻めを急ぐべきだという意見だ。

「五斗米道軍と曹操を闘わせるのも、ひとつの手ではあります」

孫権との間にも、面倒な問題が持ちあがる気配だった。荊《けい》州の統治を、改めて話し合いたいという使者が来ているのだ。劉備が益州を奪《と》った時は、そうするという約束はあった。それは長江沿いの土地をどうするか、という話し合いだと劉備は解釈していた。しかし孫権は、荊州全体について話し合いたいのだという。荊州北部は曹操の勢力下にあるので、奪るしかなかった。益州攻めの時に、譲られた土地をどちらに帰属させるか、という話し合いしか、劉備にはするつもりがない。

「殿は、益州と荊州の大部分を手にされ、第二の勢力となっております」

それについて、孫権は心穏やかではあるまい、と応累は言っているようだった。ほんとうなら、益州は周瑜《しゅうゆ》が手にしていたはずだった。自分が手にすることになったのは、めぐり合わせと言ってもいい。

運に恵まれはじめたのだ、と劉備は思った。

耐《た》えて、待ち続けた運だった。

4

劉備《りゅうび》が益《えき》州を制圧したという知らせを、関羽《かんう》は江陵《こうりょう》で受けた。劉備が益州へ行ってから、関羽の仕事はとにかく荊《けい》州を守ることだった。隙《すき》を見せれば、曹操《そうそう》がすぐに攻めてくる。それは、肌で感じていた。江陵を、じっと動かなかった。兵糧《ひょうろう》も武器も蓄《たくわ》えた。

その間に、張飛《ちょうひ》と趙雲《ちょううん》は、新兵を徴発《ちょうはつ》しては、調練《ちょうれん》を重ねた。孔明《こうめい》がいたので、民政は充実し、民が困窮《こんきゅう》するということはなかった。

張飛、趙雲から、孔明まで加わった。最後の益州攻めの段階に入った。

ひとりになったが、二万五千の兵はいた。これで三年でも五年でも耐《た》えてみせると心に決めていたが、それほどの時はかからず、益州制圧の知らせは入った。

すぐに孟達《もうたつ》が一万の兵とともに、宜都《ぎと》郡に派遣《はけん》されてきた。戻されてきた兵もいくらかいて、荊州劉備軍は、総勢で四万を超えている。

あと二年で、それを七万にまでしたかった。その兵力があれば、荊州北部から曹操軍を追い払うこともできる。それで、兵力は十万を超えるはずだった。

劉備が、漢中《かんちゅう》から北を攻める。自分は、許都《きょと》、洛陽《らくよう》を攻める。そして孫権《そんけん》が合肥《がっぴ》と同時に徐《じょ》州にも攻めこむ。

曹操が、耐えられるとは思えなかった。北へ北へと、後退していくしかないはずだ。

天下に、手が届く。数年前まで夢のような話だったが、いまはいつ手をのばすのか、という段階まで来た、と関羽は思っていた。

「関平《かんぺい》、徴兵に遺漏《いろう》はあるまいな」

養子の関平は、ひとり前の部将になっていて、いまは荊州南部に睨《にら》みをきかせている。趙雲につけたり、孔明のそばに置いたりしてきた。それで、ずいぶんと戦《いくさ》というものがわかるようになった。

益州を完璧《かんぺき》に自分のものにするのに、あと二年は必要だろう、と劉備からの書簡《しょかん》にはあった。そんなものだろう、と関羽も思った。荊州に入り、徴税からなにからすべてうまく行くようになるまで、やはり二年はかかった。

関羽は、王甫《おうほ》と胡班《こはん》を呼んだ。

二人とも、民政にもたけた関羽の側近だった。おかしなことに、部将として関羽のもとで成長した者は少なかった。いつも自分と較《くら》べ、不満を感じてしまうからだろう、と最近は思うようになった。だから、王甫《おうほ》と胡班《こはん》にも、しばしば軍勢の指揮をさせるようにもしている。

「益州《えき》からの使者が帰られましたが」

関羽《かんう》の居室に入ってくると、胡班が言った。王甫は、兵の調練でもしていたのか、具足《ぐそく》姿だった。二人とも、軍の指揮に関してはまだまだである。

関平《かんぺい》も加えて、四人で会議をした。

「殿はついに、益州も制圧された。次には、北へむかうことになる。できれば、揚《よう》州軍もともにだ」

「それより、益州を固められるのが先ではないでしょうか、関羽様?」

「当たり前だ、胡班。しかし、なんのために固めるのか。北へむかう力を養うためだ。劉備《りゅうび》軍は、曹操《そうそう》軍と較《くら》べるとまだ小さい。常に攻撃を考えていなければ、呑《の》みこまれる」

「揚《よう》州では、孫権《そんけん》がたえず合肥《がっぴ》に兵を出しております」

「それは、小競合《こぜりあ》いだ。北へ進攻しようという大きな目的でなされているのではない。建業《けんぎょう》の眼《め》と鼻の先にある合肥が、自分のものではないのが、孫権には我慢できないのだろう。孫権の視野は、あまり広くないな。海沿いに北へ進攻して徐《じょ》州を奪《と》れば、合肥は孤立する。直接合肥を奪ろうとするから、結着がつかないのだ」

「曹操は、張遼《ちようりよう》将軍を合肥から動かそうとしません」

「孫権が、まず合肥をと思っていることを、読んでいるからだろう。張遼を破れるほどの者が、いま揚州にいるとは思えぬし」

関羽は、曹操軍の中では、張遼を買っていた。夏侯惇《かこうとん》、夏侯淵《かこうえん》も優れた武将であるが、張遼はあの呂布《りよふ》の部将だった男なのだ。軽騎兵を率《ひき》いた迅速《じんそく》な戦では、右に出る者はいないだろう。

周瑜《しゆうゆ》がいたら、違うことを考えるかもしれない。いや、周瑜がいたら、劉備が益州を奪るということはなかった。病死した周瑜が、劉備に運を運んできていた。

その運は、逃すべきではなかった。だから二年間、劉備はじっくりと益州を固めればいいのである。

「殿が益州を固めておられる間に、われらは軍勢の規模を七万にまでしたい。その数に、大きな無理があるとは思えぬが、どうだ？」

「無理というより、七万が限界だろうと思います。長江《ちようこう》の北の、南陽《なんよう》郡、襄陽《じようよう》郡という人口の多い地域を、曹操に押さえられています。しかもその背後には、広大な中原《ちゆうげん》の領地が拡《ひろ》がっています」

「なにを言いたい、王甫《おうほ》?」

「強引なことが、できないということです。南陽郡《なんようぐん》、襄陽郡《じょうようぐん》は、民に対する締めつけが緩《ゆる》いのです。したがって荆《けい》州南部の民は、機会があれば南陽郡の方へ流れていきます」

兵がぶつかり合う戦ではない戦を、曹操《そうそう》はできる。わずか荆州北部の民への締めつけを緩くしても、全体ではなんの痛痒《つうよう》もない。それが、大きいということだった。荆州南部の民が、ひそかに北へ流出していく。そうさせるのも、それを止めるのも、戦だった。

荆州北部の曹操軍の拠点は、樊城《はんじょう》である。曹仁《そうじん》が守将だった。

しかし劉備《りゅうび》軍は、八年の長きにわたって、前荆州牧《ぼく》、劉表《りゅうひょう》の客将として、新野《しんや》に駐屯《ちゅうとん》していたのだ。その地の豪族とも、いまだ浅くない繋《つな》がりがある。

「いま王甫が言ったことについて、われらにもできることがある。南陽郡の豪族に対して、諜略《ちょうりゃく》をかけるのだ。軍師殿が、いまは益《えき》州だ。だから王甫を中心にして、それをやれ」

「曹仁《そうじん》を裏切るように仕向ければよい、ということですか、関羽《かんう》様?」

「それだけではない、王甫。南から流れてきた農民を酷使する。そういうことでもいいのだ。すぐに寝返れと言ったところで、たやすくできはせぬ」

当面、樊城の曹仁に対することだけを、やっていればいい。あとは、兵をどれだけ鍛えあげられるかなのだ。

江夏郡《こうか》には、孫権《そんけん》軍の呂蒙《りょもう》将軍がいる。揚《よう》州との同盟がある以上、お互いに表立ったことはできないが、油断をしていると足もとを掬《すく》われかねなかった。そちらには、関羽が自分で使っている間者《かんじゃ》を潜入させ、定期的に報告を届けさせている。

孫権軍の若手の将軍の中からは、劉備が益州を奪《と》ったら、荊州の返還を要求せよ、という声がかなり強くあった。いずれも、周瑜《しゅうゆ》が育てた将軍たちで、反劉備感情は強い。

荊州返還など、問題外だった。

「胡班《こはん》は、南を回れ。明日からだ。役所の動きを、つぶさにその眼《め》で視察せよ。どんな小さなことでも、気持にひっかかったことは私に報告するのだ」

それから、荊州北部と江夏郡の情勢について、分析をはじめた。江夏については、呂蒙が病気がちだという情報は入っている。

それぞれの話を聞いていると、三人とも成長してきてはいた。しかしやはり、孔《こう》明《めい》の分析などには、遠く及ばない。

龐統《ほうとう》がいてくれたら、と関羽《かんう》は思った。益州《えき》を攻略したあとは、孔明《こうめい》が劉備《りゅうび》と益州に腰を据え、龐統は荆州《けい》に戻ってくることになっていた。関羽も、ひそかにそれを当てにしていたのだった。

流れ矢で、死んだという。運がなかったとしか、言いようがなかった。

龐統とは、なぜか気が合った。馬にも乗れず、剣も遣《つか》えなかったが、毎日関羽が教えこんで、なんとか馬だけは乗りこなせるようになった。孔明のように、すべてが明晰《めいせき》というのではなく、どこか無様《ぶざま》だった。考えに考え抜く男で、考えている時はなにを迷っているのかと苛立《いらだ》たしくなるが、出してくる結論はいつも非凡だった。誰《だれ》にも言っていないが、あの龐統がいなくなったのは、いかにも痛い。自分ひとりだと、力押しをしてしまうという懸念《けねん》が関羽にあった。駈《か》け引きというものが、どうにも自分の性格には合わないのだ。

劉備の幕僚《ばくりょう》で、ほかに軍師として欲しいと思う者はいなかった。孟達《もうたつ》が宜都《ぎと》郡に来て、一夜飲み明かしたが、張松《ちょうしょう》ほどにも関羽は認めなかった。法正《ほうせい》も同じである。

会議を終えると、関羽は関平《かんぺい》を伴って、城外に出た。従うのは、五十騎ほどの旗本《はたもと》である。

江陵《こうりょう》城外十里（約四キロ）ほどの原野で、五千の兵の調練をやっていた。

指揮をしているのは、廖化《りょうか》である。張飛《ちょうひ》や趙雲《ちょううん》とは較《くら》べようもないが、堅実な、厳しい調練を兵に課している。校尉《こうい》（将校）のころから、関羽はずっと廖化を見ていた。

騎馬五百と、歩兵四千五百の調練である。

騎馬隊の主力は益州へ行き、荆州には二千が残っているだけだった。馬の数も足りないが、半年後には一千頭が増えることになっていた。牧場《まきば》からも、毎年百頭ほどの馬が加えられるようになっている。

関羽が姿を見せると、騎馬隊が整列した。歩兵は、三カ所に分かれて陣を組んだままだ。それを見ただけでも、どういう調練をしているのか、関羽にはわかった。歩兵によって騎馬隊を止めるという調練である。いまは騎馬が少ないので、その歩兵の調練は、いくら積んでも積みすぎるということはない。

「廖化」

呼ぶと、廖化は自分の足で走ってきた。歩兵中心の調練の時は、馬に乗らない。そういうことは、できる男だ。

「この三日の調練で、何人の兵が死んだ？」

「ひとりも、死んでおりません」

調練で、いま一歩踏みこむ激しさが、廖化《りょうか》にはない。よく殺してしまう張飛《ちょうひ》に対しては、批判的な考えすら持っているようだ。

張飛は、殺したくて殺しているのではない。それだけ激しい調練をやることによって、弱い者が脱落していく。それが死で、戦場では死にやすい兵と言えた。ひとりだけで死んでくれればいいが、味方を巻き添えにすることが、しばしばあった。

張飛は、それを嫌っていた。死ななくていい者が、死ぬからである。

調練で死ぬ者の数は、かぎられていた。そして戦場では、張飛は最も危険な場所にいながら、驚くほど部下を死なせないのだ。

「よし、続けろ、廖化」

調練で弱い者を死なせてしまえとは、言えることではなかった。二人、三人と死なせれば、廖化自身が立ち直れなくなるかもしれない。

再びはじまった調練を、関羽《かんう》は赤兎《せきと》の上から見ていた。普通の軍以上の動きはする。しかし、精強とまでは言い切れない。それが廖化の限界なら、仕方のないことだ。

「どう思う、平《へい》？」

「よくやっている、と私は感じました。こうやって調練を怠らずに積んでいけば、精鋭《せいえい》になるだろうと思います」

「そうだな」

関平も、どこか甘い。ほんとうに厳しい戦を、経験していないからだろう。

夕刻まで調練を見て、その夜は幕舎《ばくしゃ》に泊ることにした。

廖化が調練している五千は、ほとんど新兵である。あとの二万五千は、張飛、趙《ちょう》雲《うん》の調練を受け、関羽自身も鍛えている。これは、間違いなく精鋭だった。

陽《ひ》が落ちると、方々で焚火《たきび》が燃やされた。

荊州《けいしゅう》も、寒い季節に入っていた。

冷たい月が出ている。関羽は、夜中にひとりで陣の中を歩いた。調練に疲れて眠りこけている兵たちの寝息が、そこここで聞えた。さすがに、歩哨《ほしょう》はしっかりと立っているが、どこか緊張に欠けていた。

自分は、高いものを望み過ぎているのかもしれない、と調練を見るたびによく思う。もう、数千の小さな所帯ではないのだ。益《えき》州も合わせると、劉備《りゅうび》軍は十数万の兵力になる。これからさらに、兵力は増えていくはずだ。そのすべてが精鋭、というわけにもいかないだろう。

涿《たく》県を出て、数百人で流浪《るろう》の軍をしていたころが、懐かしい気もしてくる。人間の思いというのは、勝手なものだ。

心の底にある、焦《あせ》りに似た思いは、消えていなかった。関羽《かんう》は、五十三歳になっている。劉備《りゅうび》は、五十四歳だ。残された時が、どれほどあるのかと、ひとりになるとよく考えた。あと十年として、その間に曹操《そうそう》を破り、孫権《そんけん》を破り、この国を平定できるのか。

流浪の時が長過ぎた、と悔《く》やんでみてもはじまらなかった。秋《とき》を得たら、劉備は短い間に飛躍したのだ。五、六年前まで、六千の少勢の、流浪の軍だった。それがいま益《えき》州を奪《と》り、荊《けい》州の南に併《あわ》せている。気づくと、この国で第二の勢力になろうとしているのだ。

生き延びてきたからこそ、秋《とき》も与えられた。じっと耐え、待ち続けて、ようやく秋《とき》を摑《つか》んだ。ここで、走るべきなのではないか。でなければ、せっかく摑んだ秋《とき》が、また手の中から逃げていくのではないか。

再び待つには、齢《よわい》を重ねすぎていた。

月の光が、地面に関羽の影を落としている。歩哨の呼び交わす声。かすかな風。

ふと、嗚咽《おえつ》を関羽の耳はとらえた。

その声を辿《たど》るように、歩いていく。若い兵がひとり、地面に腰を降ろした姿で泣いていた。しばらく、関羽はその姿を見つめていた。それから、背後に立ち、肩に手をかけた。

ふりむいた兵士は、関羽の姿を見て躰《からだ》を硬くした。月の光が、濡《ぬ》れた頰《ほお》を照らしている。まだ若い、子供のような兵士だった。

「つらいのか、調練が？」

「いえ、つらくありません」

直立した兵は、関羽の肩ほどの背丈しかなかった。

「いくつだ？」

「十六歳です」

無理をして徴兵してきた者の、ひとりかもしれない、と関羽は思った。

「馬には乗れるのか？」

「歩兵ですが、牧場《まきば》で働いていたので、馬には乗れます」

「名は？」

「郭真《かくしん》と申します」

「明日、私の幕舎《ばくしゃ》へ来い。郭真。怯《おび》えることはない。私は、赤兎《せきと》という馬に乗っている。このところ忙しく、一緒にいてやる時が少ない。手入れもしてやれぬ。赤兎の世話ができる従者《じゅうしゃ》が欲しい、と思っていたところだ」

「馬の世話ならば、槍《やり》よりもよくできます」

頷《うなず》き、郭真《かくしん》の肩に一度手をやり、それから関羽《かんう》は歩きはじめた。

相変らず、地表に自分の影が落ちている。関羽は、それを踏んでみたくなった。踏み出す足の先に、影は逃げていく。こうやって、夢を追いながら生きてきた。なんとなく、そんなことを考えた。

歩哨が呼び交わす声が聞えた。

月にかかる雲は、いまのところない。

5

年が明けたころから、関羽の周辺はにわかに騒然としてきた。

頻繁《ひんぱん》に、孫権《そんけん》からの使者が来るようになったのだ。露骨《ろこつ》な、荊州《けい》返還要求だった。益州《えき》を奪《と》った以上、劉備《りゅうび》は荊州のすべてを返すべきだというのである。

約束は、そういうものではなかった。かつて周瑜《しゅうゆ》軍がいた、長江《ちょうこう》北岸の地を、益州を奪った時は返すというものだったはずだ。

はじめ、関羽は激怒して使者を追い返した。斬《き》ろうかとも思ったが、さすがに同盟の相手からの使者は斬れなかった。

二度目の使者の時は冷静になり、長江北岸なら、約束通り返還しようと答えた。そこは、大して広くもない。そして、曹操《そうそう》と直接ぶつかる地域だった。

三度目の使者も、まるで答えを聞かなかったように、同じ内容の孫権の親書を携《たずさ》えてきた。関羽は使者を江陵《こうりよう》に留《とど》め、返事も渡さなければ、求められても会いもしなかった。

成都《せいと》には、使者の件について知らせた。

次に孫権は、江陵を素通りして、直接成都へ使者を送った。孔明《こうめい》の兄、諸葛瑾《しょかつきん》である。

成都ではかなりの議論になったようだが、劉備は要求のすべてを突っぱねた。戦《いくさ》になる、と関羽は感じた。すぐに全軍を集結させた。孫権との戦は、曹操を利するだけでいかにも馬鹿げていたが、孫権から仕かけてきたのだ。

「どういうつもりなのでしょう？」

王甫《おうほ》が、兵糧《ひょうろう》の準備ができていることを告げに来た時、首をひねりながら言った。

「殿が益州を手にされた。それに荆州南部を併《あわ》せると、揚《よう》州を遥《はる》かに凌《しの》ぐ。天下三分の形勢の中で、孫権《そんけん》はあくまで第二位の位置にいたかったのだろう。どこか、小さいな。益州《えき》を奪《と》り、涼州《りょう》の馬超《ばちょう》と結んで、西から中原《ちゅうげん》を攻めようと考えた周瑜《しゅうゆ》と較《くら》べると、いかにも小粒だ。体面だけにこだわっているように、私には思える」

「しかし、荆州《けい》返還を主張しているのは、周瑜が育てた若い将軍たちだ、という話ですが」

「やつらは、口惜《くや》しいのだろう。周瑜将軍がやるべきだったことを、殿がやってお
られるのだ」

「それにしても」

「もういい、王甫《おうほ》。とにかく、兵糧を荆州内のどこへでも運べるようにしておけ」

王甫が、一礼して退出した。

関羽《かんう》は、荆州の地図を睨《にら》んだ。もし孫権の方が荆州に攻めてくるとしても、まず狙《ねら》うのは南部だろう。特に、長沙《ちょうさ》、桂陽《けいよう》の二郡だ。守兵も、それぞれが二千ずつと少ない。

宜都《ぎと》郡の孟達《もうたつ》は、動かせない。曹操《そうそう》軍に対する備えなのだ。本隊の三万で動くしかないだろう。孫権は、南にどれほどの兵力を投入してくるのか。七万を超えていたら、成都《せいと》に援軍を乞《こ》うしかなかった。七万までなら、三万で打ち払う自信が、関

羽にはあった。

やがて、放《はな》ってあった間者《かんじゃ》の報告が入りはじめた。江夏《こうか》郡、武昌《ぶしょう》に集結している軍が五万。それは南へむかいつつある。水軍が動いていて、予章《よしょう》郡にやはり五万ほど集結しつつあった。揚《よう》州軍で厄介なのは、なんといっても水軍の動きだ。一度に数万の兵を移動させてしまう。兵站《へいたん》線も、しっかりしている。

関羽は、本隊を長江《ちょうこう》の南岸に移し、代りに孟達の一万を東へ突出させた。同時に、成都に救援の依頼も出した。すぐに、張飛《ちょうひ》に二万をつけて出す、という返事があった。

張飛が来るのなら、と関羽は思った。二人で五万を率《ひき》いれば、十万の敵などたやすく打ち払える。考えてみれば、張飛とともに戦をするのは、久しぶりのことだった。

関羽は、三万を率いて南へ二百里（約八十キロ）ほど移動し、そこに陣を張った。孫権は、長沙、桂陽の二郡には、すでに兵を出して制圧にかかっていた。それは守兵を打ち破る程度の兵力で、本隊を当てるほどのことはなかった。

関羽はそこで、孫権軍の本隊の到着を待った。

まず五万が、長沙郡から西へむかって進んできた。

魯粛《ろしゅく》が面会を求めてきたのは、そういう時だった。

関羽《かんう》の幕舎《ばくしゃ》で、むき合った。

「いくらなんでも、馬鹿げています。揚《よう》州軍が関羽殿と戦をして、なんの意味があるというのですか？」

「それは、こちらが訊《き》きたい。軍を荊《けい》州に入れているのは、そちらだろう、魯粛殿」

「まだ、話し合う余地はあるはずです。ここで戦をしたら、曹操《そうそう》が小躍りして喜ぶだけでしょう。劉備《りゅうび》様は、益《えき》州を得られたというのに、なぜ荊州を返そうとされないのです？」

「それは、そのまま孫権《そんけん》の言葉としてとっていいのか、魯粛殿？」

「勿論《もちろん》です」

「長江《ちょうこう》以南の地域は、われらが闘って奪《と》ったものだ。周瑜《しゅうゆ》殿も、それを認めておられた。周瑜殿が江陵《こうりょう》を攻めている時、われらは長江以南を押さえた。それで、周瑜殿の江陵攻めも成功したのだ」

「それは、わかっています。しかし劉備軍は、赤壁《せきへき》の勝利があったからこそ、それができたのではありませんか。赤壁で闘ったのは、周瑜の水軍です」

「確かに」

「劉備様は、益州という広大で豊かな地を得られました。なぜ、荊州にこだわらなければならないのです」

「闘って、手にした土地だからだ。帝《みかど》の土地だから揚州を返還しろ、と曹操が言ってきたらどうする、魯粛殿。理不尽だと、孫権は言うだろう。同じことだ。荊州の南を、われらは闘って手にした。返還するなら、長江の北側だけだ。それ以上は、返還する筋合いではない」

「周瑜が、江陵攻めで苦戦している間に、劉備様はほとんど血も流されず、荊州南部を奪られた。それを、揚州の若い将軍たちは許せないと思っているのです」

「御存知《ごぞんじ》かどうかは知らぬが、江陵攻めの助力を、周瑜殿は断ってきた。われらとて、江陵攻めが大事だと思ったからこそ、助力を申し出たのだ」

「とにかく、一度荊州を返還されよ、関羽殿。それが、曹操を喜ばせないための、唯一の方法です」

「魯粛殿ともあろうお方が、曹操の名などを利用されるのか？」

「私はただ、戦が無意味だと言っているだけです」

「ならば、荊州の兵を退《ひ》かれることです。片手で殴り、もう一方の手を握り合う。

孫権《そんけん》という男は、見下げ果てたやつだ」

「言葉が過ぎますぞ、関羽《かんう》殿」

「戦をしようではないか、魯粛《ろしゅく》殿。そうやって、お互いに滅びていこう」

「関羽殿」

「今度の、孫権のやりようは、言葉で言うとそういうことになる」

「感情を先走らせてはなりませんぞ、関羽殿」

「頭に血を昇らせているのは、孫権の方ではないのか、魯粛殿。私の任は、荊《けい》州を守ることにあるのです。なにがあろうと守り抜く。それだけのことです」

魯粛が、劉備《りゅうび》と孫権の衝突を、なんとか避けようとしていることは、痛いほどわかった。いまは、そんなことをしている時ではないのだ。そこまでわかって、孫権がこういうことを言い出した、とも考えられる。

とすれば、荊州全部を返還せよというのは、最初の申し入れにすぎず、どこか妥協点を考えている可能性もあった。そういう陰性のしたたかさが、周瑜《しゅうゆ》にはなかった。常に果《か》敢《かん》で、なにをやろうとしているか、よくわかった。陰性のしたたかさと対していかなければならないとなると、こちらも考え方は変えた方がいい。

関羽は、周瑜を好きではなかったが、自分にはない輝きを眩《まぶ》しいと感じたこともしばしばあった。そういう眩しさが、孫権にはない。

結局、魯粛との話し合いは、ものわかれに終った。

予章郡《よしょう》にいた孫権軍の五万が、荊州へ侵入しはじめた。関羽は、さらに全軍を南へ進め、益陽《えきよう》のそばに迎撃の陣を敷いた。

「危険だと思います、関羽様。武昌《ぶしょう》にいた五万が南下しつつあるのです」

「構わぬ。後方にも防塁《ぼうるい》を設けよ、王甫《おうほ》。胡班《こはん》は別働隊の陣を五里（約二キロ）西に敷き、本陣の前方、後方どちらの攻撃にでも対処できるようにしておけ」

張飛《ちょうひ》の二万が到着するまで耐《た》えれば、たやすく打ち払える敵だった。

ただ、こういう荊州の情勢は、当然曹操《そうそう》の耳に入っている。この機を、ただ観望しているだけの男ではない。なにか、意表を衝《つ》く動きに出る、と関羽は思っていた。

雍州略陽《ようしゅうりゃくよう》に拠《よ》って抵抗を続けていた韓遂《かんすい》が、夏侯淵《かこうえん》に散々に打ち破られた。雍州、涼州《りょう》には、曹操の力が急速に浸透しつつある。曹操は、いつでもどこへでも、大軍を送れる状態になっているだろう。

馬超《ばちょう》、韓遂、そして関中《かんちゅう》十部軍が、なぜ曹操に敗れたのか。馬超と韓遂にかけた離《り》間《かん》の計が、成功したからだ。

同じことが、劉備と孫権の間にも、起きようとしていないか。それを、孫権は気づこうともしていないのか。

関羽《かんう》は、幕舎《ばくしゃ》の中で考え続けた。孫権軍《そんけん》を打ち払っても、その虚を曹操《そうそう》に衝《つ》かれれば、元も子もないのだ。それは孫権にしても同じで、魯粛《ろしゅく》はそれを心配して、なんとかぶつかり合いを避《さ》けようと奔走《ほんそう》している。

噂《うわさ》として流れてきたことだが、曹操は、皇后とその皇子《おうじ》たちを、叛乱《はんらん》の罪で処断したという。いまや帝はひとりきりで、曹操が自分の娘を皇后にするつもりではないか、と言われていた。曹操の野心は、いまはっきりとかたちをとり、帝というものにむかっている。

益陽《えきよう》に陣を敷いて四日目に、孫権軍が南から接近してきた。斥候《せっこう》を出して探っていたが、決して速い動きではなかった。指揮は、甘寧《かんねい》である。攻撃にたけた男で、のんびりと軍を移動させるのは、すぐに会戦という事態を避けようとしている、と思えた。

「赤兎《せきと》を曳《ひ》け。騎馬隊を二千、出動させる」

王甫《おうほ》も、戦の肚《はら》を決めたようだった。命令を伝える声には、気力が漲《みなぎ》っている。

郭真《かくしん》が、赤兎の轡《くつわ》を取って待っていた。

かつての劉備《りゅうび》軍ほどではないにしても、騎馬隊は迅速《じんそく》に動く。小さくまとまる調《ちょう》練《れん》は、充分に積んでいた。

陣から南十里（約四キロ）の小高い丘に、関羽は騎馬隊を整列させた。

遠くに、進軍してくる五万の土煙《つちけむり》が見えた。斥候は頻繁《ひんぱん》に現われ、丘に並んで騎馬隊を見て駈《か》け去っていく。

「どう思う、平《へい》？」

関羽は、そばにいる関平《かんぺい》に問いかけた。

「大軍です。二千騎だけで突出しているのは、危険だと思います」

「そんなことはない」

かすかな失望を感じながら、関羽は言った。実戦の経験が少ないというようなことではなく、関平には戦の機を見る眼《め》がなかった。それは、身につけさせようと思って、身につくものでもない。

「確かに大軍だが、騎馬も歩兵もまとまって動いている。これは、攻めというより守りの構えの進軍だ。この丘の手前で、敵は動きを止め、本陣を組みはじめる。この丘のわれらを、必要以上に警戒しているな」

「そうですか」

「後方の本陣は、廖化《りょうか》が指揮している。防塁こそ築いているが、いつでも前へ出られるという態勢だ。それも、甘寧《かんねい》は読んでいるのであろうよ」

そして孫権《そんけん》軍全体は、すぐに攻撃するという意志を持っていない。まだ、交渉の余地がある、と孫権が考えている証拠《しょうこ》のようなものだ。

三万で攻撃すれば、潰走《かいそう》させられる。関羽《かんう》は、そう見た。しかし、ここで勝つことに意味はない。武昌《ぶしょう》から南下してきている五万は、目前の五万よりずっと精強だという。目前の敵を破ってすぐに反転し、衝突する。それで勝てるかどうか。張飛《ちょうひ》が来れば、間違いなく勝てる。

それで、孫権との全面対決になる。避《さ》けるべきだった。曹操《そうそう》が、じっと待っているに違いないのだ。

思った通り、丘の手前五里（約二キロ）の地点に、敵は陣を敷きはじめた。馬止めの柵《さく》を前に出した、慎重な陣だった。

蹴《け》散《ち》らしてやろうか。関羽は、衝動に似たものを感じた。自分が敵陣を二つに断《た》ち割ったところに、廖化《りょうか》を突っこませる。自分は、反転して背後から襲《おそ》う。側面から、胡《こ》班《はん》が攻めれば、勝負はつく。はっきりと、関羽には見えた。ついこの間まで、そういう戦を続けてきたのだ。その場で、勝てばよかった。青竜偃月刀《せいりゅうえんげっとう》だけを頼みにして、単身で敵に突っこむこともできた。

いまは、劉備《りゅうび》と孫権の関係がどうなるか、まずは見定めなければならない。曹操がどう出るかも、考える必要がある。ちょっとした戦が、情勢を大きく変えることもあるのだ。いつの間にか、そこまで判断する立場に立っていた。

赤兎《せきと》に跨《また》り、丘の頂《いただき》に立って、関羽はじっと敵の陣構えを見ていた。

敵の騎兵が三千騎ほど、牽制《けんせい》のためか前へ出てきた。ほんの二里（約八百メートル）ほどのところまで、近づいてきている。馬止めの柵《さく》を、地に打ちつけて固定するために、時を稼いでいるようだ。

関羽は、旗本《はたもと》を中心に三百騎を選び出した。

「なにをなされます、関羽様？」

「あの騎馬隊を追い散らしてくる。その間の指揮は、おまえがやっておけ、王甫《おうほ》」

「しかし」

「二里まで近づいたら、蹴散らされる。まずは、そう思わせておきたい」

「三千騎はおります」

「だから、三百騎で充分なのだ。見ておれ」

片手をあげ、関羽は赤兎の腹を締めつけた。ゆっくりと赤兎が進みはじめる。劉備軍の騎馬隊は、なにも張飛や趙雲《ちょううん》ばかりではない。あの二人に、任せてやっただけだ。

赤兎《せきと》の腹を蹴った。三百騎は、一体になって付いてくる。頭上で、関羽《かんう》は青竜偃《せいりゅうえん》月刀《げっとう》を振った。騎馬隊が三つに分かれる。中央は関羽。赤兎が突出していく。敵には、明らかに動揺があった。不意に攻めかけられたというより、関羽の旗が近づいてきたことに慌《あわ》てているようだ。

それを見てとった時、関羽はすでに先頭の二騎を打ち落としていた。赤兎は駈け続ける。三つ、四つと首を飛ばした。敵を突き抜けた。百騎は付いてきている。両《りょう》翼《よく》の二百騎も、それぞれに敵を追いこんでいた。反転。崩れかけた敵を、再び両断していく。

すでに、二百騎近くは打ち落としていた。

「愚《おろ》か者」

関羽は、敵にむかって声をあげた。

「この関羽雲長《うんちょう》に二里まで近づいたら、首と胴が離れると思え」

敵は潰走《かいそう》しかけていた。ただ、右翼に十五、六騎、果敢《かかん》に持ちこたえている一団がいる。関羽は雄叫《おたけ》びをあげると、青竜偃月刀を低く構え、赤兎を駈けさせた。躍りこむ。首を三つ、同時に飛ばした。次の二騎は、武器ごと打ち落とした。青竜偃月刀には、柄尻《つかじり》にも小さな槍《やり》の穂先を付けてある。右を斬り落とすと、ほとんど同時に左を突き落とすことができた。十五、六騎が、四騎だけになり、逃げはじめた。赤兎が追う。四騎とも、首のない躰《からだ》を乗せて、馬は止まった。

原野が、一瞬静寂に包まれた。

束《つか》の間《ま》、すべての動きが止まった。それから、敵は算を乱して潰走しはじめた。

味方の損害は二騎。それも死んではいない。

「乗り手のいない馬を集めろ」

関羽が言うと、百二、三十頭の馬が曳《ひ》かれてきた。それを連れ、関羽は再び丘の頂上に戻った。敵は、本隊まで後退しはじめていた。小さくかたまり、守ることだけにすべてを集中させて、退《さ》がっている。追い撃ちはかけなかった。たやすく崩せて、千や二千の首を取れることはわかっていたが、これ以上やると、本格的な戦になる。あくまで、二里にまで近づいた敵を、打ち払っただけなのだ。

ほぼ十里（約四キロ）も退がって、敵は陣を組み直したと斥候《せっこう》が報告してきた。二万で方陣を作り、三万を魚鱗《ぎょりん》に配した、大軍を迎えるような陣だ。

「戻るぞ」

関羽は言った。これ以上、丘の頂にいる理由はなかった。

長い距離を置いたまま対峙《たいじ》し、六日が過ぎた。武昌《ぶしょう》から南下していた敵も、進軍を止めているようだ。

大きな戦にはならない、と関羽《かんう》は思った。しかし、それを決めたのは劉備《りゅうび》なのか、孫権《そんけん》なのか。関羽の陣には、敵の斥候さえ近づいてこようとしない。

八日目に、成都《せいと》からの急使が到着した。

江陵《こうりょう》に帰還せよ、という命令だった。長沙《ちょうさ》、湘東《しょうとう》、桂陽《けいよう》の三郡を、孫権に譲《ゆず》ると も伝えられた。曹操《そうそう》が、漢中《かんちゅう》に侵攻してきたという。

荊《けい》州の東側を譲ることで、劉備は戦を避けようとし、孫権はそれを承知した。曹操に対するためには、それしかないことは、関羽にはよくわかった。

「一部とはいえ、荊州を返還するのですか」

関平《かんぺい》が、激昂《げっこう》していた。

「孫権とは、もともと同盟があります。漢中に曹操が攻めこんできたのなら、合肥《がっぴ》や徐《じょ》州あたりで牽制《けんせい》するのが孫権の役目なのに」

それぞれが、自分の利益のために結んでいる。同盟と言っても、その程度のものだった。乱世では、最後の最後は、他人の力を恃《たの》みとした者が負ける。

孫権は、絶妙な機会を狙《ねら》って、荊州の返還を要求してきた。曹操の動きも、事前に摑《つか》んでいたのだろう。孫権という人間の、手堅さと巧妙さを感じさせるやり方だった。

ただ、信義には欠けた。

江陵《こうりょう》に戻ると、待っていたように魯粛《ろしゅく》がやってきた。

「大きな戦にならなかった。それはよかった、と私は思います」

関羽も頷《うなず》いた。いまの劉備の力で、戦線を二つ抱えるのは、絶対に無理である。曹操が相手なら、なおさらのことだ。下手《へた》をして益州《えき》を失えば、嵩《かさ》にかかって曹操が荊州まで攻めこんでくるのは、眼に見えていた。

そこを狙って荊州の一部を強引に奪った孫権は、夜中に餌《えさ》を漁《あさ》る野鼠《のねずみ》のようなものだと思ったが、口には出さなかった。

いまは、漢中の情勢の方が、関羽には大事だった。漢中から、成都にむかって曹操が進撃するということになれば、荊州の劉備軍は北上して、曹操の退路を断つ。あるいは白帝城《はくていじょう》に出て、進撃中の曹操軍を側面から脅《おびや》かす。そういう動きをしなければならないのだ。

「できれば、曹操を牽制するために、合肥に大軍を出していただきたいものですな。江夏郡《こうか》に大軍を留めなくても、われらがそちらに進攻することなどあり得ませんから」

「それは、殿に献策しております。合肥《がっぴ》の奪取は、殿の長年の宿願でもあります」

「魯粛《ろしゅく》殿がいてくださったおかげで、無意味な戦にはならずに済んだ。それは、心にとめておきます」

「いや、私は」

武昌《ぶしょう》から南下中の軍は、魯粛と呂蒙《りょもう》の指揮だった。それが途中で進軍を止めたので、関羽《かんう》も動かないでいられたのだった。

「いつか、闘うことがあるかもしれない。しかし、それは曹操《そうそう》を倒してから、ということにしたいものですな」

関羽が言うと、魯粛は小さく頷いた。

心労が重なったのか、憔悴《しょうすい》した表情をしている。

それから数日かけて、関羽は荊《けい》州にあるだけの船を集めては、夷道《いどう》の孟達《もうたつ》のもとへ送った。兵糧《ひょうろう》の要請もあったので、麦城《ばくじょう》に蓄《たくわ》えてあるものから送った。

やることをやると、郭真《かくしん》だけを連れ、城外の原野を駈け回った。

心に、鬱屈《うっくつ》したものがあった。劉備《りゅうび》と同じ戦場で戦えない。仕方のないことだとわかっていても、それが時々たまらないことに感じられた。

荊州の空

1

おびただしい木材が、長安《ちょうあん》からの街道沿いに並べられていた。

夏侯淵《かこうえん》が集めたものである。丸太は、両端が両手で摑《つか》めるほどの太さに削《けず》りこまれ、板もそれほど長くはなかった。

曹操《そうそう》は、十二万の兵を率《ひき》いていた。

大軍を、出したいところへ出す余裕が、ようやくできた。夏侯淵が馬超《ばちょう》を破り、涼州《りょうしゅう》まで勢力下に置くことができるようになったからである。合肥《がっぴ》の戦線は、張遼《ちょうりょう》に任せてある。荊州《けい》も、曹仁《そうじん》がしっかりと樊城《はんじょう》を守っている。いま曹操がやらなければならないのは、益州《えき》を奪《と》ったばかりの劉備《りゅうび》を挫《くじ》くことである。あわよくば、益州全域をひと呑《の》みにしたいが、劉備がそれほど甘くないのは知っていた。とりあえず、五斗米道《ごとべいどう》の漢中《かんちゅう》を奪ればいい。

益州に入りはしたものの、劉備は五斗米道軍と事を構えてはいなかった。慎重にそれを避《さ》けている、という感じだ。黄巾《こうきん》討伐のころから原野を駈《か》け回っていた劉備は、宗教勢力がどれほど手強《てごわ》いか、よく知っているのだろう。

命じておいた木材がしっかり集められていても、曹操の機嫌はよくなかった。ただ、それを表面に出したりはしない。

馬超である。首を取れなかったばかりか、事もあろうに劉備の麾下《きか》に加わった。つい最近まで、劉備よりずっと大きな勢力を持っていた男である。

人を魅《ひ》きつけるなにかが、劉備にはあるのか。自分は、恐怖で人を支配しているだけなのか。行軍の間、曹操はずっとそれを考え続けていた。

徳の将軍、と劉備は人に言われていた。巧妙に、そういう仮面を被《かぶ》り続けていたことも確かだ。しかし赤壁《せきへき》の戦《いくさ》のあとは、なりふり構わず、荊州南部の制圧にかかった。周瑜《しゅうゆ》が江陵《こうりょう》を攻囲して、苦戦している時である。そしてそのまま荊州南部に居座り、周瑜が死ぬと、待っていたとばかりに益州を奪った。それも、劉璋《りゅうしょう》を騙《だま》し、援軍として入り、裏切ったのである。

徳の将軍の仮面など、かなぐり捨てていた。赤壁の戦以降の劉備は、飢《う》えたけもののように貪欲《どんよく》でさえある。

その麾下《きか》に、なぜ馬超《ばちょう》が加わるのか。馬超だけではない。荊《けい》州の有能な人材のかなりの部分も、劉備《りゅうび》に従った。益《えき》州でも、同じことが起きつつある。

服従する者と、反逆する者。覇者《はしゃ》にとっては、人はその二つにしか分けられない。自らが覇者たらんとした時、曹操《そうそう》はそう思い定めた。それは、ある意味では最もつらい道だった。それを選択してこそ、覇者の道を歩めるのだとも思った。

しかし、劉備にはそれほどの厳しさはない。その厳しさがないからこそ、人が集まるのか。覇者たらんとすれば、劉備も厳しくならざるを得ないはずだ。その時、劉備に従った何人かは、失望して離れていくのか。

思い出すのは、関羽《かんう》のことだ。袁紹《えんしょう》と並び、まさに覇を競《きそ》おうとしていた自分が、あれほどのことをしてやったにもかかわらず、敗残の身にすぎない劉備を、一途《いちず》に慕《した》った。

人間として、自分はどこか劉備に劣るのではないのか。そう思ってしまう瞬間が、しばしばある。

「殿下、これだけの木材があれば、足りると思っておりますが」

長安《ちょうあん》から随行してきている、夏侯淵《かこうえん》が言った。魏公《ぎこう》に昇ってからは、丞相《じょうしょう》ではなく殿下である。幕僚《ばくりょう》たちも、そう呼びはじめた。

「よく集めた」

なぜ馬超の首を取らなかったのか、という言葉を呑《の》みこみ、曹操はそう言った。夏侯淵も謀略《ちょうりゃく》を担当した程昱《ていいく》も、よくやった。それは確かだ。西からの脅威《きょうい》は、いまきれいに消えている。

夏侯淵の戦は、いつも詰めが甘い。馬超だけでなく、韓遂《かんすい》も散々に打ち破りながら、取り逃がしている。

自分と同等のものを、あるいは自分以上のものを、部下に求めるべきではないのかもしれない。そういう曹操の期待にこたえたのは、荀彧《じゅんいく》だけだった。しかし毒を仰《あお》いで死ぬことで、曹操の予想を超えたことを最後にやった。

「やはり、箕谷道《きこくどう》を選ばれますか？」

「そのつもりだ、夏侯淵」

山越えで漢中《かんちゅう》にむかうには、いくつかの道があった。いずれも、想像を絶するほど険岨《けんそ》であるという。その中で、比較的大軍の移動に適したのが、箕谷道である。

陳倉《ちんそう》から入り、河池《かち》を迂回《うかい》して陽平関《ようへいかん》へむかう。曹操は河池からさらに西へむかい、武都《ぶと》で東へ反転するつもりでいた。大きな迂回となるが、河池から南下する道に不安を覚えた。かなりの山越えになるのだ。五斗米道《ごとべいどう》軍は、山岳戦に異常にたけている。

それに武都《ぶと》郡には、氐《てい》族を中心とする、帰順しない少数民族が多かった。夏侯淵《かこうえん》に追いつめられた馬超《ばちょう》が、一千余の麾下《きか》とともに逃げおおせたのは、少数民族の助けがあったからだとも考えられた。こういう機会に、自分自身で討《う》っておくべきだった。

陳倉《ちんそう》で、随行してきた夏侯淵は帰した。

十二万の軍を四つに分け、箕谷《きこく》道《どう》を進軍した。先鋒《せんぽう》は張郃《ちょうこう》と朱霊《しゅれい》で、これは崩れた道を修復する任も持っている。

慌《あわ》てずに進んだ。漢中《かんちゅう》を奪《と》る前に、できれば武都郡も支配下に収めておきたい。それで劉備《りゅうび》は、北を完全に塞《ふさ》がれる恰好《かっこう》にもなる。

山越えの道は、さすがに厳しかった。ひとつの山だけでなく、いくつもの山が連《つ》らなっていて、地の果てまで終らないのではないか、という気がしてくる。

それでも、二十日あまりで、河池《かち》に着いた。そこに陣を張り、しばらく兵を休ませ、周辺の慰撫《いぶ》に努めた。氐族で反抗してきた者があるが、それは先鋒の張郃と朱霊が打ち破り、徹底的に追い散らしている。

山深かった。特に南東、漢中の方角には、険岨《けんそ》な鋭い山が並んでいる。箕谷道はその山なみを迂回するようにして武興《ぶこう》に到《いた》るが、たえず山側からの攻撃に晒《さら》される。曹操《そうそう》は、さらに西へ行き、下弁《かべん》を過ぎ、武都までの進軍路を取ることを、河池で再度確認した。

河池滞陣《たいじん》は、ひと月に及んだ。その間に、周辺の慰撫はほぼ終了した。ただ、険しい山岳地帯には、兵を入れていない。

「人は、漢中に集まっている、という感じですな。下弁も武都も、大した城郭《まち》ではありますまい。この河池と変らぬと思います」

一万の軍を率いて、十日ほど北の地域を回ってきた夏侯惇《かこうとん》が、陣舎に顔を出して言った。

夏侯惇は、いまだ戦場に出ることを望んでいる。ほんとうは合肥《がっぴ》の戦線の張遼《ちょうりょう》と交替したがっていたが、曹操はそれを許さなかった。長い間、軍を統轄《とうかつ》する仕事をしてきた。それは、曹操か夏侯惇しかできないことだったからだ。いま夏侯惇が、さかんに戦場に出たいと口にするのは、そろそろ死に時だと考えているからだ。軍人は誰《だれ》もが、戦場で死にたがる。

夏侯惇に、いま死なれるわけにはいかなかった。全軍を掌握《しょうあく》する力は、やはり図抜けていた。

昨年、荀彧《じゅんいく》に続き、荀攸《じゅんゆう》が病《やまい》で急死した。しかし、文官では優《すぐ》れた人材が、かなり育ってきている。戦場の指揮官という意味では、部将も育ってきているが、全軍を掌握するには、また別の能力と人望が必要なのだった。

「若い者たちは、どうだった？」

夏侯惇《かこうとん》が動く時は、いつも若い校尉《こうい》（将校）を数人付ける。いずれ、将軍になりそうな者たちだ。夏侯惇のところで、ふるい落とされる者が多かった。

「殿下のもとで、使えるほどの者はおりません」

「そうか。やはり、司馬懿《しばい》に勝《まさ》る者はおらんのか」

司馬懿は、文官としてだけでなく、軍人としても優れた素質を持っていた。尚書令《しょうしょれい》（官房長官）であった荀攸の下につけたが、荀攸が急死すると、その仕事のすべてをこなすようになった。しかし曹操《そうそう》はそれを好まず、司馬懿を閑職に移した。曹丕《そうひ》のそばに戻すというのも方法だったが、曹植《そうしょく》との後継の争いの中で、曹丕がひとりでどう動くかも見てみたかった。

家中は、後継が曹丕ということで、決定しているわけではない。副丞相《ふくじょうしょう》に曹丕を就《つ》けた時から、曹植は大きく遅れたと思われている。ただ、逆転を狙《ねら》う側近は、いま活発に動いている。

とにかく曹操は、司馬懿の能力を、無害なところで使いきってしまいたかった。どこか、好きになれないのだ。

「二日後に、全軍進発《しんぱつ》。先鋒は、張郃《ちょうこう》と朱霊《しゅれい》、で変らず。十日後には武都《ぶと》に到り、そこで軍を整え直して、川沿いに漢中《かんちゅう》へ進む」

「かしこまりました」

「夏侯惇は、私のそばにいよ」

「先鋒が、望みです」

「気持は、わかっている。それでも、私のそばにいてくれ、夏侯惇」

皇后を、処分した。その息子や一族も、処分した。曹操の風評を悪化させる、大きな役割を果したからだ。

朝廷に対して、曹操は厳しかった。逆らえば、処断する。それを、皇后を処分することで、はっきりと示した。はじめから、そうしていた方がよかったのかもしれない。荀彧という、強い壁があった。自分にも、そういう壁があったのだということが、いまでは信じられない。

荀彧がいなくなったので、朝廷に対して厳しくなったのだ、とは思いたくなかった。いずれ、こうなるはずだった。昨年が、そうだったというだけのことだ。いまの帝《みかど》は、弱々しい毒のようなものだった。この国が、数百年にわたって、無意識に作りあげた毒である。その毒のために、苦しんだ民は無数にいたのだ。それでもまだ、弱々しくても毒は持ち続けている。

いまの帝の血は、消した方がいい。はっきりと、曹操《そうそう》はそう思っていた。妻が処分されるというのに、帝はなんの抵抗もしようとしなかった。それも、血の中の毒がさせることだ。血こそ、唯一至上のもの。それでは、民はなんだというのか。

魏公《ぎこう》に昇り、殿下と呼ばれるようになった。いずれは、陛下と呼ばれるかもしれない。自分がこの国の乱世を鎮《しず》める覇者となれば、その資格はあるのだ。

まだ、闘わなければならない敵が、残っている。しかし、その相手の姿は、すでにはっきりと見えている。

「いろいろ、お悩みは深いようですな、殿下。しかし、この夏侯惇《かこうとん》がお相手をするには、お悩みは深くなりすぎております。殿下と同じように、私は大きくなれなかったと思います」

「よいのだ。おまえと許褚《きょちょ》。この二人が、私の弱さを知ってくれているだけでいい」

夏侯惇の右眼《みぎめ》が、じっと曹操を見つめてきた。

「戦場に出たいとは、もう申しません。ただし、殿下が戦場に出られる時は別です」

「わかっておる」

「二日後に、全軍進発いたします」

かすかにほほえみを浮かべ、夏侯惇が言った。

営舎の外で、兵が駈けるかけ声がする。夏侯惇が退出すると、曹操はひとりでそれに聞き入っていた。戦陣に、生きてきた。赤壁《せきへき》で、それは終るはずだった。あれから、七年が経《た》つのか。涼州《りょう》まで支配下に収め、力はさらに大きくなった。しかし、敵はそれ以上に手強《てごわ》くなった。

覇道の終る時は、いつ来るのか。ふと、そう思った。終らないのではないか。自分が生きている間に、この国はひとつにはならないのではないのか。

それを打ち消す思いも、またあった。自分は、この国の乱世を終らせるために、生まれてきた。強い、ほとんど意志と言ってもいい思いだった。

二日後、全軍は武都《ぶと》にむかって進発した。

道は、ずっと楽だった。抵抗する氐《てい》族や羌《きょう》族もいなかった。九日後に、武都に到着した。武都郡《ぶと》の平定のために二万残し、漢中《かんちゆう》へむかった。川沿いの道である。

少しずつ、心が戦にむかっていく。

なんのために、どういう戦をするか。それは、いつでも考える。銅雀台《どうじやくだい》にいる時も、進軍中も、女体を抱いている時もだ。それと、心が戦にむかう時とは、明らかに違う。けものになっていくのだ。

「虎痴《こち》」

曹操《そうそう》は、低い声で許褚《きよちよ》を呼んだ。素速く馬を寄せてきた許褚が、じっと曹操の顔を覗《のぞ》きこむ。

「全軍を叱咤《しつた》せよ。歩兵には駈けさせよ。戦だ。漢中まで、あと二日で到着したい」

「はっ」

許褚の合図で、旗本《はたもと》が動きはじめた。先鋒には、伝令が飛ぶ。方々で、兵を叱咤する声があがる。かすかな高揚が、曹操を包みこんだ。

全軍が、駈けはじめていた。

2

陽平関《ようへいかん》に、砦《とりで》を築いた。平地の砦とは違う。一見すると山にしか見えないが、すべて急な斜面で守られていて、それは山頂まで続いている。

曹操が漢中に侵攻《しんこう》すると知った時から、張衛《ちょうえい》はこの砦を築きはじめた。

しかし兄の張魯《ちょうろ》は、曹操と闘うという決定を、まだ下していない。劉備《りゅうび》と組み、曹操と闘う。方法としては、それしかなかった。しかしまず、劉備とは組まない、と兄は決定した。劉璋《りゅうしょう》を益州《えき》から追い出した男だ、といくら説明しても、兄は聞く耳を持たなかった。

いまのままでは、なしくずしに曹操が漢中を奪《と》るのは、眼《め》に見えていた。すべて、五斗米道《ごとべいどう》に頼った。つまり、教祖である兄の張魯に頼った。それがなければ、自分はなにひとつできない男だった、といまさらながら思う。天下への夢も、益州に王国を作ろうという夢も、漢中だけでも別天地にしておこうというささやかな夢でさえ、実に脆弱《ぜいじゃく》な土台の上に築いた夢にすぎなかった。

曹操と闘え、と兄はまだ口にしない。迷っているとさえ、張衛には思えなかった。

どうすれば、降伏《こうふく》が受け入れられるか。兄が沈思しているのは、それだけとしか考えられないのだ。実際に、穀物倉やその他の倉を、すべて封印して、張衛《ちょうえい》が使うことさえ許さなかった。

陽平関《ようへいかん》に砦を築くのは、いつもの作業のように兵たちはやった。戦《いくさ》ではなかったので、張衛の命令で動いたのだ。

しかし曹操《そうそう》との戦ということになると、兵はみな教祖の言葉を待った。言葉がないかぎり、動こうとしない。白忠《はくちゅう》や任成《じんせい》という、長く五斗米道《ごとべいどう》軍を支えてきた者でさえ、そうなのだ。

いま砦にいるのは、二千ほどの、張衛の直属部隊だけだった。その二千を二隊に分け、高豹《こうほう》と二人で指揮している。

三万で守備すると想定したので、築いた砦はいかにも大きすぎた。見回っても、まばらに兵の姿があるだけだ。

曹操自身が指揮する大軍が、箕谷道《きこくどう》から河池《かち》に到《いた》り、そこから武都《ぶと》へむかったという知らせを受けた時も、張衛は南鄭《なんてい》郊外の山の館《やかた》に行こうとは思わなかった。兄の優柔不断さにふり回されるのは、もうたくさんだという思いが、くり返し襲《おそ》ってきただけだった。

河池に曹操軍がいる時が、わずかな襲撃の機会だったが、漢中《かんちゅう》の外ということで、兄が承知するはずもなかった。偵察を出しただけである。さすがに、曹操は襲撃の隙《すき》をまったく見せていなかった。そこから武興《ぶこう》にむかって南下してくれば、まだ攻撃の機会は残されていたかもしれない。武都へむかったと聞いて、張衛はどうしていいかもわからなくなった。武都まで大きく迂回《うかい》して、大軍が川沿いに進んでくれば、もう陽平関で迎撃する以外にないのである。しかも、そこの守兵が二千という有様《ありさま》だった。

なす術《すべ》もなく、茫然《ぼうぜん》としたまま、自分は大きな力に呑《の》みこまれようとしている。と張衛は思った。あらかじめ放《はな》ってあった間者《かんじゃ》からの報告は入るが、それを確認するために斥候《せっこう》を出す気力さえ、起きてこなかった。

曹操の進軍が、速くなっているというのも、間者からの報告でわかった。二日後には、陽平関に来るだろう。二千で、十万の大軍をどう防げというのか。兄は、五斗米道軍に、戦闘の指示を出さない。多分、最後まで出さないだろう。

「訪ね人です、張衛様」

高豹が、営舎にやってきて言った。張衛の許可も得ずに、砦に入れたらしい。それも仕方がなかった。張衛はこのところ、兵の前へ出て、直接指示することもしていない。

入ってきたのは、馬超の麾下《ばちょうきか》にいた牛志《ぎゅうし》だった。

「まさに、惨状《さんじょう》と言ってもいい状態ですな。これほど強固な砦を築きながら、情けない話ではありませんか、張衛《ちょうえい》様」

「なにをしに来た、牛志」

馬超を、益《えき》州へやった。自分が、馬や武器まで用意してやったようなものだ。それなのに、袁綝《えんりん》まで連れていった。人質のようにして袁綝がいるから、馬超が益州へ出ていくのを黙認したわけではなかった。しかし袁綝まで伴ったと知ると、裏切られたという気分が、かすかに滲《にじ》み出してきた。見放されたのかもしれない、とも思った。

「馬超よりの伝言をお伝えいたします。三千騎をもって、陽平関《ようへいかん》に援軍として入りたいと、馬超は申しております。負けるにしろ、一度曹操《そうそう》の胆《きも》を冷やしてから、ということになされてはいかがでしょう」

「負ける、と決まったわけではない」

「五斗米道《ごとべいどう》軍は、戦の役には立つまい、とも申しておりました。教祖は、軍人ではないと見ているようです。とすれば、いざという時の実戦部隊は、張衛様直轄《ちょっかつ》の二、三千。三千の援軍は、大きいと思うのですが」

「馬超が、なぜ私を助ける？」

「馬超軍は、張衛様に助けられました。借りがあるのです。この砦に数万の五斗米道軍がいるのなら、後方の攪乱《かくらん》でお助けしたでしょう。二、三千となれば、砦へ援軍として入るしかありません」

「二千だ、砦にいるのは」

思わず、張衛はそう言っていた。言ってから、舌打ちするような気分になった。自分はいま、明らかに馬超の助けを欲しがっている。大きな力に包みこまれたい、と心の底では願っている。

「馬超は、劉備《りゅうび》の麾下に加わった、というではないか？」

「それが、いけないことですか？」

「馬超ほどの者が。馬超だからこそ、私も漢中《かんちゅう》で客将として扱ったのだぞ」

「別に、五斗米道軍に加われ、と言っていただいてもよろしかったのです。断ったとは思いますが」

「劉備とは、それほどの男なのか、牛志？」

「私には、判断できません。わが主《あるじ》が決めたことです。私は、ただそれに従うだけです」

「馬岱《ばたい》は？」

「馬超《ばちょう》の副将をいたしております。馬岱殿と私が副将で、それは以前の馬超軍となんら変っておりません。一万ほどの兵を率《ひき》いておりますが、さすがに全軍を連れての救援というわけにはいきません」

「わかった。しかし、曹操《そうそう》軍は、あと二日というところに迫っている」

「三千騎は、二十里（約八キロ）ほどのところです。それすら、摑《つか》んでおられませんか、張衛《ちょうえい》様。三十人ではなく、三千の軍がそばにいるのですぞ」

「張衛様は、戦の気力をなくしておられた。牛志《ぎゅうし》殿が来てくれて、助かった。五千となれば、曹操にいくらかの抵抗もできる」

「私はただの使者で、来たのは馬超自身です、高豹《こうほう》殿」

「三千騎は、いつ？」

「狼煙《のろし》をあげれば、すぐにでも」

「早く、馬超に会いたい」

張衛は言っていた。一礼し、牛志は高豹とともに出ていった。

三万の救援ならばともかく。ひとりになると、張衛は口に出して呟《つぶや》いた。

五斗米道《ごとべいどう》軍、六万五千。考えただけでも、歯噛《はが》みしたくなる。心血を注いで育てあげてきた軍が、いまは流民の群れより始末が悪い。流民なら追えば散るが、武装した六万五千は、南鄭《なんてい》郊外でただじっとしているだけだ。

しばらく経《た》ってから、張衛は砦の一番下まで降りて、馬超を待った。

旗もなにも掲げていない、三千騎だった。近づいてくる軍勢の中で馬超の姿を見つけようとしたが、張衛にはわからなかった。

「援軍ですが、曹操には五斗米道軍と思われたいので、目立つ姿は控えております。馬超も、ただの校尉《こうい》（将校）のような恰好《かっこう》をしております」

楼台《ろうだい》に昇ってきて、牛志が言った。

砦の壁の一カ所が開かれる。そこは石積みになっていて、砦の内側へ石をどければなにも起きないが、外側から石をひとつはずそうとすると、壁全部が崩れる。下は急斜面である。こういう壁を、何段にも構えてあった。自分の工夫だが、結局大軍相手には役に立たないのかもしれない。

壁の隙間《すきま》から、三千騎が奔流《ほんりゅう》のように流れこんできた。壁は再び塞《ふさ》がれた。

「おう、馬超か」

楼台を降り、張衛は言った。

「この戦は、どうもいけない。軍が、うまく動かないのだ。負けを覚悟で、どこまでやれるかだな。おまえも、自分の逃げ道ぐらいは考えておけ、馬超《ばちょう》」

「相変らずだな、張衛《ちょうえい》」

馬超が、薄ら笑いを浮かべた。

「すべてが完璧《かんぺき》に運ぶ。そんな戦など、あるわけがあるまい。二千の時は、二千の作戦を考え、五千なら五千の策を立てる。これが戦だ」

「おまえは、負けたのだろう、曹操《そうそう》に」

「闘って、負けた。おまえは、闘わずして負けようとしている」

「十万だぞ、相手は」

「もういい。とにかく、全軍は砦の一番下に集結。そこで、曹操軍を迎撃《げいげき》する。その前に、いろいろとやることがあるが」

「破られたら？」

「一段ずつ、登ろう。どうやら、石の壁は崩れるようだ。三段か四段までは、崩せる。それで、曹操の犠牲《ぎせい》はかなり大きくなるはずだ。一旦《いったん》曹操が兵を退《ひ》いたら、先鋒《せんぽう》軍を真っ二つに断ち割って、引き揚げる」

「私もか？」

「好きにしろ。五斗米道軍《ごとべいどう》の中に帰るもよし。どこかへ勝手に行くのもよし」

馬超は、やはり暗い眼をしていた。喋《しゃべ》り方も、どこか沈んでいる。

牛志《ぎゅうし》が、兵に指図しはじめた。砦の倉から、あるだけの衣料や武具を運び出させている。

「ひとりが、三つの人形を作ります。五千で、一万五千になります。つまり、二万の軍が砦を守っているように、曹操には見えるはずです」

牛志が言った。

「子供騙《だま》しか」

言ったが、いい策かもしれない、と張衛は思った。砦の上の方は、前戦からかなりの距離があるのだ。この砦を二万が守っていると考えると、自分が攻めても慎重になる。

「とにかく、わが軍の兵たちにも、三体の人形を作らせます」

高豹《こうほう》が言った。

張衛は、馬超を連れて、一番上の営舎まで行った。

「袁綝《えんりん》は、私に内密で成都《せいと》に伴ったのだな、馬超」

「俺《おれ》の知らぬ間に、付いてきていた」

「そんなものかな。ところで、伝国《でんこく》の玉璽《ぎょくじ》はどうした？」

「あんなものは、ただの石だろう。どうにもしていない。袁綝《えんりん》が、どこかに持っているはずだ」

従者《じゅうしゃ》に、酒を持ってこさせた。砦には、一応六万五千人分の兵糧《ひょうろう》と、酒なども運びこんである。その量の多さが、兵が五千に増えてもやはりむなしかった。

「敵の先鋒《せんぽう》軍を断ち割ると言ったな、馬超《ばちょう》？」

「だから、騎馬で来た」

うまくすれば、曹操《そうそう》の本陣にまで突っこむ気ではないのか、と張衛《ちょうえい》は考えた。曹操を殺すことが、この男の唯一の生きる目的のはずだ。

「長い付き合いになるが、ともに戦をするのははじめてだな、馬超」

「俺は、それほど長いとは思っておらん。ただ、おまえが変らんと思うだけだ」

「私は、変った」

「人間はな。しかし、やり方は変っていない。五斗米道《ごとべいどう》軍なしには、なにもできん」

信徒ではない兵を持て、とは死んだ鮮広《せんこう》も言ったことだった。五斗米道軍なしでは、ほとんど無力に近いことも、痛いほど知った。

自分という人間は、なんなのか。ここ数日、考えてきたのはそればかりだった。このまま曹操に呑《の》みこまれるのなら、自分がやってきたことはなんだったのか。

「また、考えすぎているのだな、張衛」

「私は」

「おまえは、考え過ぎるのさ。もうよせ。死ぬ時は死ぬと思えば、大事なことなどなにもない」

馬超は、酒を飲み続けていた。営舎の外では、兵たちが人形を作っているが、それに対する関心も、もう失ったように見えた。

二日後、砦の上の方には、一万五千の人形が配された。木で骨組を作り、袍《ほう》に見えるものを着せかけただけである。人間らしくないものもあった。

曹操軍の先鋒が到着した。

「張郃《ちょうこう》と朱霊《しゅれい》だという話だ」

営舎から出てきた馬超に、張衛は言った。

張郃は重装備の歩兵で、城を攻めるのを得意としている。しかし、陣の敷き方も見事なものだった。次に、曹操の本隊が到着した。さすがに隙《すき》はなく、圧倒してくるような迫力があった。

「全軍を、一番下の石積みのところに配そう。攻撃は、多分明日の朝だな」

馬超《ばちょう》は、二日の間、酒を飲み続けていた。それでも、酔っているようには見えない。

「篝《かがり》を増やせ、高豹《こうほう》。上の方にもだ」

張衛《ちょうえい》が言うと、百名ほどを連れて、高豹が動きはじめた。牛志《ぎゅうし》は、ぴたりと馬超についている。

馬は、一番下の石積みから、五段ほど登ったところに集められている。本陣はそこだということだろう。馬超や張衛に相談することもなく、牛志と高豹が勝手に決めた。

「張衛、こわければ、頂上の営舎から見物していてもよいぞ」

「いま、なんと言った、馬超？」

「気を遣《つか》っただけだ。五千と十万では、勝てはしないと、おまえの頭は計算しているのだろう。負けると思えば、誰《だれ》でもこわい」

「それ以上言ってみろ。その躰《からだ》を、両断してやるぞ」

「おやめください、お二人とも。曹操《そうそう》のことです。いつ攻めてくるか、わからないのですぞ。お二人がいがみ合って、なんになるのです」

「じゃれるということを、知らんのか、高豹。俺《おれ》は、ちょっとばかり、張衛の頭に血を昇らせただけさ。戦では、それぐらいがちょうどいい」

馬超が笑った。

すでに、全軍は戦闘態勢を取っている。陽《ひ》が落ちかかっていた。張衛は、前衛のかなり後方に見える『曹』の旗が、薄闇《うすやみ》の中に紛れていくのを見つめていた。

攻撃があったのは、夜明け前だった。双方とも、犠牲が出るようなぶつかり合いではなかった。一千ほどの敵で、矢を射かけただけで去っていった。

馬超は寝ていて、営舎から出てこようともしなかった。張衛と牛志が、反撃の指揮を執《と》った。馬超を起こして詰《なじ》っても、ただの探りだとしか言わないだろう。張衛自身も、あっさりと去った敵を見て、そう思った。

ほんとうの攻撃がはじまったのは、すっかり明るくなってからだ。

気づくと、馬超は石積みの上に立って、曹操軍に眼をやっていた。波状的に襲《おそ》ってくる敵に対し、当然矢を射かけたくなるが、馬超はそれを制止し、ぎりぎりまで敵を引きつけてから、丸太の綱を切らせた。それで崩れかけた張郃《ちょうこう》の軍は、斜面の途中で態勢を立て直し、また石積みのそばまで来た。

馬超が、兵を二千ずつ、両翼《りょうよく》へ回した。正面から敵を受けるのは、わずか一千である。まず矢を射かけ、それから残った丸太を転がした。側面からの攻撃もあったようだ。二千ずつが待ち構えていたので、たやすく打ち払えたようだ。

「最初の石積みを崩すぞ、張衛《ちょうえい》」

「まだ、敵が迫ってきたわけではない」

「そうなる前に、やるのさ。そうやって、少しずつ敵を高いところに引きあげる。一段崩せば、一段高いところまで敵は登らざるを得ないのだからな」

「しかし」

「同じところに留《とど》まろうと思うな、張衛。曹操《そうそう》は甘くない。読まれる前に、動くのだ」

言いながら、馬超《ばちょう》はどんよりとした空を見あげていた。

張郃《ちょうこう》の軍が、また前進をはじめた。斜面を転がってくる丸太を防ごうというのか、馬止めの柵《さく》に似たものを前に出している。

石積みを崩すのは、張衛が指揮を執《と》った。できるかぎり、近づいてくるのを待った。石積みの下の方を、四、五人が丸太で突く。突いた石が飛び出すと、すべての石が一斉《いっせい》に落ちる。急な斜面である。石に巻きこまれるようにして、張郃の軍は落ちていった。

「行こう」

馬超はもう、曹操軍の方を見てもいなかった。

夕方まで、攻撃はなかった。百名ほどの斥候《せっこう》隊が姿を現わしただけだ。厳重に夜襲に備えさせたが、それもなかった。

「戦をやる男の眼に、なってきたのではないか」

翌朝、顔を合わせた馬超が、無表情にそう言った。

攻撃がはじまった。正午を過ぎるまでに、二段の石積みを崩した。

前衛が、三万に増えていたが、犠牲を大きくするということでしかない、と途中で曹操も気づいたようだ。一度後方に退き、一万ずつ三段で攻めあげてきた。

ここで、どうすればいいか。張衛は、束《つか》の間《ま》考えた。騎馬隊でなら、崩せる。そう思ったが、決心はつかなかった。まだ、八段の石積みが残っているのだ。

「決めるのが戦だ、張衛。決めたら、即座にやるのが」

馬超が、やはり無表情でそう言った。

「上から攻め落とす。騎馬隊でだ」

言って、張衛は馬の方へ駈《か》けていた。

それから先のことは、よく憶《おぼ》えていない。五千の騎馬隊の先頭で敵に突っこみ、気づいた時は突き抜けていた。敵は、半数以上が潰走《かいそう》していた。

「また会おう、張衛《ちょうえい》」

馬超《ばちょう》が言って、駈け去っていった。

張衛は、そのまま東へ走った。千七、八百騎は、付いてきている。南鄭《なんてい》まで、ひた駈けた。夜半に、仮義舎《かりぎしゃ》に入った。防備を整える命令を、四つ出した。

早朝、郊外の山の館《やかた》へ行った。

張魯《ちょうろ》は、いつも朝が早い。

「兄上、曹操《そうそう》軍の前衛三万を打ち破りました。五斗米道《ごとべいどう》軍は、勝てます。すぐに、全軍に命令してください」

張魯は、小柄な躰《からだ》をいっそう縮め、張衛に背をむけて座った。

「敵の犠牲は、五千を超えています。いまならば、たやすく曹操を打ち払えます。首を取るのさえ、難しくないと思います」

「張衛、おまえには苦労ばかりかけてきた」

「なにを言われます、こんな時に」

「私は、この国を誰が制するのか、ずっと考え続けてきた。途中で、いろいろな迷いにも襲われた。自分でどうしていいかわからない、と思うこともあった」

「それも、終りです」

「そうだ、終りだ。信仰する者が、そのために戦をすべきではない」

「なんですと」

張魯が、ゆっくりと躰《からだ》を張衛の方へむけた。張魯の顔に涙が流れている。

「兄上、一度の大きな戦で、漢中《かんちゅう》は守られるのですぞ」

「この国の覇者《はしゃ》は、曹操であろう。誰が考えても、そうだ。私は、五斗米道の命運を、曹操に委《ゆだ》ねようと思う」

「戯《ざ》れ言《ごと》ですか？」

「いや、五斗米道の教祖として、私は言っているのだ。これ以上信徒を死なせなくても済む方法は、曹操にすべてを委ねることであろう」

「ならば、いままでの闘いは？」

「私の不明であった。漢中だけが別天地である。益州《えき》だけで、国を作れる。この乱世で、それは甘すぎる考えではないのか」

「ならば、なぜ五斗米道軍などを作ったのですか。なぜ、私の人生を戦の日々にしたのですか？」

「だから、私の不明だったと言っている。私は、私自身の死をも受け入れるつもりで、この決定を下した」

「決定？」

「五斗米道《ごとべいどう》は、曹操《そうそう》に委ねよう。誰が覇者か見きわめないかぎり、五斗米道は生き残れぬ。石岐《せきき》がそう言っていた意味が、いまにしてようやくわかった」

張魯《ちょうろ》は、すでに曹操に降伏《こうふく》するつもりになっている。それが、張衛《ちょうえい》にははっきりとわかった。

不意に、張衛を激しい感情が包みこんだ。血を分けた兄を、腰に佩《は》いた剣で両断する。そして自分が、五斗米道の教祖になる。六万五千の五斗米道軍は、すべて張衛の思い通りになる。いや、信徒のすべてが、思い通りだ。だから、十万でも、十五万でも、軍勢を擁《よう》することができる。それだけの軍勢があれば、曹操と対等に闘える。劉備《りゅうび》や孫権《そんけん》など、ものの数ではない。

ほんとうに、そうなのか。

張衛は、自問をはじめた。決めるのが戦。決めたら即座に、やってしまうのが戦。馬超《ばちょう》に、そう言われた。

戦は、曹操とのものではなかった。自分の戦は、実ははじめから張魯との間にあったのだ。血を分けた兄を、斬《き》れるか斬れないか。それが、自分の最初に越えなければならない戦ではなかったのか。

いまからでも、遅くない。張衛は、そう思った。

「私を斬りたいなら、斬ればいい」

張魯が言った。

「やるべきではなかった戦を、私は長い歳月にわたって、おまえに強《し》いてきたのだという気がする。斬られても、当然であろう」

「兄上」

「漢中《かんちゅう》にある、すべての倉の閉鎖を命じた。漢中の富は、国家の富だと思うからだ。しかしこれも、曹操に阿《おもね》っていることになるのかもしれん。弟であるおまえに斬られることが、いっそ清々《すがすが》しいとも思える」

剣の柄《つか》を、張衛は握りかけた。

それを抑えたのは、いままで見たこともなかった、兄の涙だろう。

「おまえの天地は、漢中ではなかった。五斗米道ですらなかった。私を兄に持ったばかりに、おまえは自分の天地を駈けることができなかったのだ、と思う。おまえがいつも、岩山の頂《いただき》に裸で座り、なにを考え、なにを夢見ていたか、私にはわかっていた。私という人間とは、あまりにかけ離れていたことだったのだ。それでも、私はおまえを利用した」

「そんなことは、ありません。もう少し、兄上が私を信じてくだされば」

「いや、利用した。母上や弟たちが、劉璋《りゅうしょう》に殺された時、私はどこかに逃げて、ひっそりと暮したいと思った。五斗米道《ごとべいどう》という信仰も、ひそかに心に抱《いだ》いたままで、数十人か数百人の信徒とともに、小さな集落でも作って暮したかった。しかし、何十万という信徒が、すでにいた。だからおまえに漢中《かんちゅう》を守らせ、そこを大きな集落にしたのだ」

わかるような気がした。兄は、決して漢中から出たがらなかった。肉親を殺されたがゆえに、劉璋を憎み、自分の命を奪おうとしてきたことで、それは恐怖に変った。

平凡な、普通の人間なのだ。だからこそ、教祖たり得たのだとも思える。

「遅くありません、いまからでも。五斗米道軍は、六万五千もいるのです。どこかと同盟していれば、最強の者であろうと、手を出すことなどできないはずです」

「そういう時代では、なくなった。私は、そう思っている。やがて、覇者が現われる。同盟を結んでいる者が、覇者になるかもしれぬ。その時、こういう集団の存在は許されはしないだろう。私は、覇者を曹操《そうそう》だと見た。だから、いま曹操に降伏する。それが、細々とでも五斗米道の信仰を守る道だ」

「兄上」

「これは、教祖として決定したことだ、張衛《ちようえい》。ただ、おまえにまで、強《し》いることはしない。曹操に降伏するのは、おまえにとっては死ねと言われることに等しかろう。五斗米道の信者でもないおまえが、信仰のために死ぬことはない」

肺腑《はいふ》を衝《つ》かれたような気分になり、張衛は出しかけた言葉を呑《の》みこんだ。自分に信仰がないことを、兄はとうに見抜いていたのか。

「漢中を去れ、張衛。南鄭《なんてい》にあるもので、必要なものはすべて持ち去れ。教祖として、私がそれを許す。五斗米道のために、おまえはそれだけの働きをしてきたのだ」

張衛は、うなだれた。自分も、五斗米道を利用してきた。自分の夢は、五斗米道を利用するところから、すべてが生まれてきたものではなかったか。なにか、大きなものが、崩れた。いや、消えた。張衛にあるのは、その思いだけになった。

長い間、兄と二人きりでむかい合っていた。言葉は、もうなにもなかった。斬ろうという気持も、失《う》せている。

南鄭《なんてい》の仮義舎《かりぎしや》に戻った時は、すでに陽は傾きかけていた。

直属の二千の兵のほかに、白忠《はくちゆう》や任成《じんせい》も待っていた。

「私は、漢中《かんちゆう》を出ることにした」

直属の兵を集めて、張衛《ちようえい》は言った。

「教祖は、曹操《そうそう》に降伏される。漢中は、曹操の領地となる。降伏により、いままでのようなかたちではないにしろ、心の中の五斗米道《ごとべいどう》の信仰は、守られると私は思う。私は、曹操に降伏する自分を、肯《がえ》んじることができない。これまで、軍人として生きてきたからだ」

兵たちは、押し黙っていた。白忠も任成も、兵とともに聞いている。

「私に付いてこい、とは言えぬ。私は漢中を出るが、行先すら定まっていないのだ」

「張衛様の、お供をします」

高豹《こうほう》が言った。高豹は付いてくるだろう、と張衛は思っていた。ひとりぐらいは、仕方がないという気もしていた。

しかし、次々に付いてくるという兵が出はじめた。およそ四百ほどだ。残るという者たちも、眼に涙を浮かべていた。

「流浪《るろう》の軍だ。生きていくのさえ、たやすくはないぞ」

それでも、四百の兵は引き退《さ》がらなかった。四百人は、いささか重い。張衛は、そう思った。これが、漢中で過した歳月の重さになるのかもしれない。

「武器と、具足《ぐそく》と、馬。そして、ひと月の兵糧《ひょうろう》。それ以上のものは、なにも持っていかぬ。わが手で、生きなければならん」

「張衛様」

白忠と任成が進み出てきた。二人とも、ずいぶんと歳《とし》をとった。白忠は、すでに五十歳をいくつか超えているはずだ。張衛も、四十八になっている。

「倉を二つ、張衛様のために開けてあります。教祖からのお達しです」

「礼だけ、言っておこう。それは、五斗米道のものだ」

二人を見つめ、頷《うなず》き、張衛は馬に乗った。

なぜか、躰《からだ》が軽くなったような気がした。南鄭の城門まで、数万の信徒が並んで見送っていた。

声ひとつない。馬蹄《ばてい》の響きが、いつもより大きく張衛には聞えた。

3

山岳戦は、さすがに困難なものだった。

陽平関《ようへいかん》に築かれた砦《とりで》を見た時、正面からは無理かもしれない、と曹操《そうそう》は思った。しかし、五斗米道《ごとべいどう》軍である。いままで、劉璋《りゅうしょう》の軍と闘った経験しか、持っていないはずだ。劉璋軍がどれほど脆弱《ぜいじゃく》だったかは、劉備《りゅうび》の益《えき》州の制圧ぶりを見ればわかる。

攻城戦にたけている、先鋒《せんぽう》の張部《ちょうこう》をそのまま当ててみることにした。

兵数は数千で、主力は南鄭《なんてい》に集結という報告が入っていたが、数万の軍がいるように見えた。実際、最前線にだけでも五千はいる、と一度ぶつかった張部が報告してきた。

一万を、陽平関の後方に、大きく迂回《うかい》して回らせた。険岨《けんそ》な、道もない山である。三日、と曹操は考えていた。四日目に、頂上を襲撃する。それを合図に、全軍の攻撃をかける。それで、ようやく抜ける砦とも思えた。

二日、張部に攻めさせたが、白兵戦にまでは到らなかった。急斜面の砦で、石積みの防壁が、引き払う時に崩すと、転がり落ちてきて攻撃用の強力な武器になるようになっている。それが、見たかぎりでは、十数段構えてあるのだ。

三度攻め、張部は五千近い犠牲《ぎせい》を出した。それどころか、前衛をまとめようと後退したところを、敵の騎馬隊に襲《おそ》われ、潰走《かいそう》したのである。

これは、と思わず声に出したほど、機敏な動きをする騎馬隊だった。前衛をかき回し、潰走させ、見事に駈《か》け去った。本隊の騎馬隊を、用意させる暇もなかったのだ。

三日目になると、曹操は攻撃を中止させた。

前衛を、立て直した。その間、砦は不気味なほど静かだった。崩れ落ちてきた三つの石積みのむこうで、じっとこちらを窺《うかが》っているようだ。

「馬超《ばちよう》だと」

三日目の夜、幕舎《ばくしや》で報告を受けて、曹操は思わず腰をあげた。張部が、校尉《こうい》（将校）を二名連れてきていた。

「見たのは、この二人だけではありません。何十人もの兵が、馬超を見たと報告してきております。まず、間違いはないかと」

突っこんできた騎馬隊を指揮していたのが、馬超だったという。およそ、五千。

馬超《ばちょう》は旗も掲げず、錦《きん》馬超と呼ばれることになった、彩り鮮やかな具足《ぐそく》もつけていなかった。

張部《ちょうこう》の軍は、潼関《とうかん》で馬超と直接ぶつかっている。それに、あの水際立った突撃と退却は、並みの指揮官にできることではない。

馬超は、劉備《りゅうび》の麾下《きか》に入っている。とすると、五斗米道《ごとべいどう》軍は、劉備と連合したのか。

曹操《そうそう》は、背中にひやりとするものを感じた。前方に、五斗米道軍六、七万。後方に劉備軍がほぼ同数。考えただけで、握りしめた掌《てのひら》に汗が滲《にじ》み出してくる。

しかし、劉備軍が動いているという報告は、五錮《ごこ》の者からは入っていなかった。

益州《えき》を制圧したとはいえ、自分と正面から闘えるほどにはなっていない、と曹操は劉備軍を見ていた。兵糧《ひょうろう》も、軍の編成も整わず、おまけに荊州《けい》で孫権《そんけん》と領地争いまで起きた。なによりも劉備はいま、足もとを固めなければならないはずなのだ。

諸葛亮《しょかつりょう》がいる。なにを考えるか、わからない男である。馬超だけを援軍に出した。そうは考えられないか。

しかし、その意味が、曹操には思い当たらなかった。

「夜襲に備えよ。歩哨《ほしょう》を、通常の三倍に増やせ。なにがあろうと小さくかたまり、夜明けまでこちらからの攻撃はするな」

部将たちを呼び、それだけを伝達した。

馬超ならば、五千騎で、この本営を一直線に襲ってくることも考えられた。許褚《きょちょ》もそれが気になるのか、三千騎にそのまま戦闘態勢を取らせている。

眠らなかった。かすかなもの音さえ、気になった。

「虎痴《こち》」

二度、上体を起こして、許褚を呼んだ。幕舎の外で、許褚は短く返事をした。

夜が明けた。

全軍を戦闘態勢で待たせた。かなり明るくなってから、砦の頂上付近で喊声《かんせい》があがった。旗も振られている。曹操は、総攻撃を命じた。張部を先鋒《せんぽう》とする二万が、まず攻めていった。二里（約八百メートル）ほど、本隊も前進させた。

兵が、斜面を這《は》い登っていく。また石積みが崩されることを警戒して、張部は二千ほどを先行させているだけだ。

反撃はなかった。いやな予感もない。兵が、ついに石積みにとりついた。それでも、反撃はなかった。張部が、さらに五千ほどを前進させた。頂上付近でも、敵とぶつかっている様子はなかった。

敵がいない。報告が入った時、曹操《そうそう》は即座に本隊を南鄭《なんてい》にむけた。斥候《せっこう》は、通常より多く出した。敵の姿は、やはり南鄭までない。
うまく闘われた。緒戦だけで、敵は姿を消したのだ。どこにもいない敵に怯えて、ひと晩、眠ることもできなかった。

やはり馬超《ばちょう》か、と曹操は思った。胸のすくような闘い方である。相手が自分でなければ、拍手さえしたかもしれない。

やがて、南鄭の情報も入ってきた。

城門は開けられ、六万ほどの兵は武器を捨てて、降伏《こうふく》する態度だという。陽平関《ようへいかん》にいた降伏反対派と馬超が、連合して二日間の抵抗をしたのだということが、はっきりしてきた。

「どうも、うまくあしらわれたようですな」

夏侯惇《かこうとん》が、そばへ来て言った。

馬超の首を取り損ねたことが、こんな無様《ぶざま》な戦《いくさ》を招いたのだ、と曹操は思った。まだ、どこか甘い。劉備《りゅうび》の時も、そうだった。いつか服従させるために殺さずにおいたら、たやすくは潰《つぶ》せないほど大きくなってしまったのだ。

「教祖の張魯《ちょうろ》が、降伏する信徒を従えて待っているそうです、殿下」

「私としたことが、敵の数さえ見抜けなかったとはな。青二才のころでも、こんな戦はやらなかった」

「漢中《かんちゅう》は、殿下のものになります。これは、大きなことです」

「腹癒《はらい》せの戦をする場もないか、夏侯惇？」

「劉備軍を攻めるのは、危険すぎます。撤退に手間取る場所でもありますし、孫権《そんけん》は必ず合肥《がっぴ》に大軍を送ります」

実際に、危うい均衡《きんこう》の中の出陣だった。孫権が十五万の兵を合肥に出したとしても、張遼《ちょうりょう》ならひと月は持ちこたえるだろう。しかし、ひと月で自分が帰れるという保証はないのだ。なんといっても、馴《な》れぬ山中だった。

南鄭まで、なんの抵抗も受けずに進んだ。

城外に陣を組みはしたが、すぐに降伏の使者が来て、張郃《ちょうこう》と朱霊《しゅれい》が入城した。そして、曹操も入った。

張魯自らが、本営としたところまでやってきた。兵に、すべての武器を捨てさせたという。劉璋《りゅうしょう》の弾圧に抵抗するために軍を組織したのであり、それ以上の意味はなにもない、と淡々とした表情で張魯は口上を述べた。

張魯を、普通の人間にする。石岐《せきき》はそう言って、漢中に入ったのだった。眼《め》の前にいる男は、信仰というものにすべてを捧《ささ》げたという感じはなく、どこにでもいる役人のように見えた。ただ眼の光の中に、静かな諦《あきら》めのようなものがあった。

「降伏を、受け入れよう。五斗米道《ごとべいどう》軍は、解散。それぞれの生活に戻るがよかろう。張魯《ちょうろ》殿、及びその一族に対しては、それなりの待遇を与える」

倉などもすべて封印して差し出した、文句のつけようのない降伏だった。

「五斗米道は、どうなるのでしょうか？」

「私はかつて、青州《せい》黄巾《こうきん》軍百万と闘ったことがある。あんなふうな動きが見えたら、即座に叩《たた》き潰《つぶ》す。それは、憶《おぼ》えておいて貰《もら》いたい。信仰がなにか、私にはわからぬ。心の中のことについて、なにか言うことはできぬと思う。だから、信仰そのものを禁ずる気はない」

「信仰は、続けてよろしいのですね」

張魯は、浮屠《ふと》（仏教）のような信仰のありようを考えているのかもしれない。それならば、害はなかった。

石岐《せきき》が、この男にどうやって対したのか、と曹操《そうそう》は思った。思っただけで、訊《き》きはしなかった。死ぬために、石岐はこの地へ来た、という気もしていた。

「陽平関《ようへいかん》を守っていた者は？」

「弟でございます」

「どこにいる？」

「降伏を承知せず、いずれへか立ち去りました。付き従った者は、およそ四百名でございましょうか」

「馬超《ばちょう》も、来ていたのではないのか？」

「わかりません。涼州《りょう》から逃げてきた馬超を、弟が受け入れ、私も三度ほど会いました。劉璋《りゅうしょう》に対する怒りと恐怖心が、最も募《つの》っていた時期でありましたので、成都《せいと》を攻めよと私は申しました」

「そして、劉備《りゅうび》の麾下《きか》に加わったか。劉備との接触が、五斗米道にはあるのか？」

「ございません。弟も、多分。馬超が来ていたのなら、それは弟との関係でありましょうが、劉備と弟の間にはなにもないはずです。連合すべきだとは申しておりましたが」

「なぜ、闘わずに降伏する気になったのだ、張魯殿？」

「信仰と戦は馴染《なじ》まぬ。そう考えるようになったからです。庇護《ひご》の中で、普通の民として生きる者たちの心にこそ、信仰はあります。むき出しにすべきものではない、と思っております」

「信仰が守れぬ時は？」

「信仰を抱いたまま、死ぬしかありません」

やはり曹操《そうそう》には、信仰がなにかよくわからなかった。張魯《ちょうろ》の眼は澄んで、相変らず諦めの色を湛《たた》えている。

営舎は、そのまま使えるものだった。

漢中《かんちゅう》の民政などを整えるために、ひと月ほどを要した。民政も信徒の手で行われていたらしく、役人というものがいなかったのだ。

やがて、夏侯淵《かこうえん》が到着してきた。

長安《ちょうあん》の方面から、漢中に入るには、何本かの道がある。どれも険《けわ》しいもので、曹操が進軍してきた箕谷道《きこくどう》が、一番難所の少ない道だった。それでも、驚くほどの険しさだった。

夏侯淵は、斜谷道《やこくどう》と子午道《しごどう》という、二本の道を修復しながら、漢中に入ってきたのである。特に桟道《さんどう》の傷《いた》みがひどく、とても軍勢が通れる道ではなかったのだ。その桟道を、集めた木材で作り直させた。

「行軍は可能になりました。斜谷道の桟道は、三日も進み続けるほど長いものがあり、集めた木材でも足りぬほどでありました」

崖《がけ》に取りつけられた、橋のような桟道を、曹操はまだ通ったことがなかった。

「通ることはできますが、迅速《じんそく》な移動は難しいと思います。桟道を修復しながら、漢中という土地へ入ることの困難を、考えずにいられませんでした」

いずれ、役に立つ。益州《えきしゅう》を奪《と》るための大軍が、そこを通るはずだった。それまでは、物資などが動く道となる。

韓遂《かんすい》の首級が届いたという報告も、夏侯淵は持ってきた。馬超《ばちょう》が去ったいま、韓遂だけに従おうという氐《てい》族や羌《きょう》族もいなかったようだ。

「西涼《せいりょう》の地に、不安はありません」

しかし、孫権《そんけん》が合肥《がっぴ》を攻めはじめていた。やはり、曹操の留守を狙《ねら》ったのだろう。漢中を確保しただけで、曹操はよしとした。このまま成都《せいと》へ進攻と言う者もいたが、合肥を放置するのは、あまりに危険すぎた。合肥を失えば、寿春《じゅしゅん》も奪られ、徐《じょ》州南部も侵攻に晒《さら》されるだろう。

漢中を夏侯淵に任せ、張郃《ちょうこう》も残した。兵力は五万である。なにかあれば、三本の道を使って救援はできるだろう。長安に、十万は置いておくつもりだった。

「斜谷道で、帰還することにする。私と許褚《きょちょ》、あとは朱霊《しゅれい》に一万を指揮させる。残りは、子午道を通って戻れ」

陽平関《ようへいかん》の戦が、曹操《そうそう》は面白くなかった。結果としては大勝であるから、表情には出さなかったが、馬超《ばちょう》に翻弄《ほんろう》されたという思いがやはり残っていた。

斜谷道《やこくどう》を通って報告の使者が来たのは、南鄭《なんてい》を出て二日目だった。

張遼《ちょうりょう》が、合肥《がっぴ》で孫権《そんけん》を打ち破ったという。それも、あと一歩で孫権の首を取れるところまで行ったらしい。

「さすがに、曹操軍に張遼あり、と言われただけのことはある。私が期待した通りの戦を、してくれる」

孫権軍の損害は、かなり大きいようだった。いまが、孫権を討《う》ついい機会かもしれない。荊州《けい》東部の地を得たために、呂蒙《りょもう》などはそこに張りつけなければならなくなっている。西部にいるのが、あの関羽《かんう》なのだ。

張遼と関羽を咬《か》み合わせてみたら面白い、と曹操はふと思った。いずれ、その機会は来るかもしれない。あの二人は旧知で、関羽が曹操のもとにいた時、なにくれとなく面倒をみたのが張遼だった。

「いまは、あの碧眼児《へきがんじ》（孫権。眼が青いためそう呼ばれていた）を討つべき時かな、虎痴《こち》。周瑜《しゅうゆ》が欠けて、そろそろ孫権の軍にも隙《すき》が見えてきている」

「はい」

許褚《きょちょ》の返事は、いつも短い。曹操は、それが気に入っていた。

南鄭を出て五日目に、桟道《さんどう》に入った。

切り立った崖《がけ》に、へばりつくように付けられた橋。それが桟道だった。つまり道など作れないところを、人間が強引に通ろうとしているのだ。

さすがに、許褚が馬を降り、曹操の馬の轡《くつわ》を取った。それでも、桟道の上は恐怖感があった。下は、急流である。

「こんなところでも、人は通ろうとするのだな、虎痴」

「あまり、下を見られませんように、殿。馬は、この虎痴がしっかりと押さえております。たとえ眠られても、心配はいりません」

丞相《じょうしょう》であろうが、魏公《ぎこう》であろうが、曹操は許褚にだけは殿と呼ばせていた。そして曹操だけが、許褚を虎痴と呼ぶ。

真新しい板が敷かれたところが、かなりあった。そこだけ、馬蹄《ばてい》の音が変わる。乾いた音がするのだ。曹操は眼を閉じ、その音を聞き分けることに集中した。轡は、許褚が取っているのだ。

馬蹄の音に、流れの音が入り混じって聞えた。

4

四万五千にまで、兵を増やした。

孫権《そんけん》に譲《ゆず》った荊《けい》州西部があれば、六万を擁《よう》するのも難しくなかった、と関羽《かんう》は思った。しかし、孫権と事を構えるわけにはいかなかった。これからもそうだ。

自ら出陣した曹操《そうそう》が、あっさりと漢中《かんちゅう》を奪《と》ったのは、昨年だった。夏侯淵《かこうえん》と張郃《ちょうこう》を、守将として残したらしい。劉備《りゅうび》がまだ漢中にまでは手をのばせない、絶妙な時期を狙《ねら》って、曹操は出陣したのだ。これから劉備軍の主力を、しばらくは漢中にむけておかなければならない。

漢中から鄴《ぎょう》に帰還した曹操は、すでに合肥《がっぴ》への出陣の準備を整えはじめたという。関羽がいまできるのは、精兵を育てあげ、荊州の領土を守ることだけである。

多少、無理な徴兵をした。民の間には、不満が募《つの》りはじめているだろう。調練《ちょうれん》も兼ね、関羽はできるかぎり各地を回った。役所の不正は、絶対に許さない。民とはたえず接する。軍規は厳重にし、兵の乱暴などは即座に罰した。

北の境界線の担当は胡班《こはん》で、東の担当は王甫《おうほ》である。廖化《りょうか》は、遊軍一万五千を指揮し、領内のどこへでも急行できる態勢でいる。北と東には、一万ずつを配している。ほかに、宜都《ぎと》郡に孟達《もうたつ》の一万がいた。関羽が直接率《ひき》いている一万は、まだ調練が必要な兵である。それが、荊州の劉備軍の全容だった。

関羽は、領内を駈《か》け回った。兵たちは、休むことなく、駈けに駈けさせた。それで駄目な者は脱落していく。

脱落した者を、決して故郷に帰すことはしなかった。死か、生き残れば、長江《ちょうこう》以北の地で屯田《とんでん》に当たらせる。無論、厳しくはないがそこにも調練はあった。

幸いにして、兵糧《ひょうろう》は充分だった。その後、領内を駈け回りながら、余分なものを自身で返していった。いまは備蓄に力を注ぐより、民心を落ち着けることを優先した。

「一度徴収された税が、わずかでも返ってくる。これは、民にとっては信じ難いことのようです。荊州の東部からは、農民が少しずつ流入しはじめています」

「放《ほう》っておけ。決して誘うようなことをしてはならん。呂蒙《りょもう》が苦情を言ってきても、知らぬ顔で押し通せ」

関羽は、関平《かんぺい》をもう少しましな部将に育てあげたかった。並みの部将としては通用するが、この関羽雲長《うんちょう》の養子である。血の繋《つな》がりはないが、さすが関羽の子、と人には言わせたい。すでに、三十歳をいくつか超えている。調練は、関平《かんぺい》の指揮官としてのものも兼ねているのだ。だから、時には関平を殴り倒すこともある。

零陵郡《れいりょう》にまで来ていた。洮陽《とうよう》という、城郭《まち》である。守兵は八百。一万の関羽《かんう》軍を収容できる営舎はないので、城外に幕舎《ばくしゃ》を張っていた。

先に派遣していた、辺容《へんよう》が十数名の部下とともに、関羽の幕舎に報告に来た。辺容は、長く劉備《りゅうび》軍の諜略《ちょうりゃく》戦を担当していた応累《おうるい》の推挙で、荊《けい》州の民政を手がけていた。荊州にいた劉表《りゅうひょう》の役人たちの、かなりの部分を生かして、劉備が益《えき》州に行ったあとの民政をまとめていた。性格がはっきり見えないところがあり、関羽は好きでも嫌いでもなかった。

「ここの役人は、二十二人。なんらかの意味で、責任を持っている者たちです。そのうち六名が、校尉《こうい》(将校)二人と組んで、兵糧《ひょうろう》を横流ししておりました」

「どれほどだ?」

「百人の民が、一年生きていけるほどの量です」

辺容は、持ってきた書類を関羽の前に積みあげた。月に一度か二度、辺容は江《こう》陵《りょう》を離れ、各地の役所をこうやって点検して回る。応累の部下を使って、かなりのところまでは調べあげ、それから自分で点検しはじめるようだ。関羽の調練と重なったのは、二度目だった。

「よし、六名と校尉は捕縛《ほばく》させる。城門には、立札を立てよ。八名がやったことを、詳しく書くのだ」

「わかりました。私の部下のうち、四名を残していきます」

「見てはいかんのか？」

「血が嫌いでして、匂《にお》いに酔うと、気分が悪くなるのです」

「まあ、文官なら、それでよいか」

いまのところ、役所の不正を見つけるのに、いい方法はなかった。辺容の調査と、見せしめの処刑だけである。

三日後、捕縛した八名を城門の外に引き出した。周辺は、民で溢《あふ》れた。

「この者どもには、武器を持たせる。ひとりも逃がさず、民の前で殺せ。おまえひとりでな」

関平に言った。

「処刑ではいけないのですか？」

「おまえが殺すのが、処刑だ。おまえに勝てば、命は助ける。そういうかたちの方が、見物している者は喜ぶ。役人に不満を抱いていた民の、溜飲《りゅういん》を下げてやるのだ」

関平《かんぺい》がなにか言おうとしたが、関羽《かんう》は横をむいた。関平の欠点は、やさしすぎるところにある。それは美徳だが、戦場では邪魔になる。手で人の命を絶つ感触をいやというほど感じて、それでもなお持っていられるやさしさならいい。張飛《ちょうひ》のやさしさに、いくらかでも近づけようというものだ。

引き出された八名は、縄を解かれ、それぞれに武器を持たされていた。

「手加減はするな」

関羽は赤兎《せきと》に跨《また》がり、後方に騎馬五百を並べた。歩兵は、遠巻きにして八名を見ている。関平を倒したら、命は助けることは伝えてあった。

手を汚してこい。血まみれになれ。それで消えるやさしさなら、無用のものだ。

「行きます」

関平が言った。

大薙刀《おおなぎなた》を低く構え、馬を駈けさせはじめる。八名は、ひとかたまりになり、槍《やり》や剣を突き出していた。関平の雄叫《おたけ》びが聞えた。薙刀が舞う。ひとつ、ふたつと首が飛ぶ。六名は文官だが、二名は校尉だった。さすがに、武器の扱いはうまい。関平が、薙刀を弾《はじ》き返された。衆目の中だ。関平の中で、なにかが切れた。それが、関羽にははっきりとわかった。声もあげず、関平は馬腹を蹴《け》った。ひとりを頭蓋《ずがい》から両断し、もうひとりを股《また》から胸まで斬《き》りあげた。血飛沫《ちしぶき》が、関平の顔を赤く染めた。残った四名が、次々に斬り倒されていく。首を飛ばすような斬り方ではなく、内臓が地表にこぼれ出すような、凄惨《せいさん》な斬り方だった。

八名を倒した関平が、ゆっくりと馬を返してくる。口のまわりの血を、関平は舌を出して舐《な》めていた。

零陵《れいりょう》から東へ進み、孫権《そんけん》軍との境界線に沿って北上した。関平の指揮で五百を先行させ、待ち伏せの調練をやった。関羽が率いる四千五百も、百名ずつ三隊の斥候《せっこう》を出している。行軍に耐《た》えられない兵が、何人か出はじめた。それを、関平に斬らせた。

江陵《こうりょう》を出発してから、十名ほどが死んでいる。

長沙郡《ちょうさ》との境界を進んでいる時、同じ方向に移動している軍に出会った。

野営地に、使者が来た。呂蒙《りょもう》の軍だった。

百名ほどの供回りで、呂蒙が関羽に会いに来た。敵ではない。同盟軍である。しかし赤壁《せきへき》以来、ともに戦《いくさ》をしたことはなく、むしろ領地のことで揉《も》めたりしている。

「お久しぶりでありますな、関羽将軍」

「呂蒙殿は、長沙でなにか問題を抱えられましたか？」

「いや、なかなか民が孫権《そんけん》軍に馴染《なじ》んでくれません。こうやって姿を見せていないと、いつまでも関羽《かんう》将軍の支配下にあると思ってしまうのですよ」

呂蒙《りよもう》は、それなりに風格があり、押し出しも悪くなかった。若いころは、荒っぽいだけの男だったというが、いまは落ち着いた眼《め》をしていた。

「わが軍は、いま合肥《がっぴ》に集結中です。曹操《そうそう》が、また大軍を出してきましたので」

魏公《ぎこう》であった曹操が、五月に魏王《ぎおう》に昇っていた。上には、帝《みかど》という存在があるだけである。その帝に娘を押しつけて皇后に立ててもいる。

曹操は、自ら帝になろうとしている。関羽は、そう思っていた。ただ、まだ乱世を平定してはいない。この国をひとつにして、はじめて覇者《はしゃ》であり、帝となる資格もあると考えているはずだ。

短い間だったが、曹操のもとにいた。嫌いだという感情は、一度も抱かなかった。ただ、他者がいない男だ、とは思った。自分がいて、服従する者がいる。人との関係は、それだけなのだ。劉備《りゅうび》はいつも、対等の他者を求めているというところがある。

「劉備様も益州《えき》を得られたが、やはり曹操が漢中《かんちゅう》に入ってきている。われらにとって合肥のような存在が、劉備様の漢中ですな」

確かに、劉備は益州の北に兵力を集中することに苦慮していた。底力がつく前に、漢中を曹操に奪《と》られたのだ。ただ、漢中から成都《せいと》を攻めるという無謀《むぼう》を、曹操は冒《おか》さなかった。そうなった時は、関羽は北上し、雍《よう》州、涼《りょう》州を、中原《ちゅうげん》から遮断しようと考えていた。

老練な男である。漢中を奪っただけでよしとし、次には合肥に出て孫権に痛撃を与えようとしているのだ。

「魏王とは、恐れ入ったものです。そう思われませんか、関羽殿？」

「力が、あるかどうかであろう。かつて袁術《えんじゅつ》は、寿春《じゅしゅん》で皇帝を名乗ったが、相手にする者は誰《だれ》もいなかった。曹操の場合は、人はそれを認めるだろう」

「まさしく、袁術とは大違いではありますが、漢《かん》王朝の臣にすぎなかった者が、なぜ王にまで昇らなければならないのか、私にはよくわかりませんな。丞相《じょうしょう》のまま天下を取り、政事《まつりごと》をなして、なんの不都合がありますす」

「曹操は帝を利用したが、苦しめられもした。われらにはわからぬ思いを、帝というものに抱いているのかもしれない」

曹操が魏王に昇ったころから、曹操の支配地を魏《ぎ》と呼ぶようになっていた。それに対し、劉備は蜀《しょく》であり、孫権は呉《ご》と呼ばれている。魏、呉、蜀に天下は三分されている、というかたちだった。

孔明《こうめい》の戦略が、見事なほど的中している。これで、呉《ご》と蜀《しよく》の連合がうまく運べば、最強の曹操《そうそう》は倒せるはずだった。しかし孫権《そんけん》は、いまひとつその連合に乗気ではなく、蜀に隙《すき》があれば足を掬《すく》おうとしてくる。

合肥《がつぴ》で、魏《ぎ》と呉がぶつかっている時、荊州《けい》では兵力を北に集中し、一応の牽制《けんせい》はしているのだ。

「呂蒙《りよもう》殿は、合肥へは？」

「行きません。この地を守るのが、私の仕事ということになっております」

「昨年の戦では、大暴れをされたと聞きましたが」

「主君の危機に、死力をふりしぼっただけです。淩統《りようとう》という若い将軍の部隊は、ほぼ全滅に近い損害を受けました。今度の衝突は、雪辱《せつじよく》戦でありますな。それにしても、張遼《ちようりよう》という男はこわい。関羽《かんう》殿は、お親しかったのではありませんか？」

「好きな男です。裏表がない。そして果敢《かかん》です」

「天下に名高い関羽将軍に、それほどに言われる男に負けたと思えば、口惜《くや》しさもいくらか癒《いや》されます。とにかく、魯粛《ろしゆく》と私は、荊州におります。それを関羽将軍にお伝えすることと、お手やわらかにとお願いするために、参上したわけです」

関羽は、呂蒙をどこか信用していなかった。ひと条縄《すじなわ》ではいかない、というやつだ。その点、魯粛は考えていることと喋《しゃべ》ることの間に、それほど大きな差はない、と感じられる。

「呉が合肥で魏と対峙《たいじ》している間が、漢中《かんちゅう》を奪《と》るいい機会ですな」

「それほど甘くはない。魏には、兵力の余裕がある。なにしろ、雍《よう》州も涼《りょう》州も、その支配下に置いたのですからな」

それ以上に、曹操は大きくなってから、時が長い。劉備は、ようやく益《えき》州を制圧したばかりなのだ。底力が、まるで違うはずだ。

そういうものだということが、荊州の領地を預かるようになってから、関羽にもようやくわかってきた。

「関羽殿も、江陵《こうりょう》へ帰還されるのでしょうな?」

「呉軍が、合肥で曹操と対峙する。私にできるのは、北の境界線に兵力を集め、圧力をかけることだけです」

「それは心強いことです」

北へ圧力をかけることにより、これから漢中を攻めるであろう劉備を助ける。関羽の真の意図はそこにあり、呂蒙もそれを読んだ上で礼を言っている。

これから、呉《ご》との関係は、そういう複雑さを帯びてくるはずだった。

それからは、とりとめのない話になった。死んだ人間の話題が、次々に出てくる。周瑜《しゅうゆ》のことが出、龐統《ほうとう》の話が続いた。

周瑜が生きていれば、というのは関羽《かんう》がしばしば考えることだった。益州《えき》は、周瑜が奪《と》っただろう。そして、まだ涼州《りょう》を制していたころの馬超《ばちょう》と、連合したはずだ。それだけでも曹操《そうそう》は苦しくなる。周瑜のことだから、北方の烏丸《うがん》をも連合に加えたかもしれない。つまり、いかに巨大でも、曹操は四方から包囲されることになるのだ。

絵空事ではなく、周瑜が生きてさえいれば、それが現実のものとなった公算が強い。劉備《りゅうび》は、荊州《けい》の南で逼塞《ひっそく》せざるを得なかった。

孔明《こうめい》や龐統という軍師は、その時どうするかを考えていただろうが、いまとはまるで違う苦難があったはずだ。

「関羽殿は、豪勇無双《ごうゆうむそう》の英傑《えいけつ》であるとばかり私は思っていましたが、統治者としてもすぐれたお方ですな。荊州の東側を返還され、そこの民に接してみて、それがはじめてわかりました」

呂蒙《りょもう》の賛辞を、言葉通りだと関羽は受け取りはしなかった。乱世で交わされる言葉は、それほど単純なものではない。

幕舎の外で、関平《かんぺい》が怒鳴《どな》る声が聞えてきた。調練から、兵を脱落させたくない。関平は、ようやくそれを本気で考えることができるようになった。戦で、死なせたくない。だから、調練で四人や五人が死ぬのはなんでもない。そこまで考えられれば、関平も捨てたものではなかった。

「いい部将をお持ちですな、関羽殿」

答えず、関羽はただ黙って、呂蒙の杯《さかずき》に酒を注《つ》いだ。

5

魏《ぎ》軍は、濡須口《じゆしゆこう》まで進出したという。その数、四十万とも号されていた。実際に、二十万は下らないだろう。それに対して、呉軍は水軍を中心に、七、八万で対峙《たいじ》していた。

関羽は、荊州の蜀《しよく》軍の主力四万を、江陵《こうりよう》の北に展開させた。

荊州の蜀軍の数が急激に増えはじめ、すでに五万五千に達していた。志願した者をすべて受け入れていたら、七万近くになっているだろう。魏軍の徴兵《ちようへい》が厳しく、北から流れてきた者がいる。荊《けい》州東部からも、関羽《かんう》のやり方に好感を持った民が、かなりの数流入してきた。余分に徴収した税を、返すというやり方である。

　もともと東部が支配下であったころ、関羽は徹底した慰撫《いぶ》に努めていた。頻繁《ひんぱん》に豪族と会い、民とも語った。そのつもりはなくても、慕《した》われていたのだ、と関羽は気づいた。関羽が考えていたのは、徳の将軍という劉備《りゅうび》の名声を、荊州では守り抜いていかなければならない、ということだけだった。

　志願してきた兵は厳しく選別し、加えた者はすぐに調練《ちょうれん》に入った。二十代の、若い校尉《こうい》（将校）が育っている。見込みがありそうだと思える者が、二十名を下らない。その者たちに、二千ずつつけ、調練をさせた。

　北にむかって展開しているのは、関平《かんぺい》、廖化《りょうか》、胡班《こはん》である。関羽はそれを背後から見守る恰好《かっこう》で、江陵《こうりょう》に腰を据えていた。

　兵糧《ひょうろう》は、辺容《へんよう》が指揮し、江陵、麦城《ばくじょう》、夷道《いどう》に集めている。

　濡須口《じゅしゅこう》では、呉《ご》軍のすさまじい奇襲が一度あったという。甘寧《かんねい》の指揮だが、中心の部隊は致死《ちし》軍と呼ばれる、奇襲や山岳戦が専門の部隊で、曹操《そうそう》の本陣まで乱しながら、ほとんど損害を出さずに撤退していた。

　致死軍三千は、そのすべてが山越《さんえつ》族で、指揮官は路恂《ろじゅん》という者であることを、応《おう》累《るい》の手の者が知らせてきた。もともとは、周瑜《しゅうゆ》が自軍に組み入れることになっていた部隊だ。

奇襲を受けた魏《ぎ》軍は、全軍で反撃している。かなり押した模様だが、呉軍を潰走《かいそう》させるまでには到らなかった。それからは、濡須口で睨《にら》み合いである。

大軍から受ける圧力を、呉軍はただならぬものと感じているだろう。魏軍も、大軍の維持に苦慮しているに違いない。

軍を退《ひ》くきっかけを、両軍がどこで作るかだと、関羽は見ていた。

江陵の館《やかた》には、従者《じゅうしゃ》が五人いる。いつもそばについているのは、郭真《かくしん》である。もともと兵だったが、気紛《きまぐ》れのように関羽は館へ連れてきた。赤兎《せきと》の世話を丁寧にした。関羽の身の回りについても、よく気が回る。拾いものの従者だった、と関羽は思っている。

館には、ほかに下女が数人いるだけだが、関羽はほとんど関心も払わなかった。赤壁《せきへき》の戦《いくさ》が終り、荊州南部の攻略をはじめた時から、女は断っていた。妻子も、近づけていない。関興《かんこう》という息子がいて、いま廖化の軍にいた。校尉のひとりにすぎないが、これはもしかすると、出来がいいかもしれない。関平を長男とすると、次男に当たる。三男に関索《かんさく》がいるが、まだ幼かった。

血の繋《つな》がりがあるとはいえ、関興《かんこう》と暮した時間は、関平《かんぺい》とともにいたよりずっと短かった。自分を慕って母親から離れてきた時も、強い愛情は湧《わ》かず、なんとなく廖化《りょうか》に預けたのだった。

その関興を、館の居室に呼んでいた。営舎の居室に呼んだことはあっても、館に呼んだことはない。待っている間、戸惑いと照れのようなものが、関羽《かんう》を包んでいた。

「関興様が、お見えになりました」

郭真《かくしん》が居室を覗《のぞ》いてそう告げた。

「庭に、来るように言え」

関羽は、庭に出て、関興を待った。具足《ぐそく》を付け、兜《かぶと》を脇《わき》に抱えた関興が現われた。最初に江陵《こうりょう》に来た時より、ふた回りは躰《からだ》が大きくなっていた。眼《め》の光もいい。

「廖化が、おまえのことをほめた。しかし廖化は、私の部将に過ぎぬ。悪く言うことはあるまい。おまえの腕がどの程度のものか、私が試してやろう」

新しく打たせた青竜偃月刀《せいりゅうえんげつとう》が、壁に立てかけてある。造りも重さも、関羽《かんう》が愛用しているものと、ほとんど変らなかった。

「その青竜偃月刀を執《と》れ」

「これは？」

「構わぬ。私は、ここにある棒で相手をしよう。斬《き》れるなら、遠慮なくこの父を斬って構わぬ」

「わかりました」

関興は兜を置き、青竜偃月刀を執ると、関羽にむかって一礼した。

悪い構えではなかった。八十二斤《きん》（約二十キログラム）はあるが、重さに負けてもいなかった。関羽は、棒を低く構えた。

関興の気が満ちてくるのがわかった。眼は動かない。一歩、関羽は踏み出した。関興は耐えている。誘うように、関羽は棒を下げた。打ちこんでくる。気合も見事なものだった。かわしたが、関羽は全身が痺《しび》れたような感じを味わった。二撃目。風が、関羽の髭《ひげ》を巻きあげた。三撃目に合わせて、関羽は踏みこんだ。かわし、棒を撥《は》ねあげる。青竜偃月刀の柄《え》で、関興はそれを受け止めた。次の瞬間、関羽は関興の胸を棒で突いていた。

倒れながらも、関興は青竜偃月刀を構えていた。再び立ちあがった関興に、今度は関羽が打ちかかった。押していく。関興は、なんとか踏み留《とど》まろうとした。その瞬間に、青竜偃月刀を叩《たた》き落とした。跳びつこうとする関興の顔に、関羽は棒の先を突きつけた。関興《かんこう》が唇を噛《か》み、うなだれた。

激しい稽古《けいこ》を積んできている。関羽《かんう》の気さえも、押し返そうとしてきた。普通の兵なら、立ち竦《すく》んで動けなくなるところだ。

「もうよい、青竜偃月刀《せいりゅうえんげっとう》を持って、私の部屋に来い」

「はい」

関羽は、居室に入った。関興は入口に立っていて、関羽が頷《うなず》くと一礼して入ってきた。

「おまえは、益州《えき》へ行け、興」

関興が、また唇を噛んだ。

「兄上のように、お側《そば》で闘うほどの腕が、私にはありませんか？」

「そういうことではない。平と私には、血の繋《つな》がりがない。おまえは、血を分けた私の息子だ。だから、どこかに甘さが出るかもしれん。あるいは、必要以上に厳しくなるという気もする」

「どんな厳しさでも、私は耐えます」

「益州で修行し、一軍の将となって戻ってこい。そして、私を助けてくれ」

関興は、じっと関羽を見つめている。

「ここに、書簡《しょかん》がある。私の弟に宛《あ》てたものだ」

「弟？」

「張飛翼徳《ちょうひよくとく》。おまえは、最後に張飛に鍛《きた》えて貰《もら》え。それで、一軍の将たり得るだろう」

「張飛将軍のもとで」

「私が鍛えるよりはいいと思う。おまえは強いが、張飛にはまだ遠く及ぶまい。益州には、趙雲《ちょううん》もいる」

「私が使いものにならないので、益州へ行けと言われているわけではないのですね？」

「益州は、わが兄、劉備玄徳《りゅうびげんとく》様の本拠となるところだ。腰抜けをやれると思うか」

「はい」

「明日の夕刻、もう一度ここへ来い。引き合わせたい人物がいる。いつでも、出発できるようにしておけよ」

「かしこまりました」

関興は、青竜偃月刀を、両手で差し出した。

「持っていけ。おまえのために、江陵《こうりょう》の鍛冶《かじ》屋に打たせたものだ。私が遣《つか》っているものと、ほとんど同じにできている」

「私のため、だったのですか」

関興《かんこう》の眼が、じっと見つめてきた。涙が溢《あふ》れかけているように、関羽《かんう》には見えた。

「もう行け、興」

一礼し、青竜偃月刀《せいりゅうえんげつとう》を脇に抱え、関興は出ていった。

しばらく、関羽は居室でじっとしていた。

それから腰をあげ、館を出て、営舎の方へ歩いていった。

濡須口《じゅしゅこう》での、魏《ぎ》軍と呉《ご》軍の対峙《たいじ》は、まだ続いていた。さまざまな報告が山ほど入っているが、重要なものはなかった。江陵の北に展開している部隊も、緊張を欠いてはいないようだ。

翌日、関羽は赤兎《せきと》に跨《また》がり、ひとりで江陵の船着場にいた。江《こう》州（重慶《じゆうけい》）から下ってきた船が、すでに遠くに見えていた。

船が着き、荷が降ろされる間も、関羽はじっと見ていた。関羽がいるので、作業している兵たちも、緊張を隠しきれないようだ。

船着場に誰もいなくなると、関羽は片手をあげた。郭真《かくしん》が、馬を二頭曳《ひ》いてくる。船から二人出てきて、馬に乗った。すでに、陽《ひ》は落ちようとしていた。城内の館まで、駈《か》けた。館では、すでに関興が待っていた。

「居室の外に立っていよ。呼ぶまで、誰も近づけるな」

関興と郭真に命じた。

「久しいな、孔明《こうめい》殿」

諸葛亮孔明《しよかつりよう》である。供は陳礼《ちんれい》だった。居室の外で、関興たちと一緒にいる。

「関羽殿も、御健勝の御容子で、なによりです」

孔明は、褐色の袍《ほう》に緑の巾《きん》を付けていた。剣を佩《は》いていたが、邪魔なのか、それをはずして床に置き、関羽とむき合って座った。

「龐統《ほうとう》は、残念なことをいたしました。私より、ずっと関羽殿とは気の合う軍師だったのに」

「それが戦だ、孔明殿」

「まさに、そうだと私も思いました」

「新しい部将たちは？」

「馬超《ばちよう》、李厳《りげん》は、ともに使えます。特に馬超は、その気にさえなれば、張飛《ちようひ》、趙雲《ちよううん》と並ぶ将軍になりましょう」

「その気にか。一方の雄《ゆう》であった時代が、忘れられぬのかな」

「そういうことでは、ありますまい。なにかを、なくしているのです。取り戻そうという気があるのかどうか、私にはよくわかりません」

劉備《りゅうび》も、ほかの将軍たちも、変りはないのだろう。孔明《こうめい》は、益《えき》州の近況を伝えるために、ひそかに荆《けい》州に下ってきたわけではなかった。今後のことは、細かく詰めておかなければならない。成都《せいと》と江陵《こうりょう》では、速《すみ》やかに連絡を取るというわけにもいかないのだ。

「いまのところ、孔明殿の戦略は、ぴたりと的中しているな。天下三分、まさに、そういう形勢になってきた」

「すでに、三分されている、と見てもよいでしょう」

「細かい話に入る前に、ひとつ言っておく、孔明殿。私は、もう若くない。殿もだ。何年も、じっくり待つということは、もうできなくなっている。私は、劉備玄徳《げんとく》その人に、天下を取らせたい」

「あと十年。私の頭の中では、そう考えています。天下三分までは、それほど時はかかりませんでしたが、これからはいろいろと微妙なことになってきます。ひとつが倒れれば、すぐに残りの二者で決戦になる、というのはわかっていることですから」

「十年か」

「長いのか短いのか、私にはわかりません。十年しかない、というつもりでやろう、とは思っていますが」

「わかった。十年は、私も戦場で若い者に負けないようにしよう」

かすかに、孔明が頷《うなず》いた。十年経《た》てば、六十五歳になっている、と関羽《かんう》は思った。劉備は六十六だ。

孔明が、地図を拡《ひろ》げて話しはじめた。

実に緻密《ちみつ》な分析で、関羽も唸《うな》らざるを得なかった。益州や荊州だけでなく、魏《ぎ》や呉《ご》、内外に抱える少数民族にまで話が及ぶ。こういうところは、龐統《ほうとう》にはなかった。

話は、深夜から夜明けに到《いた》っても、まだ終らなかった。あらゆる状況を想定し、それにどう対処するのか、関羽の意見も訊《き》いてくる。状況の認識に関しては、一致するところが多かった。

問題は、呉をどこまで引っ張れるかである。

「魯粛《ろしゅく》が、力を持っていてくれればいいのですが、どうも健康がすぐれないようです。とすると呂蒙《りょもう》ですが、これは油断できない人物です。この国のことより、呉のことを考えている。なにかやるにしても、呉の利益を優先するでしょう」

「私も、そう思う」

「呉《ご》軍の若い将軍たちは、ほとんど周瑜《しゅうゆ》の影響を受けています。それも、周瑜の壮大な戦略というより、ひとつひとつの戦のやり方についてです」

「わかっている。魏《ぎ》の将軍たちのことも、私はかなり知っているつもりだ」

「とにかく、最後は関羽《かんう》殿の決断に頼るしかありません。漢中《かんちゅう》は、曹操《そうそう》を直接相手にしているわけですから、そうたやすくは奪《と》れません。すでに軍の編成は終り、北へむけて進発《しんぱつ》するだけになっていますが、二年は必要でしょう。漢中も含めて益《えき》州を制圧し、荊《けい》州も西半分は持っている。その時が、いつくるかです」

すでに、夜が明けていた。民政を充実させ、国力をつけること。諜略《ちょうりゃく》を怠らないこと。話はさらに細部に及び、心配したのか、郭真《かくしん》が一度覗《のぞ》きにきた。

昼食を運ばせ、しばらく眠り、夜になるとまた二人きりで話し続けた。

ようやく話が終ったのは、二度目の夜明けを迎えたころだ。さすがに、関羽はめまいがするほどの疲労を覚えた。孔明《こうめい》も、めずらしく表情に兇暴《きょうぼう》なものをむき出しにしていた。

「孔明殿が、来てくれてよかった。私には、戦略まで組み立てる力はない。戦場で駈け回る方が、性に合っているとも思う」

「いや、私が想像した以上に、関羽殿は状況を把握しておられます。謀略については、応累《おうるい》の手の者を、三十名は荊州に割《さ》けると思います」

「その謀略も、好きではない」

「その方がいいのです。謀略が好きという者は、謀略に溺《おぼ》れて、大事なことを見落とします」

ほんとうは、こういうことのすべてを、龐統《ほうとう》がやるはずだった。孔明が自ら関羽に会いに来たのは、龐統に代る軍師がいないからだ。荊州のことはすべて、自分が引き受けるしかない、と関羽は思った。

朝食のあと、関興《かんこう》を呼んだ。

「この者を、成都《せいと》までお供させたいのだ、孔明殿」

関興が、頭を下げた。

「平が、私の養子であることは、御存知《ごぞんじ》だろう。だから、この者は血の繋《つな》がった私の長男ということになる」

「ほう」

孔明の表情が、和《なご》んだものになった。

「関興です。張飛《ちょうひ》将軍のもとで、鍛えていただこうと思っております」

「それはいい。張飛《ちょうひ》殿も、鍛え甲斐《がい》があるというものです」
江《こう》州への輸送船が、朝に出航する。
関羽《かんう》は、船着場まで、三人を見送った。
桟橋《さんばし》から船が離れても、関興《かんこう》は青竜偃月刀《せいりゅうえんげつとう》を持って、甲板に立ち尽していた。
また会う日があるのか。関羽は、ふとそう思った。
長江《ちょうこう》の風は、もう冷たかった。

新たなる荒野

1

蜀《しょく》軍の兵は、十五万に達していた。そのうち十万弱が益州《えき》にいる。六万を割《さ》いて、劉備《りゅうび》は北へ進軍した。

漢中《かんちゅう》を守っているのは、夏侯淵《かこうえん》と張郃《ちょうこう》である。全軍で五万。しかし、長安《ちょうあん》の曹洪《そうこう》の軍五万が、援軍としてむかっていた。

難しい戦《いくさ》になりそうだ、と劉備は思った。夏侯淵、張郃、曹洪の三人は、魏《ぎ》軍の中でも有力な将軍だった。精鋭《せいえい》中の精鋭を、曹操《そうそう》は漢中の守りに当ててきている。

一昨年、曹操は自ら軍を率《ひき》いて漢中を攻撃し、五斗米道《ごとべいどう》を降伏《こうふく》させた。同時に、長安から漢中への道を、整備している。特に、斜谷道《やこくどう》、子午道《しごどう》の桟道《さんどう》を修復し、兵站《へいたん》路として立派に使えるようにして、鄴《ぎょう》へ戻った。そして、すぐに濡須口《じゅしゅこう》に出陣している。

すでに六十を超えたはずだが、曹操《そうそう》の覇業《はぎょう》に対する執念《しゅうねん》には、恐るべきものがあった。呉《ご》か蜀《しょく》のどちらかを潰《つぶ》せば、天下は決すると考えていることが、はっきりとわかる。

魏王《ぎおう》に昇り、いずれ帝《みかど》になろうとしていることも、疑いようがなかった。ただ、曹操はこの国を統一するまで、帝になろうとはしないだろう。そういう男なのだ。妥協《だきょう》はしない。徹底して闘い、全土を服従させて、はじめて帝の資格がある、と考える男だった。

だから、自分が生きているかぎりは、漢《かん》王朝は救える。

劉備《りゅうび》は、そう考えていた。

濡須口《じゅしゅこう》の戦線は、曹操が兵力で圧倒し、孫権《そんけん》が臣下の礼を取るということで、講和が成立していた。一時的な講和だということは、誰《だれ》の眼《め》にも明らかだった。魏《ぎ》、呉ともに、撤兵の理由が必要だったのだ。

鄴《ぎょう》に戻ると、すぐに後継に曹丕《そうひ》を決めた。

曹丕と曹植《そうしょく》の後継争いが、強固な魏の蟻《あり》の一穴《いっけつ》になるかもしれない、という期待はかなり薄くなった。袁紹《えんしょう》や劉表《りゅうひょう》の愚を、やはり曹操はくり返さなかった。

　益州《えき》の経営は、うまくいっていた。豊かな土地で、孔明《こうめい》が試算したかぎりでは、十七万の兵力を養うことができる。そして荆州《けい》の西部で六万。二十二万の蜀軍ということだ。魏の兵力は、およそ六十万と言われている。呉が二十万。呉と連合すれば、それほど大きな兵力差にはならない。魏は守るべき領地が広大で、そのために費さなければならない兵力は、蜀や呉と比較にならないからだ。

　曹操が漢中《かんちゅう》を奪いに来た時、それを妨げるだけの力が、まだ劉備にはなかった。漢中は、蜀ののどに突きつけられた、短刀のようなものだ。呉も、同じように合肥《がっぴ》という短刀を突きつけられている。

　曹操に単独で立ちむかえないにしても、漢中から魏軍を追い出すぐらいの力はついた、と劉備は思っていた。たやすいことではないが、一年でも二年でも、闘い続けることはできる。

　漢中に近づいてきた。

　すでに曹洪《そうこう》は到着していて、魏軍は十万に増えている。その程度の数では、兵站《へいたん》に問題はなさそうだ。曹操が、漢中を奪《と》ると同時に桟道を修復したのは、第一に兵站が頭にあったからだろう。

　漢中を前に、軍議を開いた。

伴った将軍は、張飛《ちょうひ》と馬超《ばちょう》である。ほかに呉蘭《ごらん》という若い将軍もいた。馬超の下に付けてあり、独力で一軍を指揮するのはまだ先のことだ。

「魏《ぎ》軍は、定軍山《ていぐんざん》に本陣を置くだろう」

劉備《りゅうび》が言うと、張飛が頷《うなず》いた。馬超の表情は動かない。

「漢中《かんちゅう》にいる方が、要害である定軍山に拠《よ》る。これは、仕方がないことだ」

「すでに、奪《と》っているでしょう」

「まったくだな、張飛。いくらかでも軍略に通じた者なら、漢中の守備の要《かなめ》は定軍山とするはずだ」

「攻めるには、難しい地形だと思います」

「攻めることはない」

馬超が口を開いた。

「崩れかけた砦《とりで》が、陽平関《ようへいかん》にある。そこを奪れば、漢中全体への圧力になる。すぐに漢中を手にしようとすれば、定軍山の敵が生きるということになるが」

「時をかけて、漢中を奪ろうというのだな、馬超？」

「曹操《そうそう》を、再び漢中に引きずり出す。そのためには、陽平関に拠って立ち、じわじわと圧力を加えることだろう。曹操が自身で出てくれれば、首を取る機会がないとも言えない」

「いいな、それは」

張飛も、陽平関に拠ることに、異議はなさそうだった。ただ、敵が陽平関を渡そうとするかどうかだ。

「まず下弁《かべん》、そして固山《こざん》。この二つを奪る構えを見せたらどうでしょうか？」

「私も、それを考えていたのだ、馬超」

「私が下弁、張飛が固山。それぞれ一万ずつの軍ということにしたらいかがです。両軍には、多少の犠牲《ぎせい》は出ます。しかし、殿の四万は、多分無傷で陽平関に入れます」

それだ、と劉備と張飛が同時に言った。

孔明《こうめい》も、最上の策として、成都《せいと》を出る時、それを呈示《ていじ》していた。下弁と固山で、敵を引きつける。その間に、陽平関に四万を入れる。

張飛と馬超は、その後は陽平関への兵站《へいたん》を守る任に就《つ》けばいい。

「よし、まず張飛と馬超が先行せよ。ただ、固山、下弁にあまりこだわるな。私が陽平関に入ったと知ったら、放棄《ほうき》してもよい。漢中攻略は、陽平関からはじめることにしよう」

固山《こざん》、下弁《かべん》に敵が集中すれば、かなりの犠牲が出そうだった。それも覚悟して、漢中《かんちゅう》陽平関《ようへいかん》を奪《と》るしかない。定軍山《ていぐんざん》に加えて、陽平関まで魏《ぎ》軍に押さえられたら、攻略はさらに厳しいものになる。

翌朝、張飛《ちょうひ》と馬超《ばちょう》が、劉備《りゅうび》に先行し、それぞれ一万を率いて進発《しんぱつ》した。

劉備は関城《かんじょう》まで進み、そこで残った四万の編成を整え直した。先鋒《せんぽう》は、山岳戦の調練《ちょうれん》をした一万の歩兵である。それを守るために、第二軍の五千騎で攪乱《かくらん》する。一《いっ》旦《たん》陽平関に入ってしまえば、あとは兵站《へいたん》を守る遊軍でいいだろう。

先鋒に遅れること三日で、劉備は四万を進めた。曹洪《そうこう》の率いる五万が、下弁にむかって動きはじめた、という情報を得たからだ。

下弁にむかい、馬超、張飛と曹洪を挟撃《きょうげき》するという構えを取った。当然ながら、背後から定軍山の夏侯淵《かこうえん》、張部《ちょうこう》が牽制《けんせい》してくる。

その牽制で動揺したように、劉備は軍を反転させた。夏侯淵と張部は、定軍山を背にして動かない。対峙《たいじ》という恰好《かっこう》になった。ただし、距離はある。

曹洪は、下弁にむかって快速で進撃していた。固山の張飛は、無視すると決めたようだ。戦術として、間違ってはいなかった。下弁を奪われれば、張飛が固山を確保するのは難しい。

劉備は、下弁にむけて軍を動かした。夏侯淵と張部も、背後を衝《つ》くように動いた。定軍山からかなり引き離すと、劉備は反転して東へ進んだ。夏侯淵は慌《あわ》てたようだ。留守になった定軍山を、劉備が狙《ねら》っていると考えたのだろう。魏軍が再び定軍山に籠《こも》ったのとほとんど同時に、劉備は陽平関に駈《か》けこんだ。山岳戦の調練をした先鋒の歩兵が、間を置かず崩れた砦を立て直しはじめる。石を積むのには時がかかるので、まず柵《さく》をめぐらした。弓手も配した。そして、低い方から石を積みはじめた。

下弁の馬超が、かなりの犠牲を払いながら、撤退した。張飛も同じだ。曹洪は、闘うべき敵を見失い、陽平関を迂回《うかい》して南鄭《なんてい》へ入った。定軍山さえ確保していれば、漢中の守りは崩れない、と判断したのだろう。

馬超と張飛は、陽平関への兵站線を守る遊軍として、それぞれ漢中の南に陣を敷き、いつでも動けるような態勢でいた。

蜀軍《しょく》が下弁で負けた。かたちとしては、そうなる。しかし、陽平関は奪り、兵站線も確保した。曹操《そうそう》は、曹洪が勝利したとは考えていないだろう。

足場はある。地の利も、こちらにある。足りないのは、兵数だけだ。

魏の方から見れば、漢中は数本の険岨《けんそ》な道で繋《つな》がっているだけ、ということになる。大軍の維持は難しいのだ。下弁と固山で勝利したということで、曹洪は早々に長安《ちょうあん》に帰還した。十万での漢中《かんちゅう》の守備は、兵站《へいたん》に問題がある、ということもあったかもしれない。

ここまでは、思い描いた通りの展開だった。

次に戦があるのは、曹操《そうそう》自身が出陣してくる時だろう。孔明《こうめい》も、同じ意見だった。無理に漢中を奪《と》ろうとすると、すぐにも曹操がやってくる。とにかく陽平関《ようへいかん》を拠点に、曹操が来るまでに、徐々に力を浸透させておくことだった。定軍山《ていぐんざん》と南鄭《なんてい》を遮断できれば、情勢は大きくこちらに傾く。いまは、まだ兵力が足りないのだ。

粘り強く、劉備《りゅうび》は陽平関の砦を堅固にしていった。張飛《ちょうひ》や馬超《ばちょう》の遊軍が、しばば南鄭と定軍山の間の輸送路を乱した。夏侯淵《かこうえん》が率いる魏《ぎ》軍は、徐々に体力を失っていく。

成都《せいと》には、兵の調練を急げと伝えてある。趙雲《ちょううん》や黄忠《こうちゅう》が、懸命になっているはずだ。

「殿が漢中を奪られた時が、ひとつの大きな転機になりましょう」

孔明が、陽平関にやってきて言った。つまり、いつの間にか陽平関までの地域は、蜀の勢力圏になったのである。

夏侯淵は、南鄭と定軍山という、点の確保だけに腐心しているように見えた。曹操が大軍を率いてくるまで、なんとか耐《た》えればいいと考えているようだ。

「許都《きょと》で、帝を擁《よう》して曹操を殺そうという、叛乱《はんらん》にも似たものが起きたというが」

「大したことには、なりませんでした。帝は御無事です。帝が関《かか》わっていたという叛乱ではなかったのですから。ただ、曹操の帝位簒奪《さんだつ》の意図が誰の眼にも明らかになったいま、漢《かん》王朝を救わなければと思っている人間が、方々から出はじめたのは確かなようです」

「ここで、漢王室の灯《ひ》は消せぬ。しかし、漢中攻めも、すぐにやるというわけにはいかぬ。戦は難しいものだな、孔明」

「相手は、曹操なのですから」

「曹操は、巨大になりすぎている。そうは思わないか？」

「下弁《かべん》での戦で、曹洪《そうこう》が勝った。それを、そのまま鵜《う》呑《の》みにしているのかもしれません。正確な報告が、曹操に届いていない、というようにも考えられます」

「方々で、そういうことが起きる。そうやって、巨木は朽《く》ちるのではないだろうか」

「まだ、支える者が数多くいます。たやすく巨木が倒れるとは思わないことです。漢中を確保したら、われらは大きく動けるようになるはずです。そこで、二歩か三歩、天下に近づけます」

「孫権《そんけん》が、今後どういう動きをするかだな。魯粛《ろしゆく》がいなくなったので、なかなか肚《はら》が読めなくなってきた」

魯粛が、病死したという知らせが入ったのは、昨年の暮だった。ある程度は、予想されていたことだ。荊州《けい》の領有をめぐる、呉《ご》、蜀《しょく》の紛争の時も、病軀《びょうく》に鞭打《むちう》って駈け回っていたということになる。

呉の西部方面の総指揮官は、やはり予想されていた通り、呂蒙《りょもう》が継いだ。ただ、呂蒙も病気がちだという噂《うわさ》がある。

孔明《こうめい》の戦略は、着々と実現しつつある。漢中《かんちゅう》を得て、荊州も充実したという時に、次の段階に移るとは、すでに告げられていることだった。

「曹操《そうそう》が、一度は大軍を率いてくる。それにどう対するかが、まず最初の難関であろう」

魏王《ぎおう》である。つまり親征ということになる。相当な大軍であろう。漢中どころか、益州《えき》全体をひと呑《の》みにできるような大軍を、名前にかけてもくり出してくるはずだ。

「その御心配は、なされずに。こうやって、毎日夏侯淵《かこうえん》を徐々に締めあげていく。それはすでに、曹操の大軍と闘っているということなのです、殿」

孔明が陽平関《ようへいかん》まで来たのは、ただ劉備《りゅうび》と話をするためだけではなかった。陽平関から定軍山《ていぐんざん》、南鄭《なんてい》に到《いた》るまでの地形を、詳細に調べ、各部将との細かな打ち合わせもやったのだ。軍議などではなかった。将軍ひとりひとりが、孔明とひと晩語っている。

孔明は、従者《じゅうしゃ》をひとり連れていた。馬良《ばりょう》の弟の、馬謖《ばしょく》である。兄とともに、俊才の誉《ほま》れが高かった。実戦の指揮の経験はないが、孔明のもとで軍事と民政を組み合わせた仕事で、大いに手腕を見せはじめたようだ。民政に関する馬良の手腕は、すでに定評があった。

荊州に関しても、馬良の下で働いていた辺容《へんよう》を使うことを、応累《おうるい》が推挙してきた。荊州の民政も、軍事的なものを読む能力が必要になってくる。

関羽《かんう》に、荊州を任せきりにしているのが、しばしば気になった。ひとりだけに、つらい仕事を負わせている、という思いが拭《ぬぐ》いきれないのだ。張飛《ちょうひ》や趙雲《ちょううん》に任せれば、荊州は先鋭化するだろう。魏《ぎ》に対すると同時に、呉ともうまく付き合わなければならない。惜しまれるのは、やはり龐統《ほうとう》の死だ。荊州で関羽と組んで、龐統ははじめてその力のすべてを発揮するはずだった。

「益州も荊州も、同じ科《か》（法律）で統治されることになります。これから加わる漢中も。いわば、蜀科《しょく》と申してもよろしいでしょう。いま、法正《ほうせい》を中心にしてまとめておりますが、伊籍《いせき》殿が残されたものが、もとになっております」

「人は集まったが、死んで行った者たちも多い」

「嘆いても、はじまりません。とにかく、いまは一気に漢中《かんちゅう》を奪《と》る力はありません。曹操《そうそう》の大軍と対峙《たいじ》して、見事に打ち払うための準備に時をかけなければ。幸い、荊《けい》州には関羽《かんう》殿がおられます」

関羽が、いつもひとりきりだ。言いかけて、劉備《りゅうび》は言葉を呑みこんだ。関羽とは、書簡《しょかん》のやり取りはある。そして、いずれは会える。

陽平関《ようへいかん》の砦は、堅固なものとして完成していた。次に孔明《こうめい》が献策してきたのは、周囲の山を少しずつ奪っていくことである。定軍山《ていぐんざん》を、孤立させる。そして、夏侯《かこう》淵《えん》を南鄭《なんてい》に押しこめるのだ。

その時、曹操は出てくるはずだった。

2

爰京《えんきょう》の鍼《はり》を受けながら、曹操は漢中のことを考えていた。

頭痛を鎮《しず》めるための鍼を、爰京はこめかみに打つ。鍼を打つにはひどく危険な場所だと爰京は言ったが、それで嘘《うそ》のように頭痛は消えた。

頭痛の治療の時に、ものを考えてなどいられない。ただ、頭痛がなくても、肩や背中に鍼を打たせてみることがあった。それで、躰《からだ》が軽くなるからだ。

そういう時は、漠然《ばくぜん》とした思念が浮かんでくる。漠然としてはいるが、日頃《ひごろ》は眼《め》をむけない、重要なことだったりするのだ。

丞相府《じようしようふ》に出て指示を与える時、幕僚《ばくりよう》たちと喋《しやべ》っている時、居室でひとりで考えこんでいる時。そういう時は、漠然とした思念ではない。細部まで分析し、検討し、具体的すぎるぐらいに対処の仕方を考えたりする。そのために、さまざまなことの先にある、漠然としたものが見えないことがあった。ほんとうに大事なことは、その漠然としたものの中にひそんでいることも多いのだ。

爰京の鍼は、日常考えていることを、曹操の頭から消す。頭痛が消えるように、それが消えるのだ。いままでとは違う意味も、鍼は持ちはじめていた。

なんとなく、劉備のことを考えた。

漢中の五斗米道《ごとべいどう》を攻め、降伏《こうふく》させたのは、二年以上も前だ。劉備はようやく益州《えき》を手にしたところだった。漢中を、曹操と争う余力もなかった。それが、いつの間にか軍を北に進めてくるようになった。いまも、対峙《たいじ》は続いている。

そして、荊《けい》州には関羽《かんう》がいた。

このままでは、蜀《しょく》という国が、とてつもなく強くなりはしないか。漠然と、そう思った。

劉備《りゅうび》と関羽の顔が、並んで浮かんできた。劉備の背後には諸葛亮《しょかつりょう》がいて、関羽の背後には張飛《ちょうひ》と趙雲《ちょううん》がいる。

よく、生き残ってきたものだ。

自分についても、曹操《そうそう》はよくそう思う。しかし、劉備の厳しさは、自分の比ではなかったはずだ。なにか、自分には信じられないような、強さがあったのではないのか。

不意に、恐怖に似たものが曹操を襲《おそ》った。

「どうされました、殿下」

爰京《えんきょう》の声で、恐怖感は消えた。

「鍼を、痛く感じられたわけではない、と思いますが。それでも、殿下は全身でこわがっておられました」

「わかるのか、そんなことが？」

「はい。鍼を、受けつけようとなされませんでした」

「躰《からだ》は、正直なのかな。悪い夢を見たようだ。眼醒《めざ》めたままだ」

「戦《いくさ》に出られるのを、少しお控えいただけませんか？」

「疲れているか、私の躰は？」

「それとは、少し違います。張りつめすぎている、と私は思います。私が、はじめてお躰に触れた時から、それは変りません。張りつめた心が、そのままお躰に出ているという気がいたします。人が、それだけ張りつめていられるとは、私には思えないのです」

「戦で、張りつめているのではない。私は、そう思う。戦場に出るのを控えても、同じではないかな」

「指で押してもよろしゅうございますか？」

「好きにしてみよ」

爰京の掌《てのひら》が、曹操の背に触れた。少しずつ掌は動いていたが、あるところでぴたりと止まった。掌から背中に、なにか伝わってくる。それは熱感に似ていたし、痺《しび》れにも似ていたが、違うものだった。不意に、爰京の指が動いた。背中の中に指が入ってきたという感じだが、思いがけない心地よさに包まれ、曹操は低い声をあげた。

　掌を当てては指で押すということを、爰京《えんきょう》はひとしきり続けた。

　それからまた、鍼に戻った。

「鍼でなければほぐせないところが、これではっきりとわかりました」

　爰京の声が、遠くに聞えた。束《つか》の間《ま》、曹操《そうそう》は眠ったようだった。眼醒《めざ》めた時、爰京は寝台の脇《わき》で、鍼を片付けているところだった。

「あの指が、不思議だ。背中に入ってきたような気がした」

「押すことで、血の流れが戻って、そうお感じになられたのでしょう。押しきれないところには、鍼を打たせていただきました」

　爰京は、相変らず夏侯惇《かこうとん》と、剣を執《と》って対峙《たいじ》しているらしい。時には打ちこまれそうになるので、気は抜けないと夏侯惇は言っていた。兵の治療は続けていて、それを見て鍼がなにか学んだ者が、三十名近く怪我《けが》の手当てができるようになったという。それでも、爰京ほどの者は、見当たらないと夏侯惇は言った。

「華佗《かた》を超えたかな、爰京」

「とんでもない。自分がいやになるほど、私は未熟です。師は、鍼で病《やまい》も癒《いや》すことができたのです。私にとっては、まだ遠いことです」

「そう思えるのが、おまえのいいところだ」

一礼して爰京が退出すると、曹操は眼《め》を閉じた。

この国のどこかも、血の流れが悪くなっている。それは、漢中《かんちゅう》なのか。それとも、荊州《けい》か。

孫権《そんけん》の顔は、思い浮かんでこない。軍を退《ひ》くためには、臣下の礼も平気で取れる男だ。一旦《いったん》退くと、言を左右して、人質を出すという約束も守ろうとしない。したたかだとも言えるが、孫《そん》家に生まれていなければ、ただの有能な役人というところだったはずだ。

孫権に対する恐怖感は微塵《みじん》もなく、劉備《りゅうび》に対しては畏怖《いふ》に似た思いがある。なぜだ、と自問しても、それは消えなかった。

つまり、血を止めているのが、劉備という男なのだ。その背後にいる、関羽《かんう》であり、張飛《ちょうひ》であり、諸葛亮《しょかつりょう》なのだ。

漢中に、鍼を打つべき時が来ている。曹操は、そう思った。劉備を討《う》ってしまえば、孫権など臣従してくるに決まっていた。天下三分と言われるが、実は天下二分なのかもしれない。周瑜《しゅうゆ》のいない孫権など、ものの数には入らないではないか。ならば、劉備の力を削《そ》ぐために、孫権をもっと大きくしてやってもいい。

合肥《がっぴ》を、孫権《そんけん》は何度攻めてきたのか。そのたびに、張遼《ちょうりょう》に打ち払われている。つまり、まともな勝ち戦など、孫権はしたことがないのだ。

夏侯惇《かこうとん》と賈詡《かく》を呼んだ。ほんとうなら程昱《ていいく》も加えたいところだが、老齢で病の床に就いていた。

「来年になったら、漢中《かんちゅう》を攻めようと思うが、どうだ？」

「殿下の御親征でございますか？」

「そうだ、多分、最後のな」

言って、赤壁《せきへき》の時も同じだった、と曹操《そうそう》は思った。あの戦に勝ち、あとは部将たちに任せれば、この国は統一できるはずだったのだ。

「どこまで、おやりになります？」

「漢中に本営を置き、益州《えき》を攻略する。その覚悟を持った遠征だ」

「殿下は漢中の本営におられ、益州攻略を諸将にお任せになるというのであれば」

夏侯惇はそう言ったが、賈詡は考える表情をしていた。

「劉備《りゅうび》が、大きくなりすぎる。漢中を渡すわけにはいくまい」

夏侯淵《かこうえん》が漢中を守っているが、徐々に劉備に締めあげられていた。やはり、地の利はないのだ。援軍を出すのも、長安《ちょうあん》からということになる。それは、曹洪《そうこう》を使って一度やった。つまらぬ勝利をひとつあげて、曹洪は長安に戻ってきた。

「劉備の力が、それほど大きいとは思えないのですが」

　賈詡が言った。

「魏《ぎ》にとって、漢中は局地戦にすぎません。しかし、蜀《しょく》にとっては総力戦でありましょう。殿下の御親征は、いささか大袈裟《おおげさ》にすぎるのではないでしょうか。十万の援軍で、私は勝てると思います」

　戦力を分析すれば、そうなる。しかし戦力以上のものが、劉備にはあるのだ。

　曹操は、しばらく賈詡の分析を聞いていた。当たり前のことだが、どこか老いている。これまでの経験から、すべてを判断しようとしている、と曹操には思えた。

賈詡は、昔はもっと飛躍した。常人では思いつかないことを、平気で口にするようなところがあった。

　二人が退出すると、入れ替りに、曹丕《そうひ》と司馬懿《しばい》を呼び、同じことを言った。

「戦には、私が参ります、父上」

　曹丕を正式に太子としてから、一年半が経《た》っている。決めた以上、曹操は迷わず、曹植《そうしょく》はただの息子のひとりとして扱っていた。それでも、曹植の周辺には、まだ諦《あきら》めていない者たちがいるようだ。

曹丕《そうひ》を太子としてから、司馬懿《しばい》も側近に戻していた。

「漢中《かんちゅう》で、じわじわと夏侯淵《かこうえん》軍を攻めている劉備《りゅうび》は、あなどれない力を持っていると思います。実に理にかなった攻め方で、まったく損害も出しておりません」

司馬懿が言った。

「ほう、それで？」

「益州《えき》に力を与えているのが、荊州《けい》の関羽《かんう》です。援軍を出すというようなことでなく、完全に呉《ご》との防壁になり得ているのです。そこにまず手をつけられるのがよろしいかと、私は思います」

「どうやるのだ？」

「蜀《しょく》は、呉と同盟関係にあります。しかし同時に、呉は魏《ぎ》に臣下の礼を取っています。これを見たかぎりでは、孫権《そんけん》は利によって動く男と考えられます」

「関羽と孫権の離間《りかん》を計るか」

「御意《ぎょい》」

「漢中は、どうする？」

「捨てます」

司馬懿がどう考えているか、曹操《そうそう》には手に取るようにわかった。あまり愉快な考えとは思えなかった。どこか、曹操の神経を逆撫《さかな》でにするのだ。

関羽と孫権を、まず離反させる。当然、関羽の方が攻められることになる。いま、関羽は荊州を動くことができないからだ。荊州の北部は、魏が持っている。両者の争いで、それをかなり拡《ひろ》げることができる。

関羽が死ぬにしろ、益州に逃げるにしろ、益州は孤立するのである。

それから、じわじわと益州を締めあげればいい。いま、益州の中で漢中が孤立しているように、魏の中で益州を孤立させるのだ。

合肥《がっぴ》から濡須口《じゅしゅこう》へ兵さえ出しておけば、孫権は動けない。

持ちかけようによっては、孫権は関羽を攻める。まず目先のことを考える男で、蜀を大きくしたくないという思いを持っているに違いないからだ。荊州を譲《ゆず》るとでも言えば、十中八、九、孫権は乗ってくる。

曹丕には、思いもつかないことだろう。古い幕僚たちも、そちらの方へ頭を働かせようとはしない者ばかりだ。

「孫権は知っていても、関羽は知らぬのだな、司馬懿。そして、劉備も知らぬ。地を這《は》って、ここまで来た男たちだぞ」

「はっ」

「頭の中で、ものを考えすぎるな、司馬懿《しばい》。どこかに、陥穽《かんせい》がある。しかし、おまえの考えは、憶《おぼ》えておこう。悪くはないのだ。おまえがどういう男かということも、これでよくわかる」

司馬懿は、表情を動かさなかった。

二人を退出させると、曹操《そうそう》はしばらくひとりでぼんやりしていた。爰京《えんきょう》に躰を触れられたあとに、余計なことをするものではない。なんとなく、そんなことを考えていた。

許褚《きょちょ》が、声をかけて入ってきた。

「どうした、虎痴《こち》？」

「はい。ただいま、知らせが入りました。楽進《がくしん》将軍が、亡くなられたそうです」

曹操は、かすかに頷《うなず》いた。

楽進は、病を得ていた。突然の知らせというわけではない。

いつも、先陣を切るのが好きな男だった。攻める時は強く、守りに強い李典《りてん》と組ませると、かなりの力を発揮したものだ。その李典も、だいぶ前に死んでいる。

「酒の相手をせよ、虎痴」

「はい、殿」

「おまえは、死なぬな。私より先に、死ぬことはないな」

「殿をお守りすることが、私の仕事です。それ以上のことは、わかりません」

「そうだな。何度も、私はおまえに助けられた」

許褚は一礼し、居室を出た。

酒を命じに行ったのだろう、と曹操は思った。

3

国家というものをひとつ整えるのが、どれほど大変なことか、孔明《こうめい》には身に沁《し》みた。

荊《けい》州で領地を得た時に、一度経験したとはいえ、それは占領地を統治するということでしかなかった。事実、周瑜《しゅうゆ》が江陵《こうりょう》攻めを続けていたし、江陵を奪《と》ったら即座に益《えき》州攻めの準備をはじめた。孔明もまた、ひそかに益州を視野に入れて、さまざまな準備をしていたのだ。

益州に入り、成都《せいと》を落とした瞬間から、ここが自分たちの国家になった。それまで国家があったところで、まるで新しい国家に作り直すという作業がはじまったのだ。前の国家から受け継げたのは、かなりの数の人だけだ。

まず組織を整え直し、それぞれの仕事を分担させた。同時に、科（法律）の作成にもとりかかった。調査しなければならないことはそれこそ山のようにあった。人口を調べなければならず、土地の広さ、畠《はたけ》の広さも測《はか》り直さなければならない。産業をどうするかというのも、課題だった。

劉備《りゅうび》は、土地があり人がいれば、それが国家だと考えているところがある。上に立つ者は、それでいいのだ。

糜竺《びじく》、孫乾《そんけん》、簡雍《かんよう》という、古くからの文官に加え、荊州《けい》で参じた馬良《ばりょう》が、図抜けた資質を発揮した。法正《ほうせい》、李恢《りかい》という、益州《えき》で臣従してきた者たちもいる。

おまけに、その事業が端緒《たんしょ》についた時に、魏軍《ぎ》が漢中《かんちゅう》に侵攻し、そのまま駐留した。すべてのことに優先して、魏軍に対するために軍事からはじめなければならなかった。それは魏軍との衝突という事態になり、ずっと臨戦態勢が続いたままだ。

その中での、国家作りの事業だった。

劉備には想像もつかないだろうほどの、煩雑《はんざつ》で細かなことがあったが、それが大したことだとは、孔明《こうめい》は考えないようにした。

すべてのことと並行して、天下を視野に入れた戦略を組み立て、実行していかなければならないのである。

漢中を奪《と》ったあとのことまで、孔明は考えはじめていた。新しい国家には、関羽《かんう》が統治している荊州も含まれるので、益、荊二州による、天下取りの戦略の構築になる。

荊州の民政は、まず心配はなかった。辺容《へんよう》という、新しい文官が行ったこともあるが、占領中の統治機構をそのまま残してきてあるのだ。荊州の軍については、関羽がいれば間違いはない。ただ関羽には、いかにも軍人らしい峻烈《しゆんれつ》さがある。だからそこに柔軟な龐統《ほうとう》が加われればと思っていたのだが、もう考えても仕方のないことだった。

魯粛《ろしゆく》が死んだが、呉《ご》との同盟に、特に大きな問題はないはずだった。その同盟維持のために、荊州東部という実を、返還というかたちで孫権《そんけん》に差し出している。孫権も、漢中を攻撃している曹操《そうそう》を牽制《けんせい》するために、合肥《がっぴ》に大軍を出した。呉からはそう言ってきたのだが、合肥に軍を出すのは、蜀《しょく》のためではなく、孫権自身のためとも思えた。それが、孫権という男の、手強《てごわ》いところである。

大軍の対峙《たいじ》が膠着《こうちゃく》すると、平然と臣下の礼を取って、戦線を収拾させるしたたかさもある。

それでも、特に呉と大きな問題を抱えているわけではなかった。

漢中《かんちゅう》は、いずれ間違いなく奪《と》れる、と孔明《こうめい》は読んでいた。曹操《そうそう》が、いかに大軍を率《ひき》いて来ようとだ。地形から見ても、魏《ぎ》に属するのはいかにも不自然なのだ。

漢中を奪ったら、あまり迷えない。思い切って飛躍するのが、そこなのだ。

成都《せいと》の、自分の館《やかた》で、応累《おうるい》と会った。

応累もいまは手の者を増やし、およそ六十名を抱えている。それでも少なく、別の諜略《ちょうりゃく》部隊を、孔明は五十名ほど使っていた。しかし、いざとなれば、やはり応累である。

「徐庶《じょしょ》を？」

「無理かな。曹操陣営の内部で、徐庶がこちらに通じてくれればと思うのだが」

「無理でしょう。たとえこちらに通じたとしても、徐庶殿は、大事なことを知る地位にいない。地方の、どこにでもいる役人です」

「徐庶は、それでいいと思っているのだろうか？」

「人それぞれですな。孔明殿は、あの才を惜しんでおられるのでしょうが、徐庶殿は平穏な暮しを愉《たの》しんでおられるのかもしれません。孔明殿が、荊州《けい》隆中《りゅうちゅう》の草廬《そうろ》で、晴耕雨読を愉しまれていたように」

自分は、決して愉しんでいなかった。生まれ出たのが遅かったという思いを、土を耕すことで紛《まぎ》らわせていたのだ。そして、劉備《りゆうび》が訪ねてきた。帝《みかど》と国家についての考え。それが、ぴたりと合った。それ以上に、劉備の持っている熱さが、自分を動かした。

徐庶を動かすものが、なにかあるのか。軍学については、確かに非凡だ。しかし、それを国家のために使おう、という発想に欠けているところがある。そこが、龐統《ほうとう》との大きな違いだった。国家と肉親のどちらをと迫られれば、肉親を選んでしまうところもある。それを懦弱《だじやく》とは言えない。人間が、どう生きるのか。生きている意味をどこに見つけ出すのか、という問題だった。

「よしましょう、孔明殿。あのお方は、政事《まつりごと》や闘争の汚れを、自ら拒んだのですから」

「そうだな」

「しかし、孔明殿もこわいことをお考えになる。まるで、曹操のように」

言われてはっと胸を衝《つ》かれ、孔明は応累の顔を見つめた。年齢さえ定かではない顔に、どんな表情も浮かんではいなかった。

応累との話は、結局、ありふれた諜略の話になった。荆州北部の豪族の中で、何人か落ちそうな者がいる。その動向を注視し、できれば手助けもする。その程度の話だった。

夜になり、応累《おうるい》は帰っていった。

「めずらしいのですね、あなたが自宅で人に会われるなんて」

陳倫《ちんりん》が、奥から出てきて言った。

「隆中《りゆうちゆう》にいたころ、私は自ら愉しむことを知って、土を耕していたのだろうか。そんなふうにおまえには見えたかな、倫々《りんりん》？」

「苦しんでおいででしたわ、あなたは。どういう苦しみかはわかりませんでしたが、時々、ひどく暗い眼《め》をして、自分が育てた作物を御覧になっていましたもの」

「そうか、苦しんでいるように見えたのか」

「安定《あんてい》でお目にかかった時は、その暗さは消えていましたわ。でも、その代りに時々怖い眼をしておいでだわ。ほら、いまみたいに」

「こういう眼なのだろう、多分」

苦笑して、孔明《こうめい》は言った。

翌朝、馬謖《ばしよく》ひとりを伴って、孔明は雒《らく》県まで駈《か》けた。馬超《ばちよう》が、そこに戻ってきていたからである。漢中《かんちゆう》の戦線にいる部将は、数カ月で交替する。すべての部将が、漢中の地形に馴《な》れていた方がいいからだ。陽平関《ようへいかん》にずっと常駐しているのは、劉備ひとりだった。

孔明が現われたのを見て、馬超はちょっと驚いたようだった。

劉備の麾下《きか》に加わった時、挨拶《あいさつ》は交わした。しかし、それから親しくしてきたというわけではない。簡雍《かんよう》とは親しく、張飛《ちょうひ》とは認め合っている、というようには見えた。あとは親しい者はなく、人嫌いという感じが馬超にはあった。

「二人きりで、話したいのだ、馬超殿」

「ならば、私の幕舎《ばくしゃ》に入られよ、孔明殿。なんなら、誰《だれ》も近づけぬように、兵に遠巻きにさせようか？」

皮肉な笑みを、馬超は口もとに浮かべた。

「近づくな、と命じてくださるだけでいい」

それだけ言って、孔明は幕舎に入った。入口に兵を五人ほど配し、馬超が入ってきた。

「軍師殿直々《じきじき》に、どういう御用件かな？」

むき合って座った。暗い眼をしている。成都《せいと》に一応館《やかた》を与えられているが、そこでは娘らしい女が、下女三人と犬一匹で暮しているだけだ。

「五斗米道軍は、闘わずに曹操に降伏した。だが、降伏の前に、陽平関で激戦が交わされている。張部《ちょうこう》が数万で攻めに攻めたが、落としきれなかった」

「それで？」

「張衛《ちょうえい》という、五斗米道の教祖の弟が、二千ほどを率いて、陽平関にいた。張部と闘ったのは、五千だ。三千は、馬超殿《ばちょう》、あなたの部隊だった」

馬超の表情は、動かなかった。ちょっと面倒そうな仕草で、具足《ぐそく》の胸に手をやっただけだ。

「それほど、曹操を討《う》ちたいと思っておられますか？」

「軍令違反を、責めに来られたのか？」

「ならば、二人きりで会ったりはいたしません」

訝《いぶか》しそうな表情をして、馬超は孔明《こうめい》を見つめてきた。

「いやなことは、答えられなくてもよい。最後まで、私の話を聞いていただけますか？」

「よろしいでしょう」

「陽平関で、張部を寄せつけなかったのは、馬超殿だと私は思っていますが、それは置いておきましょう。質問です。いまの部隊を、従弟《いとこ》の馬岱《ばたい》殿で指揮ができますか？」

「通常の、作戦行動であれば」

「わかりました。指揮を、馬岱殿に譲《ゆず》ってください。馬超殿は、何千かはわかりませんが、手足のように動かせる兵を率いて、特別の任務についてください。できれば、それに張衛殿も加わっていただくのが、望ましいと私は思います」

馬超は、黙って孔明を見つめていた。

「いずれ、曹操が大軍を漢中《かんちゅう》に入れます。多分、自らも出陣するでしょう。漢中に入ったあとの魏《ぎ》軍の兵站《へいたん》を、馬超殿の指揮で乱していただきたい」

「ほう」

「山岳を熟知しておられる張衛殿が加われば、力強いことではありませんか」

「大軍を入れたあとに、兵站を乱すか。なかなかの策ではありますな」

「それが、漢中の地形を生かす、最も有効な方法です。しかし、道はどれも険しい山中。そこを動ける軍がありません」

「私より、五斗米道の張衛の仕事ですな。どこにいるかも、知りませんが」

「やれるかやれないか、ということだけを、馬超殿にお訊《き》きしたい」

「乱す、と言われましたな。兵站を乱すと。完全に断つわけではない。完全に断つと、数十万であろう曹操《そうそう》軍は、なりふり構わず、成都《せいと》へ進撃しかねない。そうなると、また困る。曹操が、兵糧《ひょうろう》について、かなり強い不安を覚えればいい、ということですか？」

「お察しの通りです。いかに漢中《かんちゅう》に五斗米道《ごとべいどう》の蓄《たくわ》えが残っているとはいえ、数十万の大軍の兵糧は、厖大《ぼうだい》なものです。曹操ほどの者、兵站《へいたん》の確保に遺漏《いろう》があるとは思えないのです。馬超《ばちょう》殿。実際に、斜谷《やこく》道、子午道《しごどう》の桟道《さんどう》は、完全に修復されています」

「乱すだけなら、できると申しあげましょう」

「ならば、曹操を討つことを、諦《あきら》めてくださいますか？」

「数十万の大軍の中にいる曹操を、わずかな兵で私が討つのですか。だとすれば、天下などすぐ覆《くつがえ》るものだな。曹操は、それほど甘い男ではありません」

「馬超殿が、十万の手勢で討とうとされれば、難しいでしょう。数千ならば、あるいはと思えます。曹操は多分、今度の遠征では、新しく支配下に置いた雍《よう》、涼《りょう》二州の兵を大量に動員するでありましょうし」

馬超が、じっと孔明《こうめい》を見つめていた。眼に、皮肉な光はもうなかった。

「ひとりだけなら、私は曹操をなんとか殺そうとするかもしれない。しかし、涼州から私に付いてきた者たちがいます」

「これは、つまらぬことを申しあげました」

「いや、殿のそばにおられる、切れ者の軍師と思っておりましたが、それだけではありませんな、諸葛亮《しょかつりょう》殿」

「孔明とお呼びください」

「孔明殿、か」

「劉備玄徳《りゅうびげんとく》様を、どう思われます、馬超殿？」

「主《あるじ》について、私になにか言えと？」

「できれば、ずっと麾下《きか》にいていただけませんか。劉備軍には、関羽《かんう》、張飛《ちょうひ》、趙雲《ちょううん》と、天下に誇る武将がおります。それに馬超殿が加わってくだされぱと、私は思います。劉備様が、主と仰ぐに足るお方だと、馬超殿も感じてくださっていればいいのですが」

孔明は、馬超がいつまでも劉備の麾下に留《とど》まっている、とは考えていなかった。といって、呉《ご》や魏《ぎ》へ行くというのでもない。この乱世そのものに、背をむけるかもしれない、と感じ続けていたのだった。

馬超の眼が、じっと孔明を見つめている。

「あなたは、鋭すぎるな、孔明《こうめい》殿。鋭い刃物で布を突いても、それだけの穴しかあかぬ。もっと乱暴で鈍いところがあれば、大穴をあけられるというのに。それが、孔明殿の弱点かもしれない。田舎者《いなか》ゆえ、失礼も承知で、思ったことは口に出してしまう。お許しいただきたい」

「思慮に欠けることが多いと、いつも悩んでおりますのに」

「考えすぎて、見えなくなるものもある。私が、そうであった。もっとも、私と孔明殿では、頭の出来が違うだろうが」

馬超《ばちょう》が、はじめて笑った。笑った顔の方が、凄惨《せいさん》なものに孔明には感じられた。

それからは、漢中《かんちゅう》の地形の話などをした。軍師と将軍の話としては、ありふれたものである。

翌日、孔明は馬謖《ばしょく》と成都《せいと》へ戻った。

本営に、張飛《ちょうひ》が戻ったところだった。陳礼《ちんれい》は、若い校尉《こうい》（将校）として張飛に付いている。それが、ようやくさまになってきた。

いま、成都には張飛、雒《らく》県には馬超がいる。

趙雲《ちょううん》、魏延《ぎえん》、黄忠《こうちゅう》と交替したのである。特に張飛には、厳顔《げんがん》が鍛えた新兵に、最後の調練《ちょうれん》をさせるという仕事がある。

「馬超殿と、会ってきましたよ」

「そろそろ、曹操《そうそう》が来ると読んでいるのだな、孔明殿」

「殿も、そう読んでおられます」

「漢中《かんちゅう》にこだわっておられるなあ。荊州《けい》の小兄貴のことも、考えてやった方がいいぞ。王甫《おうほ》とか胡班《こはん》とか、小僧ばかりではないか。廖化《りょうか》がいくらかましだが、小兄貴の気持は休まるまい」

「それも、漢中を奪《と》ってからのことです、張飛殿」

「わかっている。しかし、俺《おれ》ならもう切れているぞ。小兄貴だから、もっている」

「だから、張飛殿との交替というわけにはいかないのですよ。それに、関羽《かんう》殿は、この十年、いや新野《しんや》におられたころから数えると、十八年、揺るぎない人望を荊州で培《つちか》ってこられているのです。それは、軍勢の数以上の力だとは思われませんか」

「孔明殿の言うことは、いつも正しい。ただな、夷道《いどう》の孟達《もうたつ》はなんとかならんのか。俺は、どうしてもあの野郎が好きになれん。俺が好きになれんということは、小兄貴も同じだと思うのだがな」

「夷道は、荊州との大事な道の要《かなめ》です。益《えき》州の事情にも詳しい人が、いた方がいいと思いますね」

「しかし、いやな野郎さ。法正《ほうせい》の方が、まだましだろう」

「蜀科《しょくか》を作らなければなりません。そのためには、法正殿の力が必要です」

「俺や趙雲《ちょううん》は、躰《からだ》を張っていればいい。小兄貴にだけ、負担がかかりすぎている気がするんで、こんなことを言ってるんだが」

「張飛《ちょうひ》殿も、これから大変になりますよ。漢中《かんちゅう》を奪《と》れば、いよいよ北にむかうわけですから」

「脅《おど》すなよ、孔明《こうめい》殿。それより、馬超《ばちょう》はどうしていた？」

「ごく普通に」

「気になるな。この間の下弁《かべん》の戦でも、曹洪《そうこう》に殺されてもいい、と思えるような動きをしていた。そのおかげで、俺の方はただ蛇矛《じゃぼう》を担いで逃げりゃいいだけのことだったんだが」

「絶望の剣、ですか」

「思い出しても、ぞっとする。そういう剣だった」

理解できたのが、簡雍《かんよう》が、どこか通じ合った。馬超の心の底にある絶望のようなものを、蜀で一番箇雍なのではないのか。だらしがないくせに、不思議に人を魅《ひ》きつける男だ。悪い感情を持ったことはないが、孔明には簡雍という人間のすべては理解できなかった。

「ところで張飛殿、招揺《しょうよう》の子が届いたそうですね」

張飛が、白い歯を見せて少年のように笑った。

「いい馬だ。父親に似ている。悍馬《かんば》で、荊州《けい》の牧場《まきば》でも持て余していたようだが、なに俺はすぐに乗せた。しかも、嬉《うれ》しそうにだ。俺を待っていたとしか思えん」

「益州《えき》にも、牧場を作ります。荊州のものよりずっと広大な牧場を。馬は北方から買いつけるというだけでなく、自分たちで増やしてもいかなければなりません」

「軍師というのは、そんなことまで考えるのか、孔明殿？」

「いい馬は、十人の兵にも匹敵する、と言われたのは、張飛殿だったのではありませんか？」

「そうだ、確かに。しかし、騎馬隊の馬の質は、揃《そろ》っていなければならん。一頭だけ擢《ぬき》んでていても、結局はその馬の力を殺すことになる」

「馬の話をしている時、張飛殿はほんとうに嬉しそうですな。荊州の牧場では、豚の料理をされた、という話も聞きました。死んだ張松《ちょうしょう》殿からですが」

「益州に牧場ができたら、孔明殿にも振舞おう。まず、いい雌馬《めすうま》を集めること。雄《おす》馬《うま》は、招揺がいる。それに小兄貴の赤兎《せきと》」

「作りましょう、牧場を。いい馬は当たり前にしても、私は張飛《ちょうひ》殿の豚の料理とかいうものを、味わってみたい」

牧場にいい土地の話を、張飛がはじめた。

実際に、牧場が作れるかどうか。漢中《かんちゅう》が奪《と》れるかどうかでそれも決まる、と孔明《こうめい》は考えていた。

4

劉備《りゅうび》の陽平関《ようへいかん》への駐留が、かなり長くなっている。苦戦なのではないかという噂《うわさ》も、荆州《けい》では流れていた。

関羽《かんう》は、状況がどうなっているのか、荆州にいても、手にとるようにわかった。じっくりと、劉備は漢中を締めあげている。曹操《そうそう》が大軍を率《ひき》いてきた時は、手の施《ほどこ》しようがないほどに、周囲をかためてしまおうというのだろう。兵数ではかなり劣る蜀《しょく》には、その方法しかなかった。問題は、曹操が出陣した時に、それを打ち払えるかどうかだ。

孔明は、それができると言った。

龐統《ほうとう》と較《くら》べると親しみにくいところがあるが、孔明の力について、関羽は一点の疑問も持っていなかった。荊州は荊州で、戦力を充実させて、時を待てばいいのだ。夷道《いどう》にいる孟達《もうたつ》と、公安《こうあん》にいる麋芳《びほう》を、関羽は江陵《こうりょう》に呼びつけていた。民政に甘さがある、と辺容《へんよう》が報告してきたからだ。

麋芳は麋竺《びじく》の弟で、劉備の第二夫人である麋《び》燐《りん》の兄になる。兄妹《きょうだい》の名に頼るばかりのこの男を、関羽は好きではなかった。

「わかっているだろうが、いまは戦時だ。荊州にこそ戦火はないが、蜀は大きな戦《いくさ》を抱えていて、いつ曹操が大軍で漢中に出陣するかわからない情勢なのだ」

孟達は、税の一部で私腹を肥やしている可能性があるし、麋芳は取れる税も取っていないのだという。民に厳しすぎるか、緩《ゆる》すぎるか。その両方とも、辺容には民政が甘いと映り、関羽には状況の認識が欠けている、というふうに見えた。

「二人とも、一郡を預かる人間であろう。漢中の戦のことを、もっと考えるべきだ」

「お言葉ですが、関羽将軍。私は宜都《ぎと》郡の民政をしっかりとやっているつもりです。益州と荊州を結ぶ最大の道である長江《ちょうこう》を、私は預かっているのだ。民は、力でしっかりと押さえていなければならないのです」

孟達《もうたつ》が言った。二人に対して、関羽《かんう》は大きな期待はしていない。やるべきことを、きちんとこなしていればいい、と思っているだけだ。

「南郡《なん》には江陵《こうりょう》があり、関羽殿が眼《め》を光らせておられるではありませんか。公安《こうあん》でやるべきことは、それほどないのです」

「やるべきことがないだと。糜芳《びほう》、おまえは糜竺《びじく》の弟ではないか。兄が、益州《えき》でどれだけの思いをしているか、わかっているのか。やるべきことがなければ、捜せ。それでもなければ、兵卒として漢中《かんちゅう》の戦線へ行け」

糜芳は兄と違い、せいぜい地方部隊の校尉《こうい》程度の力しかなかった。南郡の太守《たいしゅ》でいられるのも、兄がいて、いまだ劉備《りゅうび》の第二夫人として奥を仕切っている妹がいるからだ。

「私が、兵卒ですと、関羽殿？」

「糜芳、おまえはなにか思い違いをしていないか。兄が蜀《しょく》で重きをなしているからといって、おまえまで大きな顔をするのは、おかしなことであろう。私が兵卒でいいと思ったら、いつでも兵卒に落とすぞ。少しは、兄を見習ってみろ」

「兄は兄です」

「当たり前だ。だから言っている。おまえの欠点は、何事にも懸命にやれぬことだ。

昔から、そうだった。優れた兄の名で、なんとか生きてきただけだ。それを恥とも思わぬなら、いまこの瞬間に、兵卒に落としてやろうか」

「いかに関羽殿とて、お言葉が」

「糜芳」

関羽は、糜芳を睨《にら》みつけた。糜芳の躰《からだ》が、小さくふるえるのがわかった。

「兵卒などとは言うまい。この場で、その首を打ち落としてやろうか」

「関羽殿、それは言いすぎではありませんか」

孟達が口を挟んだ。糜芳は、まだ躰を小さくふるわせている。糜竺とは大違いだった。それも、関羽には腹立たしかった。

「孟達、おまえは新参者だからわかるまい。ここに張飛《ちょうひ》がいたら、糜芳などとうに調練《ちょうれん》でひねり殺されているぞ。劉備軍は、そうやって乱世を生き抜いてきた。糜芳は、長く兄の下にいすぎたのだ。足りないところを、兄が全部補ってくれた。この歳《とし》になっては、もう改まるまい。だったら、殺すだけのことだ」

呆《あき》れたような顔で、孟達は関羽を見つめていた。糜芳が、涙を流しはじめる。殺すということが、劉備軍では単なる脅《おど》しでないことを、よく知っているのだ。

無用に殺すわけではない。役に立たぬと判断されれば、放逐《ほうちく》される。有害だとはつきりした時だけ、殺す。

いつもなら糜芳《びほう》をとりなす兄も、いまは益州《えき》だった。いや、兄のもとでは、糜芳もそこそこ仕事はしていたのだ。兄の眼がなくなったので、羽をのばしはじめたという感じもあった。

「孟達《もうたつ》も、よく心にとめておけ。民を搾《しぼ》り尽すのが、民政ではない。おまけにおまえは、その一部を懐《ふところ》に入れている。それは返しておけ。すぐにだ。劉備《りゅうび》軍の益州攻略に功績があった。それが認められているので、宜都《ぎと》郡を任されているのだ。このままでは、私腹を肥やしたいために裏切った、と言われるぞ」

孟達の顔が、赤くなったり蒼《あお》くなったりした。どれほど本人が怒ろうと、不正は不正だった。

特に、上に立つ者がそういうことをするのが、関羽《かんう》には絶対に許せなかった。自分の指揮下にいるなら、自分で斬《き》るしかないのだ。

「関羽将軍、私は」

「蜀《しょく》のためにやっていることだ、などということを私に言うなよ。その首、胴から離れるぞ。とにかく、この関羽雲長《うんちょう》のもとで、不正は許さん。絶対にだ」

二人を退《さ》がらせた。

「二人同時に叱責《しっせき》なさるのは、いかがだったでしょうか？」

隣室で聞いていた辺容《へんよう》が入ってくると、表情も動かさずに言った。

「私も、叱《しか》り方ぐらいは知っている。特に孟達だが、やりすぎているというだけであったら、叱りもせずに話し合っただろう。私腹を肥やしたという一点だけは、許せぬ」

「孟達殿は、力量はお持ちです。使いようによっては、役に立つお方です」

「わかっている。これで、少しは心するだろう」

「それにしても関羽様の怒りは、すさまじいものがございますな。胆《きも》の小さな麋芳殿などは、泣いておられました」

「もうよそう、辺容。人が清いだけのものとは、私も思っておらん。現に私でさえ、荊《けい》州全土に諜略《ちょうりゃく》を仕かけておる。諜略は、人の弱さや醜さにつけこむものだ、としみじみと思うこともある」

荊州に入ってから、親しんできた豪族は少なくない。新野《しんや》も含めれば、十八年にわたって荊州で生きてきたのだ。その関係だけを頼った諜略も、確かにあった。しかし、裏切りを勧めているのだった。どうしてもそれが馴染《なじ》めない、と思うことがしばしばある。

心をこめて接してきた、民がいた。領内のどこを回っても、関羽《かんう》を見て逃げ出す民などはいなかった。時には、遠慮がちだが、陳情をされることもある。決してなおざりにはしてこなかった。調べあげ、改めるところは改め、謝るべきと思ったら、民にも頭を下げた。

だからこそ、上に立つ者の不正など許せないのだ。

荊《けい》州東部からの、民の流れが増え続けている、という報告が入った。

魯粛《ろしゆく》から呂蒙《りよもう》に交替してから、出はじめた傾向だった。徴税《ちようぜい》も徴兵も、呂蒙は厳しくしているようだ。関羽の統治地区も、決して民には甘くない。しかし、公平だった。公平に徹すれば、民は少々の苦しさには耐《た》える。

兵は、六万に達した。

部隊ごとの調練は関平《かんぺい》や廖化《りようか》に任せたが、二万ずつまとめた調練を、関羽は自ら指揮して実施した。一隊を率いて、統治地区を回るという余裕はなく、公安《こうあん》郊外でやるのだ。甘くはなかった。二日駈《か》け通したあと、防御と攻撃に分けて、徹底した集団行動を叩《たた》きこむ。死ぬ者も、出はじめた。

荊州の蜀《しよく》軍は、間違いなく実力をつけてきている。

漢中《かんちゆう》の情勢はまだ大きく動かなかったが、曹操《そうそう》が雍《よう》、涼《りよう》二州から大規模に兵を集めはじめた、という情報は入ってきた。

曹操が軍を整えている間に、漢中をどこまで締めあげていられるか。荆州から眺めているもどかしさは抑えて、関羽は兵の調練に打ちこんだ。夜は、さまざまな報告を聞く。使者にも会い、敵地の中の豪族に書簡《しょかん》も書いた。

呉《ご》軍は、呂蒙が指揮して、よく境界線付近で調練をくり返していた。合肥《がっぴ》の方は、ぶつかり合う気配はない。

十日に一度は、孔明《こうめい》から書簡が届いた。

孔明は、成都《せいと》城内の、小高い丘を崩して、自分の館《やかた》を作ろうとしていた。それも、土地を平坦にするのではなく、庭に山を残すのである。完成に近づいていた。人夫が足りないので時はかかるが、少しずつ工事が進み、ほぼ孔明が思い描いた通りになりつつある。

館は、漢中のことだった。よく読むと、すべてが漢中の地形に当て嵌《はま》るのだ。そういう書き方をするのは、他人に読まれた場合のことを想定してだ。曹操の放《はな》った間者《かんじゃ》が、益《えき》州にも荆州にもかなりいるだろう。

関羽は、荆州の商人たちについて、いつも書いた。遠くと取引をしようという商人もいれば、軒《のき》を接するようにして、客を奪い合っている者も、小狡《こずる》く立ち回ってている。

儲《もう》けようとしている者もいる。荊《けい》州東部や益《えき》州とも、物資の交流はあった。それには、ほとんど船が使われている。船でどういうふうに物資を動かすかも、書き続けている。

商人の動きは、実は軍の動きだった。荊州東部の大商人とは、呂蒙《りよもう》のことであり、物資とは兵糧《ひょうろう》のことだった。

険しい山で遮《さえぎ》られ、長江《ちょうこう》一本でようやく繋《つな》がっているにすぎないが、益州と荊州とは一体だった。小狭く立ち回っている商人として、孔明《こうめい》は孟達《もうたつ》のことを知っているし、働く意欲のあまりない者として、糜《び》芳《ほう》の名も頭に入れているはずだ。

新しく蜀《しょく》に加わった将軍のことも、関羽《かんう》は知っていた。法正《ほうせい》は別として、李《り》厳《げん》がいたし、なにより馬超《ばちょう》、馬岱《ばたい》がいた。馬超については、張飛《ちょうひ》、趙雲《ちょううん》と互角と書かれているから、大変な男が加わったことになる。黄忠《こうちゅう》と並ぶ老将として、厳顔《げんがん》が加わっているし、張嶷《ちょうぎ》、張翼《ちょうよく》という校尉《こうい》も、漢中《かんちゅう》の戦線での働きで、将軍に昇格してきている。

孔明が、蜀をひとつの国家として機能させようとしていることが、荊州から見ていると痛いほどよくわかった。劉備《りゅうび》を頂点とした国家で、魏《ぎ》、呉《ご》、蜀という三国があり、その上に帝《みかど》がいる。まず、そこからはじめようとしている。すでに群雄の争いではなく、三つの国家の争いなのだ。

だから軍略だけでなく、機構の争いであり、生産力の争いにもなる。最後に勝った国家の上に、帝が立つということになるのだ。

曹操が、帝位を簒奪《さんだつ》するということについては、孔明はあまり心配していない。覇業《はぎょう》をなし遂げた時にしか、曹操は帝位に就《つ》こうとはしない、と確信しているからだ。曹操がそういう男であることは、関羽もよく知っている。

張飛からも、何度か書簡が届いた。ほとんど、関興《かんこう》のことを書いたものだった。張飛の下で、校尉《こうい》としてちゃんとした働きをしているらしい。張飛の長男の張苞《ちょうほう》とも、兄弟のような付き合いをしていて、館で董《とう》夫人の食事をよく並んで食っているという。

少々腹の立つことはあるが、ほとんどがうまく運んでいる。

天下は呉と蜀の争いになるだろう、と関羽は思っていた。魏と闘うのはまず蜀であり、呉は漁夫の利を得て大きくなる。それからは魏を食い尽し、呉と蜀が対立する。

しかし、そういうことは孔明に任せておけばいいのだ。荊州をしっかり守り、呂蒙に余計な真似《まね》をさせず、出撃の時を待てばいい。

毎日、関羽《かんう》は赤兎《せきと》に跨《また》がり、長江《ちょうこう》沿いに駈けた。いつか、この大河が好きになっていたのだ。最初のころは、郭真《かくしん》ひとりを伴っていたが、最近は旗本《はたもと》の十名も連れていた。

すべての状況が、切迫しつつある。身辺の警戒は必要だった。

馬群を見たのは、真冬の原野だった。一千頭はいた。

関羽は、声をあげて笑った。先頭で指揮している男の姿が見えたのだ。軍袍《ぐんぽう》の片袖《そで》が風に舞っている。成玄固《せいげんこ》だった。

「やあ、いい馬ばかりだ、成玄固。おまえが自身で届けてくれるとはな」

赤兎を降りて、関羽は言った。

「代《だい》郡の烏丸《うがん》が、叛乱《はんらん》を起こしましてね。曹操《そうそう》様の軍にすぐに鎮圧《ちんあつ》されましたが、それ以来、白狼山《はくろうさん》の方の締めつけも厳しくなりました」

「叛乱の話は、私も聞いた。代《だい》郡ということで、心配はしていなかったのだが」

成玄固も、歳《とし》をとっていた。それは自分も同じで、蓄《たくわ》えた髭《ひげ》の半分は白くなっている。

郭真が、胡床《こしょう》（折り畳みの椅子《いす》）を二つ持ってきた。

「巡察ですか？」

供回りが、五百騎である。麦城《ばくじょう》の巡察だった。長江の南までの巡察は無理だが、北は忙しくてもしばしば見て回った。魏《ぎ》との境界線は、常に一触即発の状態にある。

「漢中《かんちゅう》で、魏との睨《にら》み合いがまだ続いているからな」

成玄固は、魏を通って馬を運んでこなければならない。それなりの通行料を払っているのか、曹操直々《じきじき》にそれを許されているのかは、関羽は知らなかった。ただ、荊州に馬が届かなかったということはない。

「関羽殿の声望は、中原《ちゅうげん》でも大したものです。蜀《しょく》がこれほどになったのも、関羽殿の力だろうと、人は噂《うわさ》していますよ」

「噂など、当てにはならん。私は殿のそばに長くいたが、殿を雄飛《ゆうひ》させることはできなかった。孔明《こうめい》殿が加わってから、殿の運は開けたのだ。そのあたりは、おまえもよく知っているだろう」

関平《かんぺい》と郭真が、兵に幕舎《ばくしゃ》を張らせはじめた。適当なところで野営をする、とは命じてあったのだ。すでに夕刻だった。

「魏は、どこか緩《ゆる》んできていますね。曹操様が、老いられたということでしょうが。叛乱も、役人に対する不満で、昔はそんなことはありませんでした」

「荀彧《じゅんいく》が死に、荀攸《じゅんゆう》も死んだ。あの二人が死ぬと、それに代る者は出てこなかった。

いまは多分、文官が何人もで二人の死を補っているのだろう。そんな時は、どうしてもどこかが緩《ゆる》む」

「曹操《そうそう》様には、これはと思う臣がいないのでしょう。たとえば劉備《りゅうび》様には、関羽《かんう》殿や張飛《ちょうひ》殿がおられる。最近では孔明《こうめい》殿もそうなのでしょう。馬を売るようになってから、私は曹《そう》家の中もずいぶんと見てきましたよ」

「しかし、人材は多いぞ」

「曹操様は、臣と交わるということをなされないのだと思います。私は、劉備様のもとで、君臣の交わりというものを、しっかりと見てきました。兄弟でしたね、三人は」

「おまえがいたころは、兄上などと平気で呼んでいた。いまも気持ではそうだが、立場というものがそういう言葉を口から出させない」

「しかし、気持がひとつなのですな。それは、生涯変ることはないのでしょう。曹操様には、はじめからそれがない。孫権《そんけん》様は、周瑜《しゅうゆ》様が亡くなられたあとは、やはり誰《だれ》もいない。劉備様は幸福なのだと、私はいつも思っていました」

「そう言ってくれるのは、おまえだけさ」

「いや、劉備様も、そう思っておられるのではありませんか。関羽殿は曹操様のもとにいて、将軍の地位さえ思うがままだったのに、流浪《るろう》している劉備様を、決して忘れなかったではありませんか」

「そんなことも、あったな」

「三人でひとりなのだと、私ほど知っている人間はいませんよ。なにしろ、白狼山《はくろうさん》で馬泥棒を相手にしていたころから、ずっと一緒だったのですから」

郭真《かくしん》が、酒を運んできた。

「赤兎馬《せきとば》が、死にました」

杯《さかずき》を仰《あお》いだあと、成玄固《せいげんこ》が言った。

「五頭の子を、残しました。最後まで誇り高く、そして静かに」

「そうか。呂布《りょふ》を乗せて、乱世を駆け抜けたあの馬が」

「病というのではなかったと思います。生きるのが面倒になった。そんな感じでしたね。自ら海に駈けこんで、死のうとしたことがありました。呂布様が亡くなられたのを、感じ取った時のことです。ほんとうはあの時、赤兎は死んだのかもしれません」

「赤兎に助けられた、とおまえは言っていたな」

「私も一緒に死なせてしまうのが、忍びなかったのでしょう。ずっと、傷の手当てをしていましたので。しかしそれ以後は、孤高という言葉がぴったりでした」

「男の死に方を、教えてくれているような気もするな」

「私は、教えられましたよ。洪紀《こうき》殿も。結局、死ぬところまで赤兎《せきと》と付き合ったのですから」

成玄固《せいげんこ》が、遠くを見るような眼《め》をした。

「息子の赤兎は、私を乗せて毎日原野を駈け回っている。これほどの馬、蜀《しょく》のどこを捜しても見つかるまい」

「父の赤兎とは、また違う馬に育ったようです。関羽《かんう》殿の気性が移りますので。息子は息子で、やはりいい馬だな」

焚火《たきび》が燃やされ、肉を焼く準備もできたようだ。関羽は腰をあげ、火のそばに成玄固を誘った。郭真《かくしん》が、そのまま胡床《こしょう》を運んでくる。

「宛《えん》のあたりが、少し騒々しかったようです。殺伐《さつばつ》としておりましたな」

「侯音《こうおん》という豪族が、叛乱《はんらん》を起こして宛城に籠《こも》った。私の、古い馴染《なじ》みであった」

侯音の蜂起《ほうき》は、早すぎた。助けたくても、漢中《かんちゅう》の結着がついていない状態では、動くこともできなかったのだ。侯音は、一年でも宛城に籠っているつもりだったようだが、曹仁《そうじん》の軍が近くにいて急行してきたのが誤算だった。大軍に囲まれ、そのまま押し潰《つぶ》されたのである。

侯音の叛乱は、予定されていたことだった。孔明《こうめい》と応累《おうるい》の諜略《ちょうりゃく》の一環だったのだ。

しかし、どこかに食い違いが生じた。

「それにしても、よく南陽《なんよう》郡を通行できたものだな、成玄固」

「曹操《そうそう》様直筆《じきひつ》の通行証を、洪紀《こうき》殿が頂戴《ちょうだい》していましてね。誰が何頭馬を買おうと気にしない、という大きなところも曹操様はお持ちです。実際、呉《ご》軍のための馬を運んだことも、三度あります」

そういうことについては、曹操は見事な男だった。関羽を捕えて許都《きよと》に連れていった時も、無理に臣従させようという態度は、微塵《みじん》も見せなかった。

自分を選ぶか劉備《りゅうび》を選ぶか、それは勝手に決めろという態度を貫《つらぬ》いた。関羽は、曹操のために一度手柄を立てないことには、どうにも離れられないという気持になったし、手柄で借りを返して出奔《しゅっぽん》しても、厳しい追手はかけようとしなかった。

「古くから南船北馬と言うが、呉の騎馬隊も充実してきている」

「孫権《そんけん》様も、さまざまなことを考えておられるのでしょう。長江《ちょうこう》を制する水軍というだけでは、天下は望めません」

確かにそうだった。この国の乱世を生き抜いたのは、劉備と、曹操と、そして孫権の三人だけなのだ。孫権《そんけん》に、天下を望む思いがあったとしても、それは当然のことだった。

「天下の話はいい。死んだ赤兎《せきと》のために、杯を傾けようではないか、成玄固《せいげんこ》」

「そうですね。天下など、人の煩悩《ぼんのう》にすぎないと、馬でありながら見抜いていたのですから。関羽《かんう》殿が、杯を傾けられるだけの理由はありますね。

成玄固が、かすかに頷《うなず》いた。

肉の焼ける匂《にお》い。自分は赤兎にはなれないだろう。そう思いながら、関羽は杯を傾けた。息子の赤兎の方は、ただじっとしてなにかを考えている。

「赤兎のために、もう一杯だ」

関羽が言うと、ほほえみながら、成玄固は杯を差し出した。

漢中争奪

1

　出動命令が届いた。

　張飛《ちょうひ》は、趙雲《ちょううん》の軍と関城《かんじょう》にいた。陽平関《ようへいかん》の手前には、黄忠《こうちゅう》、厳顔《げんがん》という老将が控えていた。陽平関の本営では、孔明《こうめい》と法正《ほうせい》が劉備《りゅうび》に付いている。総勢八万で、成都《せいと》を中心とする領内の守備は、魏延《ぎえん》と李厳《りげん》の二万のみだった。益《えき》州をあげての、総力戦と言っていい。

　定軍山《ていぐんざん》は、漢水《かんすい》を挟んで天蕩山《てんとうざん》とむかい合っている。ここが、定軍山の第一の兵《へい》站《たん》基地だった。もうひとつ定軍山の南に米倉山《べいそうざん》という山があり、そこにも兵糧《ひょうろう》は蓄《たくわ》えられていた。そして南鄭《なんてい》。魏《ぎ》軍の拠点は、この四カ所だった。

　孔明の作戦は、難しいものではなかった。漢水を渡り、川沿いに天蕩山まで進んで、まずそこを落とす。

難しいものではないが、漢中《かんちゅう》攻略の要諦《ようてい》はこの作戦にあった。

先鋒《せんぽう》に黄忠《こうちゅう》、厳顔《げんがん》。後方五里（約二キロ）に趙雲《ちょううん》。そして南の対岸に張飛《ちょうひ》。五万の軍勢で、這《は》うようにゆっくりと進んだ。

劉備《りゅうび》が陽平関《ようへいかん》に拠《よ》ってから一年余、じわじわと魏《ぎ》軍を締めつけ、漢水《かんすい》沿いに魏の防衛拠点などひとつもなくなっていた。地形も、すべて知り尽している。それでも、慎重に進んだ。ここは、絶対に失敗ができないところだ。緒戦ではない。決戦と同等のものだ、と張飛は考えていた。

先鋒に騎馬の二千。歩兵は、魚鱗《ぎょりん》に陣を組んだまま進んでくる。張飛は、百騎ほどを連れて、たえず軍勢の前後を駈《か》け回った。対岸では、黄忠と厳顔の三万が、粛々《しゆくしゆく》と前進していた。その後方に、趙雲の一万がいる。

陽平関から天蕩山《てんとうざん》までほぼ七十五里（約三十キロ）。それを、三日かけて進んだ。十里（約四キロ）ほどの距離からは、定軍山《ていぐんざん》の夏侯淵《かこうえん》にも、天蕩山の張郃《ちょうこう》にも、軍の動きは手にとるように見えただろう。

逆落《さか》としの攻撃を、最も警戒していた。それに対処するために、騎馬と歩兵は二里（約八百メートル）以上離した。どちらを攻められようと、もう片方が動ける。

夏侯淵は、歯ぎしりしているだろう。どこを衝《つ》けばいいか、わからないはずだ。張部の方は、もっと深刻だった。黄忠、厳顔を攻めたくても、後方に趙雲がいる。

天蕩山の麓《ふもと》に達すると、黄忠を先鋒として、すぐに攻撃がはじまった。厳顔の部隊も、果敢《かかん》に斜面を駈けあがっていく。趙雲の部隊は、逆落としに備えて、騎馬隊を前方に並べていた。

「みんな見ろ。爺《じい》さん二人が、よくやるではないか。あれだけ頑張られたら、張部もたまらんぞ」

攻め方は、老練だった。馬止めの柵《さく》の丸太を二倍の太さにしたものを、前面に押し出している。それで、落下してくるものを防ごうというのだ。しかも、高いところ高いところを選んで、縦列で進んでいて、正面の斜面には一兵もいない。石を転げ落とされても、犠牲《ぎせい》はほとんど出ないはずだ。

孔明が、土で小さな天蕩山を作り、斜面の構造を細かく調べあげたのだという。黄忠と厳顔は、毎日のように攻撃の道すじを指でなぞっていたのだ。そしてようやくいま、本物の天蕩山に這《は》い登っている。

対岸の戦況を見ながら、張飛は後方の定軍山にも気を配っていた。

一度、騎馬隊が逆落としの構えを見せてきた。張飛は騎馬隊を後ろに並べ、麓で見あげるようにしてひとりで立つと、正面から受けて立つ意志を相手に伝えた。全身に、気力が横溢《おういつ》していた。それを見て、敵はまた定軍山《ていぐんざん》の砦《とりで》に姿を消した。

黄忠《こうちゅう》の部隊が、そしてすぐに厳顔《げんがん》の部隊も、天蕩山《てんとうざん》の砦にとりついた。

陽平関《ようへいかん》から二十里（約八キロ）ほど東に進んだ平地に、劉備《りゅうび》軍は本陣を敷いていた。馬超《ばちょう》の部隊一万が、前衛で陣を組んでいる。

孔明《こうめい》は、胡床《こしょう》に腰を降ろし、じっと腕を組んでいた。軍袍《ぐんぽう》の上に筒袖鎧《とうしゅうがい》だけを着け、兜《かぶと》は被《かぶ》らず、赤い幘《さく》（頭巾《ずきん》）を被っていた。

続々と、注進が入ってくる。

老将二人は、よく闘っていた。後方にいるのが趙雲《ちょううん》と張飛《ちょうひ》だから、張郃《ちょうこう》も夏侯淵《かこうえん》も、砦を出るに出られないというところだろう。

さすがに耐《た》えきれなくなったのか、夏侯淵が一度騎馬隊を出し、逆落としの構えを見せたが、張飛の姿を見ると怯《ひる》んで砦へ逃げこんだという。

「黄忠が、天蕩山の砦に取りついたぞ、孔明」

劉備が言った。

後軍に趙雲をつけてあるものの、黄忠、厳顔だけで落とせる、と孔明ははじめから計算していた。その時、張部が南鄭《なんてい》に戻るのか、それとも迂回《うかい》して、定軍山の夏侯淵に合流するか、その両方への対処も考えてあった。

できれば、定軍山に合流してくれた方がやりやすい。

曹操《そうそう》が長安《ちょうあん》を発したという知らせは入っていた。まさに、ぎりぎりまで待っての攻撃なのである。ここで手間取れば、曹操の大軍が到着する。

四十万と言われる大軍に、誇張はないようだった。魏王《ぎおう》の親征ということで、雍《よう》、涼《りょう》二州からも、かなりの数が出ている。

漢中《かんちゅう》の地形は、戦《いくさ》を兵力だけでは決めさせない。五斗米道《ごとべいどう》軍が、長く劉璋《りゅうしょう》から独立していられたのも、地形を、つまり山を味方にしたからだった。蜀《しょく》軍も、山を味方にするしかない。そのために、実に細かく地形を調べてきた。

曹操の主要な進軍路は、斜谷道《やこくどう》と子午道《しごどう》、そして一部は東南の藍田《らんでん》を経て、東から南鄭に回ってくると思えた。

兵站《へいたん》は、斜谷道が中心だろう。

張部軍と衝突中という注進が入った。劉備も法正《ほうせい》も、胡床から腰を浮かしていた。

すぐに、張部軍の潰走《かいそう》が知らされた。本陣の中に、声があがった。

「天蕩山の砦は厳顔の守備。張飛と趙雲の部隊は、速《すみ》やかに決められた山を奪《と》るように。それが第一で、張部《ちょうこう》の追撃は無用」

張飛《ちょうひ》が、定軍山《ていぐんざん》の西の挿旗山《そうきざん》を、趙雲《ちょううん》は東側の山を奪《と》り、砦を築くことになっていた。それまで、定軍山には眼《め》をくれない。

「本陣を、あと二十里（約八キロ）東へお進めください」

「わかった」

劉備の眼は、けもののように輝いていた。

法正《ほうせい》が、前進を告げる。前衛の馬超《ばちょう》の軍が動きはじめた。こうやって本陣が動けば、定軍山の夏侯淵《かこうえん》は、両隣の山を奪ろうとしている張飛、趙雲の邪魔ができない。

いまのところ、すべてが思い描いた通りに進んでいた。

曹操《そうそう》が、五斗米道《ごとべいどう》を降伏《こうふく》させてから三年強、劉備《りゅうび》が陽平関《ようへいかん》に入って、一年数カ月が経《た》っている。この間、考え得るかぎりの方法で、漢中《かんちゅう》を締めあげてきた。一気に攻め奪るだけの兵力がなかったので、そうしてきたのだ。

いま、ついに曹操を戦線に引っ張り出しつつある。四十万。圧倒される兵数だが、原野での戦ではない。山を味方につける方法を、考えに考え抜いてきた。

二十里、進んだ。

天蕩山《てんとうざん》も、挿旗山も、そして定軍山も見える場所に、本陣が定まった。

張飛は、挿旗山に駈け登った。趙雲も、定軍山の東の山を、たやすく奪ったようだ。その間、本陣が定軍山の牽制《けんせい》になった。

挿旗山と定軍山の間を、走馬谷《そうばこく》という。天蕩山を奪った黄忠《こうちゅう》が、そこに雪崩《なだ》れこんできた。

天蕩山にいた張部が合流したとはいえ、これで定軍山は孤立である。

本陣が、挿旗山の麓にまで移動してきた。

「南鄭《なんてい》と定軍山は、完全に遮断した。次は、夏侯淵をどうやって引き摺《ず》り出すかである」

軍議で、孔明《こうめい》が言った。

ここは俺《おれ》だろう、と張飛は思った。引き摺り出すまでもない。攻めあげて、そのまま砦ごと叩《たた》き潰《つぶ》せばいいのだ。

「定軍山攻撃は、黄忠将軍。張飛、趙雲の二将軍は、側面からの牽制」

張飛と趙雲が、同時に立ちあがった。

「待ってくれ。わが部隊は、まだ無傷だ。ここは、わが部隊に任せていただきたい」

「戦は、これで終るわけではない、張飛《ちょうひ》将軍。曹操《そうそう》が、四十万の大軍を率《ひき》いて、漢《かん》中《ちゅう》にむかっている。張飛、趙雲《ちょううん》の二将軍には、その時の主力になって貰《もら》わなければならない」

「しかし」

さらに言い募《つの》ろうとした張飛を、劉備《りゅうび》が眼で制した。

劉備の眼を見ると、張飛はなにも言えなくなり、腰を降ろした。黄忠《こうちゅう》は、顔面を紅潮させている。天蕩山《てんとうざん》に続き、定軍山《ていぐんざん》攻撃でも先鋒を命じられ、闘志をむき出しにしているようだ。

「黄忠将軍には、参謀《さんぼう》として法正《ほうせい》がつく」

細かい話になった。牽制と言っても、張飛の役目は、黄忠が退却する場合の支援程度である。挿旗山《そうきざん》にいること自体が、牽制になっているのだ。それは、趙雲も同じだった。

軍議が散会した。

「力を持て余していられるのも、いまのうちだぞ、二人とも」

笑いながら、劉備が言った。

「孔明《こうめい》殿の作戦が、俺には納得できません。大兄貴が、なにか言ってくれてもよさそうなものだ。黄忠は確かに勇敢《ゆうかん》に天蕩山を攻めたが、もう歳《とし》だ。それを、続けて闘わせようというんですか？」

趙雲以外に幕舎《ばくしゃ》の中にいなかったので、張飛は劉備を大兄貴と呼んだ。

「おまえも趙雲も、適任ではないのだ」

劉備が、また声をあげて笑った。

「それは、どういうことですか、殿？」

趙雲が言う。張飛は、ほつれていた具足《ぐそく》の紐《ひも》を引きちぎった。

「三日で、孔明は定軍山を落とす。そのためには、おまえたちではいかんのだ。夏侯淵《かこうえん》と張郃《ちょうこう》が、しっかりと守りを堅めてしまえば、何日かかるかわからぬぞ。定軍山は、まさに天険であるからな」

「黄忠なら、三日で落とせるのですか、大兄貴？」

「相手がおまえたちだと、夏侯淵は砦を守って決して出ようとしないだろう。強すぎるのだ。夏侯淵も張郃も、魏《ぎ》軍きっての将軍だ。相手の力量を測《はか》ることはできる」

「曹操が来る前に、定軍山は落とさなければ面倒になります、殿。黄忠殿だけでなく、われらも攻撃に加わり、総力で攻めるべきではないでしょうか？」

「趙雲《ちょううん》が言おうとしていることもわかる。しかし、ここは黄忠《こうちゅう》なのだ。考えてもみろ。いまの夏侯淵《かこうえん》の使命は、曹操《そうそう》が到着するまで、定軍山《ていぐんざん》と南鄭《なんてい》を守り抜くことだ」

「殿、それは」

「最後まで聞け、二人とも。夏侯淵の戦は、いつも攻撃だ。雍《よう》州で、馬超《ばちょう》、韓遂《かんすい》と闘ったやり方を見てみよ。おまえたちも軍人ならわかるだろう。守るより、攻めたい。夏侯淵は、特にその傾向が強い。黄忠が相手だと、砦から打って出る。孔明《こうめい》は申したではないか、夏侯淵を引き摺り出すと」

たとえ総力であろうと、山頂の砦の攻撃となれば、かなりの犠牲は覚悟しなければならない。しかし、相手が出てくれば、最少の犠牲で済むだろう。

「二人とも、わかったようだな。余った力は、曹操と対する時まで残しておけ」

そこまで言われると、張飛《ちょうひ》にも反論できなかった。

趙雲と二人で幕舎を出、漢水《かんすい》のほとりまで歩いた。

「これが、軍師というものなのだな、張飛」

趙雲が言った。

「頭の中身が、俺たちとは違うらしい。こんな時、俺はすぐに遮二無二《しゃにむに》攻めること

を考えてしまう。野戦なら、ちょっとした駈け引きぐらいはするが
「すぐれた軍師だ。改めて、私はそう思った。孔明殿の作戦の中で、われわれは力を尽して闘えばいい。そういうことだ、張飛」

「わかっているが、昔の、一千二千での野戦が、俺は懐しい」

「劉備軍が、これだけ大きくなった。だから軍師は必要で、殿は最高の軍師を持たれた」

張飛もそう思いはしたが、戦場で戦ができないとなると、なにか忘れ物でもしたような気分になる。

「まあ、黄忠がどこまでやるか、見物することにするか」

馬超の軍は、あまり動いていない。これも、曹操との戦いに温存してあるのだろう、と張飛は思った。

山の砦を攻める時に、最も厄介なものが、落下物だった。大きな石や丸太が斜面を転がり落ちてくると、少々の遮蔽物《しやへいぶつ》では防ぎきれない。

犠牲を出さないためには、どうしても水脈や糧道《りょうどう》を断つか、夜襲による火攻めしかないのだ。定軍山の砦には、あまり燃えるものがないし、攻囲して待つ時もなか

った。水源はあり、兵糧《ひょうろう》は少なくとも一年分はあるはずだ。

だから、攻めるしかない。

天蕩山《てんとうざん》は、ほとんど犠牲を払わずに攻め落とせた。事前に調べ尽したことが、すべて生きたのだ。

定軍山《ていぐんざん》は、天蕩山よりずっと険しい。しかし、孔明《こうめい》は地形を徹底的に調べ、二カ所の弱点を発見していた。

斜面を転がる石や丸太は、当然低い方へむかう。同じ斜面でも、急な方へ急な方へとむかう。定軍山には、傾斜が緩《ゆる》くなり、岩の突起が突き出している場所が、二カ所あるのだ。

成都《せいと》の郊外で、かたちが定軍山そっくりの小山を作り、何度も石を転がしてみた。どういうかたちの石で試しても、その突起は避《よ》ける。いくら石を落とされても、その突起のうしろは安全である、という確信に近いものは持っていた。しかし、小石と岩の違いはある。大きな岩に勢いがつくと、思わぬ動きをすることもあった。

夕刻、劉備《りゅうび》が攻撃命令を出した。

黄忠《こうちゅう》の部隊は麓《ふもと》に展開し、落下物を止める遮蔽物を出した。しかし、すぐには動かなかった。夜間に、斜面の途中の突起のところまで、合わせて一千ほどの兵が這《は》い登ったのである。

翌朝になって砦ではそれに気づき、さかんに石を落としはじめた。それがどう転がり落ちるか、孔明はじっと見ていた。突起を避けるようにして、石は急な斜面の方へ曲がっている。

斜面の二カ所を、一千の兵が確保したかたちになった。

「さすがに、小山を作って試してみただけのことはあるな、孔明。あそこには、まったく石が行かない」

見ていた劉備が、感心したように言った。

あの突起は、なんとかしておかなければならない、と孔明は考えていた。敵を追い落としたら、今度は劉備軍がそこに拠《よ》るのである。曹操《そうそう》が、それを見抜けば命取りになる。

黄忠が、麓でこれから攻め登るぞという動きを、さかんにくり返していた。五百ほどを、前に出す。すぐに石が落とされるが、その前に五百は下へ逃げてくる。

夏侯淵《かこうえん》は、苛立《いらだ》っているはずだ。なにしろ天蕩山がなす術《すべ》もなく落とされるのを、目《ま》の当たりにしていたのだ。張飛《ちょうひ》が下で牽制していなければ、間違いなく出撃してきた。

天蕩山《てんとうざん》が落ち、間を置かず攻められている。焦《あせ》ってもいるはずだ。定軍山《ていぐんざん》を死守しないかぎり、魏《ぎ》軍の拠点は南鄭《なんてい》だけということになる。南鄭に、兵糧《ひょうろう》の蓄《たくわ》えはほとんどない。降伏《こうふく》した五斗米道《ごとべいどう》を、曹操《そうそう》は完全には信じず、米倉山《べいそうざん》と天蕩山に兵糧を移したのだ。

「そろそろ、法正《ほうせい》が、斜面にとりついた兵に、矢を射させるはずです。矢は、充分に届く距離です」

斜面の兵は、矢避《よ》けの楯《たて》を充分に用意していた。矢は、下からいくらでも補給できる。

「昼間の矢は、さほど効果はありますまい。兵たちに、躰《からだ》で距離を覚えさせるだけです。そして、夜になったら、休むことなく矢を射こみます」

「夏侯淵《かこうえん》は、もう頭に血を昇らせている。私はあの男を知っているが、いつまでも耐えていることはないぞ、孔明」

「明日あたり、打って出てくれればよいのですが」

「夜中の矢が、どれほどの効果があるかだな。あの石の落とし方を見ても、夏侯淵が怒り狂っているのはよくわかる」

石は、まだ落とされ続けていた。やがて、矢が射られはじめる。山頂からも射返してきたが、ほとんどは楯に遮《さえぎ》られていた。

騎馬が、二、三百騎と、歩兵が二千ほど出てくるのが見えた。斜面の二カ所を確保している兵が、どうしても眼障《めざわ》りなのだろう。いきなり、逆落としに攻めてきた。法正が、素速く斜面の兵を退《ひ》かせた。黄忠《こうちゅう》が、迎え撃つ態勢をとっていたが、麓にまでは攻め寄せてこなかった。斜面を確保していた兵を、追い払っただけで充分と思ったのだろう。

夜になった。また、十人単位で斜面を這いあがらせた。いくら追っても、闇《やみ》に紛れてまた斜面を確保している。そして、うるさいほど矢を射かけてくる。

翌朝には、また騎馬隊が出てきた。今度は、斜面の兵を退かせず、矢で応戦させた。黄忠の騎馬隊が、斜面を駈けあがっていく。

「孔明《こうめい》」

山頂に、また敵が出てきた。劉備《りゅうび》は、そちらに眼をむけたまま、また唸《うな》るように孔明の名を呼んだ。

「まだです。夏侯淵が、出てきていません」

夜の間に、張飛《ちょうひ》と趙雲《ちょううん》が、それぞれ五百騎を率いて、麓の近くに潜《ひそ》んでいた。

黄忠の軍が、斜面の途中でぶつかった。さすがに、逆落としは強い。半数にも満たない兵だったが、黄忠《こうちゅう》は押しまくられた。麓まで転がるように後退してきて、ようやくそこで踏み留《とど》まった。

反撃しはじめる。じりじりと押し返す。もう、逆落としは効かない。後ろをむいて斜面を登るだけ、攻める側より不利になる。

「出てきたぞ、夏侯淵《かこうえん》が」

劉備《りゅうび》が声をあげた。千五、六百騎、それに五千ほどの歩兵。

斜面の途中まで押し返していた黄忠の軍が、また逆落としを食らって転げ落ちてきた。夏侯淵が先頭である。これまでの鬱憤《うっぷん》を晴らすように、夏侯淵は暴れ回っている。夏侯淵にぶつかった騎馬は、薙《な》ぎ倒され、宙に撥《は》ねあげられ、見る間に数十騎が倒された。孔明《こうめい》は、手を握りしめた。法正《ほうせい》が打たせる太鼓で、張飛《ちょうひ》と趙雲《ちょううん》が飛び出すことになっていた。

夏侯淵が、黄忠の姿を見つけた。遮二無二《しゃにむに》突きかかっていく。黄忠の旗本《はたもと》が、なんとかそれを遮《さえぎ》ろうとしている。勢いが違った。黄忠の軍は、方々で崩れはじめている。

「太鼓」

孔明は、思わず言った。しかし、太鼓は打たれない。唇を嚙《か》みしめた。黄忠がさらに押しこまれる。黄忠の戟《げき》と夏侯淵の薙刀《なぎなた》が、触れ合いそうな距離になっていた。

気づくと、孔明は立っていた。何歩も、前へ出てきたらしい。劉備は、胡床《こしょう》に腰を降ろしたまま、じっと戦場を見つめていた。

太鼓。聞えた。その時は、張飛と趙雲が躍り出していた。とっさに、夏侯淵は状況を悟ったようだ。

馬を返す。それを張飛と趙雲が横からしぼりあげ、黄忠が追い立てた。老将が、先頭である。斜面にかかるところで、黄忠が馬上から矢を射かけるのが見えた。駈けあがっていた夏侯淵の躰《からだ》の動きが、一瞬止まった。黄忠が追いつき、夏侯淵の首を刎《は》ね飛ばした。

総崩れになった敵を砦まで追い、逆に追い落とした。南鄭《なんてい》にむかって逃げていくが、孔明は追撃を許さなかった。

「全軍で、陣を固める。特に定軍山《ていぐんざん》。落とされた石は、運びあげよ。斜面の途中の突起は、岩を砕いて崩し、土も削り取れ。不眠不休で、それをやるのだ」

それだけ指示を出し、孔明は胡床に座りこんだ。

「夏侯淵を討《う》ったぞ。思いのほかの戦果だった」

言いながら、劉備が笑っていた。

「よく、太鼓をお待ちになれましたな、殿。私は、味方があそこまで押されるのを、黙視できませんでした」

「あれが、実戦だ。あそこまで来ると、私は落ち着く。張飛《ちょうひ》も趙雲《ちょううん》もそうだっただろう。法正《ほうせい》が、よく耐えた。あそこまで耐えたから、夏侯淵《かこうえん》の首が取れた」

「まだまだ、私は頭で戦をしています」

「なんの。余人には真似《まね》のできぬ戦だった。張飛も趙雲も、これで文句はあるまい」

四カ所の砦で、曹操《そうそう》を迎え撃つ。孔明《こうめい》は、それを考えはじめた。定軍山《ていぐんざん》が本陣である。徹底的に守りを固める。兵糧《ひょうろう》も、充分すぎるほどに運びこむ。天蕩山《てんとうざん》もだ。張飛と趙雲は、山頂を固めると同時に、遊撃戦にも備える。

そこまで考えて、ようやく孔明は大きな息をついた。

2

鄲城《びじょう》に達した時に、曹操は夏侯淵の戦死の知らせを受けた。

「定軍山を、じっと守ればよいものを」

緒戦の、手痛い敗北だった。定軍山に拠《よ》っていれば、そうたやすく落とされることはなかったはずだ。

五斗米道《ごとべいどう》を降《くだ》した時、曹操は漢中《かんちゅう》を見て回っている。天蕩山と定軍山を押さえておけば、守りとしては磐石《ばんじゃく》だと思った。劉備《りゅうび》が陽平関《ようへいかん》に進出した知らせを受けた時も、天蕩山と定軍山と南鄭《なんてい》の死守を、漢中守備軍には命じてあった。それがいま、南鄭しか残っていない。米倉山《べいそうざん》に兵糧《ひょうろう》があるが、ここは砦《とりで》になるような場所ではなかった。

夏侯淵は、攻めの武将だった。怯懦《きょうだ》ということを知らない。それが、しばしば無謀《むぼう》にも繋《つな》がった。しかし、歴戦の将軍である。定軍山を守ろうとしながら、むざむざ討死《うちじに》するような男でもないはずだ。

劉備が陽平関に進出してから、じわじわと漢中を締めつけてきていたのは知っていたが、それが曹操の想像を超えていたのかもしれない。

魏《ぎ》は、大きくなった。軍の規模も、雍《よう》、涼《りょう》二州を制してから、飛躍的に大きくなった。大きければいい、というものでもなかった。細かい情報が自分のところまで届かない、というのは、この一、二年感じ続けてきたことだった。

苦々しい思いで、曹操は鄴城を進発《しんぱつ》した。

る。斜谷道《やこくどう》と子午道《しごどう》。それで漢中《かんちゅう》へ入る。東南に迂回《うかい》して南鄭《なんてい》へ入る軍も三万ほどい

四十万の大軍だった。一本の道で漢中に入るには、多すぎる。一列でしか進めない桟道《さんどう》では、時がいくらあっても足りないのだ。

すでに、先発の十万は桟道を進んでいるはずだった。曹操《そうそう》本隊の進軍路は、斜谷道である。張部《ちょうこう》の南鄭守備軍が四、五万。四十四、五万で、劉備《りゅうび》の八万足らずと対峙《たいじ》することになる。

今度こそは、劉備の首を取るまで、兵を退《ひ》かない。五斗米道《ごとべいどう》を攻めた時、無理をしてでも劉備を討っておくべきだったが、いまさら悔んでも仕方がないことだった。

「虎痴《こち》、夏侯淵《かこうえん》の討死をどう思う？」

進軍中の話し相手は、いつも許褚《きょちょ》である。

「勇敢《ゆうかん》すぎました」

いつものように、短く許褚は答えた。

「虎痴、おまえは？」

「私も、ただの戦《いくさ》の指揮なら」

「どういうことだ？」

「怯《おび》えなければならないことが、私にはあります」

「ほう、虎痴が怯えるとは、どういうことなのだ。私には、想像できぬぞ」

「殿が、死なれることです」

「なるほど」

曹操を守るということで、許褚は生きていた。曹操の死は、自分の死でもあるのだ。自分が死んでも、曹操が生きていれば死んだことにはならない、というふうに考えているのだろう。

「おまえが死ななければ、私は死なぬな。それなら、絶対に死ぬな。死ぬことを禁ずる」

「はい」

「生きているかぎり、私は負けはせぬ。このところ、そう思えてきた。劉備も孫権《そんけん》も、ひとりだけなら大した相手ではない。二人いるから、いくらか面倒なだけだ」

「殿は、お勝ちになります」

「勝てるということに、なんの根拠もない。しかし、それでいいのだ。強いから勝てるというなら、私は袁紹《えんしょう》に負けていた。呂布《りよふ》にも、負けていた。青州《せい》黄巾軍《こうきん》にも。勝てる根拠はなにもないと思いながらも、闘い続けた。それで、私は勝ったのだ。

これからも、そう思い続ける」

すぐに、桟道《さんどう》に入った。さすがに厳しい行軍となる。漢中《かんちゅう》に通じている道がこれだけなら、およそ欲しいと思う人間もいなかったかもしれない。漢中からのこの細い道は、いわば袋に開《あ》いた小さな穴のようなものであり、袋の口は別にあるのだった。東の荊州魏興郡《けいぎこう》からは、漢水《かんすい》沿いに南鄭《なんてい》まで比較的楽な道がある。ただ両側が山で、戦時の通行にはきわめて危険だった。

漢中は小さな袋で、益州《えき》はそれをも含めた大きな袋だった。大きな袋の口は、二つである。漢水沿いの道と、長江《ちょうこう》沿いの道。益州を取ったら、その道を充実させる。こういう桟道も、必要ではなくなるだろう。

益州は、豊かな土地だった。荊州、揚《よう》州と併《あわ》せると、優に国土の半分は超える。戦乱で疲弊《ひへい》したこの国を立て直す基盤を、曹操《そうそう》はこの三州に置くつもりだった。まだ、人口が少ない。戦乱で荒れ、いまも戦費の調達のために苦労させている河北《かほく》や中原《ちゅうげん》の民を、この三州に移す。はじめは手厚く国が庇護《ひご》し、産業を発展させる。

それで、この国は若返るはずだった。

益州を奪《と》れば、いま臣下の礼を仮にとっている孫権《そんけん》も、観念してほんとうに臣下に加わってくるだろう。そうなれば、荊州の関羽《かんう》は孤立するだけだ。いや、劉備《りゅうび》を討てば、あの男は生きる気力さえ失いかねない。

劉備は、討てる。しかし、確信はなかった。確信するべきでもない。赤壁《せきへき》の戦が、最後の自分の戦場だと確信していた。しかし、負けた。戦は、なにが起こるかわかりはしないのだ。そう思って、闘えばいい。闘っているうちに、この国の戦は終る。

先鋒《せんぽう》が、南鄭に到着した、という知らせが入った。いまは張郃《ちょうこう》を大将とする、南鄭守備軍にも、活気が戻ったようだ。

二日後、曹操も南鄭に入った。

全軍の到着をさらに二日待ち、曹操は南鄭を出陣して、定軍山《ていぐんざん》に三十里（約十二キロ）手前で陣を敷いた。蜀《しょく》軍八万は、数カ所の山に砦を築き、籠《こも》っているという。

定軍山を落とす自信が、曹操にはあった。死んだ夏侯淵《かこうえん》が、細かな地形を描いて鄴《ぎょう》へ送ってきていたのだ。自陣があったところだから、その報告は詳細をきわめていた。それによると、少なくとも二つ、定軍山には弱点があるのだ。

劉備がいる定軍山を落としてしまえば、張飛《ちょうひ》や趙雲《ちょううん》がいかに勇猛《ゆうもう》であろうと、降《こう》伏《ふく》させるのも討つのも難しくない。

若い将軍を、数多く伴っていた。功名をあげるにはいい機会だろう。多少の無謀なら、曹操は認めてやるつもりでいた。

前衛を張部《ちょうこう》にし、定軍山《ていぐんざん》の麓《ふもと》近くまで陣を拡《ひろ》げた。四十万である。漢水《かんすい》沿いの平地には、魏《ぎ》軍が充満しているという感じになった。

許褚《きょちょ》の三千騎を伴って、曹操《そうそう》は前線の巡察に出た。蜀《しょく》軍には、まったく動く気配がないという。

定軍山を間近から見て、曹操は不意に全身から汗を噴き出した。斜面のありようも、かなり変地形の隙《すき》だと思った二つが、きれいに消えている。斜面のありようも、かなり変ったようだ。諸葛亮《しょかつりょう》。曹操は、まずその名を思い浮かべた。

「張部を呼べ」

言うと、しばらくして張部が馬を飛ばしてきた。

「定軍山の地形が変ったな、張部」

「はい、斜面の突起二つを、占領するとすぐに昼夜兼行で壊しておりました。石を避《よ》ける場所が、なくなっております」

それがわかっていてなぜ、と言いかけて曹操はやめた。大将の夏侯淵《かこうえん》が討たれたのである。南鄭《なんてい》守備軍をまとめるだけで、張部は精一杯だっただろう。

「張飛《ちょうひ》があちらで、趙雲《ちょううん》がこちらか」

曹操は、定軍山の両脇《わき》の山を指さした。

「はい。天蕩山《てんとうざん》には、黄忠《こうちゅう》と厳顔《げんがん》。すべて、定軍山の本陣を守る砦の役目をしています」

すでに、詳しい報告は曹操に入っていた。布陣では、腑《ふ》に落ちないことがひとつだけある。夏侯淵が死んだ戦の布陣でも、やはり気になったことだ。

「馬超《ばちょう》は、どこにいる？」

「定軍山です」

「劉備《りゅうび》の本陣に、馬超がいるのは、確かなのか。誰《だれ》か、確認したのか？」

「天蕩山を攻められた時も、本陣の前衛は馬超で、それは多くの者が確認しております。定軍山の方は、いまのところ誰も。劉備の姿さえ、確認できておりません」

そこまでそばに置いておくほど、劉備は馬超を信用しているのか。あるいは、その逆なのか。

劉備について、ひとつだけ曹操が羨望《せんぼう》に近いものを覚えるのは、その麾下《きか》に抱えた武将たちだった。関羽《かんう》、張飛、趙雲。それに加えて、馬超である。

人も、集まっている。諸葛亮《しょかつりょう》が、死んだ龐統《ほうとう》が、馬良《ばりょう》が、なぜか劉備のもとに参じている。自分のもとへ来れば、もっと大きな、意味のある仕事をさせられる者たちばかりである。

なぜ、あの男に。それは、関羽《かんう》と張飛《ちょうひ》を従え義勇軍として黄巾《こうきん》賊と闘っていたころから、曹操《そうそう》が抱いていた疑問である。劉備《りゅうび》がどんな状態になっても、中心にいた武将で裏切った者はいなかった。無理に服従させようとしない。それは劉備らしい。しかし、臣従ということは、服従ということなのだ。どこかで、まやかしを使っているのか。それともなにか、自分には理解できない、人を魅《ひ》きつけるものを持っているのか。

大きな敵になったものだ。曹操は、そう思った。呂布《りょふ》に追われて自分を頼ってきた時は、敗残の将軍だった。それからも長い間、拠《よ》って立つ地さえなかった。

それが、気づくと、大軍ではなくてもしっかりした軍を持ち、自分の覇道《はどう》を遮《さえぎ》ろうとまでしてきている。見事な男だ。心底から、そう思うことがある。乱世がはじまってから、ここまで生き延びたのは、自分とあの男だけなのだ。孫権《そんけん》は、孫策《そんさく》という兄が残したものを、たまたま手にしただけのことだった。

「定軍山《ていぐんざん》を、よく見張れ、張郃《ちょうこう》。馬超《ばちょう》の姿が見えたら、すぐに報告せよ」

いやな予感がある。曹操はそれを忘れようとはせず、逆にこだわった。

翌日から、攻撃を開始させた。隙《すき》がない以上、大軍による力攻めである。揉《も》みに揉んで、徹底的に大軍の利を生かせばいい。

攻撃隊を、十軍に分けた。一軍が二万で、それぞれ若い将軍が率《ひき》いている。続けざまに攻撃をかけさせたが、押し返された。翌日も翌々日も、大軍で定軍山を揉みあげた。決して、劉備は打って出ようとはしなかった。斜面を味方にして、石を落とす。丸太を落とす。そのたびに、犠牲《ぎせい》が出る。

八日、その攻撃を続けた。転がす石や丸太も、いつかは尽きるはずだ。そして、打って出るしかなくなる。

九日目の攻撃で、第一軍が砦に届きそうになった。曹操は、本陣で思わず腰をあげた。しかし、山麓《さんろく》が乱れた。『張』と『趙』の旗。騎馬隊が、後続を断ち割るように突っ切ったのだ。暴れるだけ暴れると、張飛も趙雲《ちょううん》も自陣へ引き返した。

「あの二つの山も、兵で囲め。張飛と趙雲は、なんとしても封じこめておけ。あとで、ゆっくり料理すればよい」

しかし、甘い策だった。それは翌日、はっきりとわかった。逆落《さか》としで来る騎馬隊に、攻囲の兵は蹴散《けち》らされるのだ。騎馬隊の勢いは相当なもので、駈《か》け去ったあとは、屍体《したい》が山のようになっているという。

一度、前衛を退《さ》げた。陣を組み直したが、兵は明らかに、張飛と趙雲に怯《おび》えはじめていた。

遠巻きに囲んで、干あがらせるしかないのか。しかし時がかかる。一年は見ておかなければならないだろう。

陣舎《じんしゃ》の居室で、じっと地図に見入ることが多くなった。

見れば見るほど、隙のない配置である。四つの砦が、連動して生きるようになっているので、倍以上の砦の効果があった。

「大きな袋に閉じこめられている、という気がしてきたぞ、虎痴《こち》」

「殿、張飛《ちょうひ》の騎馬隊と、ぶつからせていただけませんか？」

「それはならん。気持はわかるがな、虎痴。あの騎馬隊と闘えるのは、おまえだけであろう。しかし、趙雲《ちょううん》が本陣を衝《つ》いてくるぞ。そして、馬超《ばちょう》が、どこかにいる」

「ほんとうに、馬超はいるのでしょうか？」

いるとしたら定軍山《ていぐんざん》ということになるが、それでは馬超の力は生かせないだろう。

劉備《りゅうび》はわからないにしろ、諸葛亮《しょかつりょう》がそういう人の使い方を果してするのか。

考えると、不安なものがこみあげてくる。四十万の大軍に守られているというのも、気休めにすぎないのだ。戦で兵力は大きな要素だが、それだけではないことも、いやになるほど経験してきた。

「攻め手はない。張飛、趙雲の騎馬隊には、馬止めの柵《さく》を多用した防御の陣を作り、定軍山を全力で攻めあげる。そして、おまえが私を守る。それしかあるまい」

「鍛えあげられた騎馬隊です」

「呂布《りよふ》とも、闘っている。せめて張遼《ちようりよう》がいればと思うが、合肥《がつぴ》から離すわけにはいかん。この戦、兵力差を生かさなければ勝てぬ。攻撃と防御の、両方を同時にできる兵力はあるのだ」

「はい」

許褚《きよちよ》を、張飛とぶつからせてみたい、という思いがないわけではなかった。どちらが勝つか、判断は難しい。許褚を失いたくない、という結論に、どうしても到《いた》ってしまう。

「間違っても、張飛を追うな。本陣に攻めこんできた時に、闘えばいい」

「そうします。張飛であろうと、趙雲、馬超であろうと、殿に指一本触れさせません」

曹操は、若い将軍たちを呼んで、いくつかの指示を出した。馬止めの柵を強化する。落とされる石を防ぐ方法を考える。そして、騎馬隊の遊軍も編成した。

定軍山攻撃の現場の指揮は、張郃《ちようこう》である。もともと、重装備の歩兵を率いて、攻城戦を得意としていた男だ。

「揉《も》みに揉むというやり方はやめよ、張郃《ちょうこう》。策を考えろ」

張郃は、うつむいている。天蕩山《てんとうざん》を失った失点を、定軍山《ていぐんざん》で取り返そうとしているが、落とせる目処《めど》がまったくついていないのだ。

大きな袋に閉じこめられている。何度もそう思ったが、袋の中であることは劉備《りゅうび》も同じはずだった。

夜、眠っていて、頭痛で眼醒《めざ》めた。戦場で、頭痛に襲《おそ》われたのははじめてである。夜明けまで苦しんだ。戦闘の気配が陣舎まで伝わってきた時、ようやくそれは消えた。

攻撃は、思うように進んでいない。しかし、馬止めの柵と騎馬の遊軍は、それなりに効果をあげはじめていた。張飛《ちょうひ》、趙雲《ちょううん》を完全に止めることはできなくても、犠牲は少なくなってきたのだ。

地図を見ながら、曹操《そうそう》は新しいことを考えはじめていた。

定軍山を、無視するのである。四つの砦が連動したこの陣形は、破るのが難しい。ならば、無理をして破ることはない。放置して、このまま巴西《はせい》に軍を移動したらどうなるか。成都《せいと》まで、それほどの兵はいない。せいぜい三万か四万。野戦ならば、たやすく呑《の》みこめる。定軍山の劉備も、出てこざるを得なくなるだろう。

兵站《へいたん》さえ保《も》てば、不可能なことではなかった。その考えに、曹操は魅了されはじめていた。

「斜谷道《やこくどう》の兵站が切れた？」

五鋼《ごこ》の者の報告が、曹操の考えに水を浴びせた。

「桟道《さんどう》が、五里（約二キロ）にわたって崩れたというのか？」

「自然に崩れたわけではありません。崩されています。おびただしい兵糧《ひょうろう》が谷底に落ちました」

「復旧にかかる時は？」

「不眠不休で、三日ということです」

「山の中で、動いている者がいる、ということだな」

「われらは、懸命に阻止しようとしておりますが、相当の手練《てだ》れ揃《ぞろ》いです」

曹操は唸《うな》り、腕を組んだ。定軍山を放置して巴西へ出るというのは、あくまで兵站に心配がないことを前提としている。斜谷道、子午道《しごどう》ともに押さえてはいる。しかし線としてだ。山は、深く険しかった。

魏興郡《ぎこう》から漢水《かんすい》沿いに南鄭《なんてい》へ運ぶ、という道は難しかった。四、五万の軍が進軍するならともかく、兵糧の輸送隊では、宜都郡《ぎと》から突出している孟達《もうたつ》の圧力に抗しきれない。

三日経《た》って斜谷道《やこくどう》の兵站《へいたん》が戻ったと思ったら、今度は子午道《しごどう》を切られた。

これまでの蓄えもあり、いまのところ兵糧に不足はない。しかし、四十万の軍の兵糧の厖大《ぼうだい》さは、想像に絶する。二本の細い道で、常時運んでいなければ、間に合わないのだ。

これは、と曹操《そうそう》は思った。長期戦になれば、万全であったはずのこちらの兵糧が、苦しくなりかねない。両道の兵站が十日切られれば、蓄えも底がつく。

雍《よう》州兵で山岳戦に馴《な》れている者を集め、一万の部隊を編成し、五錮《ごこ》の者とともに山中に放《はな》った。二千単位で行動するように、指示は出してある。

それから、楊脩《ようしゅう》を呼び、細かく兵糧の計算をさせた。若手の文官である。曹植《そうしょく》についていたが、曹丕《そうひ》を後継と決めてからは、曹操が自分の下に持ってきていた。この戦でも、兵糧から武具の管理、営舎の整備まですべてやっている。

「斜谷道、子午道の兵站が正常に稼動すれば、兵糧はもちます。しかしどちらかが切れるようだと二カ月、両道とも切れれば十日。張部殿《ちょうこう》のお話によると、米倉山《べいそうざん》にはかなりの兵糧が残っているということです。それが手に入れば、五日は加算できます」

そんなものでは、どうにもならなかった。

定軍山《ていぐんざん》を落とせばいいことだ、と曹操は自分に言い聞かせた。五万、十万の犠牲が出ようと、落とせば勝ちなのだ。

かつて、袁紹《えんしょう》は死に兵というものをよく使った。降伏《こうふく》した兵や捕虜《ほりょ》を、ただ死なせるためだけに組織する。それは前線に残して本隊の撤退を容易にしたり、囮《おとり》にして殺させ、そこを襲ったりというようなことだった。気持のいいやり方ではない、と曹操は思っていたが、いまは雍州兵、涼州《りょう》兵の死に兵を、曹操は抱えている。

「米倉山には一隊を回し、兵糧を運ばせろ。急ぐ必要はない。戦闘が鎮《しず》まった時にひそかにな」

「斜谷道も子午道も、もう切れませんか？」

「わからぬ。手は打ったがな。おまえは気にするな、楊脩。定軍山さえ落とせば、兵糧の心配はなにもないのだ」

こういう時に荀彧《じゅんいく》がいれば、と曹操は思った。兵站のことなど、すべて任せていれば、なんの心配もいらなかった。兵站が切れないかどうか、訊《き》いてくることは間違ってもなかっただろう。

ひとりになると、曹操はまた地図に見入った。四陣が、八陣となる。そういう砦の構築を、いままで見たことがなかった。

諸葛亮《しよかつりよう》か、と曹操《そうそう》は呟《つぶや》いた。

3

山中の移動について、張衛《ちようえい》はなにか特殊な嗅覚《きゆうかく》のようなものを持っているようだった。

絶対に登れないと思えるような崖《がけ》でも、なんとか手や足がかかる場所を見つけ、這《は》い登っていく。馬超《ばちよう》は、ただ張衛についていくしかなかった。

斜谷道《やこくどう》と子午道《しごどう》の間に、道はなかった。山がいくつも重なっているだけである。

この山が漢中《かんちゆう》を守っていたと考えると、納得できる。鳥鼠山《ちようそざん》のあたりとは較《くら》べものにならない険しさで、牛志《ぎゆうし》もしばしば喘《あえ》いでいた。

山に馴《な》れた者が、二百名である。

張衛は結局曹操に降伏《こうふく》せず、わずかな手勢を連れて陰平郡《いんぺい》の山中にいた。高豹《こうほう》が成都《せいと》に使者を寄越《よこ》したことで、馬超はそれを知った。劉備に帰順したいという使者ではなく、陰平郡の山中で、独立して動いてみるつもりだ、と知らせてきただけだった。張衛に誘われている、と馬超は思ったが、応じなかった。簡雍《かんよう》との約束があったのである。

簡雍は不思議な男で、三日ともに酒を飲み続け、しばらくは付き合ってもいいと馬超に思わせた。ただ、死ぬまでである。どちらの死かは、簡雍は言わなかった。

「劉備《りゅうび》という男、それほどにおまえを魅《ひ》きつけたのか、馬超」

陰平郡に出向いて再会し、山中の案内を頼むと、張衛は皮肉な口調でそう言った。

漢中にいたころとは、まるで違っていた。五斗米道《ごとべいどう》に頼らないと決めただけで、荒々しく、自信に満ちた男になっていたのだ。かつては六万を超える軍を率《ひき》いていたが、いまはせいぜい四百というところだった。それでも、以前よりはずっと大きく見えた。

面白そうだという理由だけで、張衛は道案内を引き受けた。連れてきたのは、十人だけだった。馬超は、かつての部下の中から百九十人を選抜した。

山の移動は、驚くことが多かった。すぐ眼《め》の前にある山に移動するのに丸一日かかることもあれば、遠くに見える山に半日で行ってしまうこともある。

縄の遣《つか》い方を、まず覚えさせられた。木や岩に縄をかけて、急な斜面を降りる。

谷の上に縄を張り、それに摑《つか》まって渡る。

斜面を登ったり、降りたりしていると、方向の感覚がわからなくなる。特に夜はまるで方向を失う。益州《えき》は、涼州《りよう》と違って晴れている日が少ない。太陽や星で、方向を知ることはできないのだ。

張衛《ちょうえい》は、木《き》を伐り倒す。その年輪を見て、方向を知るのだった。

「俺《おれ》も、面白くなってきた」

「おまえは、劉備《りゅうび》に命令されているのだろう。面白がってばかりはいられまい、馬《ば》超《ちょう》」

人を、たやすく信じたりはしなくなっていた。だから、劉備を信じているわけではない。諸葛亮《しょかつりょう》も、信じてはいなかった。ただ、簡雍《かんよう》が好きになった。千五百はいた部下を、簡雍の口利きで劉備軍に入れられれば、という気になった。自分のことはどうでもよかったが、死ぬまで付き合え、と簡雍は酔いの中で言ったのだった。

「実のところ、劉備軍の居心地は悪くない。関羽《かんう》という男は知らんが、張飛《ちょうひ》や趙雲《ちょううん》という生え抜きは、気持のいい男だった。それに、諸葛亮が面白い。鋭すぎて、これから何度も自分を切ることになるだろうが、とにかく奇抜なことを考える」

「張飛は、私もいくらか知っている」

「豪傑《ごうけつ》というのは、どこか抜けている。張飛もそうだが、大事なものは失っていない」

「大事なものとは、なんだ？」

「さて、人にやさしいところかな」

「あの荒くれがか？」

「不思議なものだな。俺は、張飛という男に一番やさしさを感じるのだ。簡雍とは、また違うやさしさだが」

「劉備は？」

「わからん。人の心を包みこもうとはしてくるが、それがやさしさから出たものかどうか、俺にはわからん」

「おまえは、蜀《しょく》に骨を埋《うず》める気か？」

「劉備玄徳《げんとく》は、馬岱《ばたい》にはいい主君だろうと思う。俺は、流されるままだな」

このまま劉備軍にいてもいいし、別のことがやりたくなったら、あまり迷うこともなく消えてしまうだろう。

「しかし、私とおまえが陽平関《ようへいかん》で曹操《そうそう》を迎え撃ったと、諸葛亮が見抜いていたとはな」

「直感だろう。あとで、それに筋道をつける男さ」

そんな話をするのは、大抵は山中の野営の時だった。兵糧《ひょうろう》はわずかに持っただけだが、小動物を捕えたりするのが、張衛《ちょうえい》は実にうまかった。それを、焼いて食う。

張衛とともに山中に入ることは、諸葛亮《しょかつりょう》には報告してあった。斜谷道《やこくどう》と子午道《しごどう》の桟道《さんどう》を、すでに壊し、曹操《そうそう》の兵站《へいたん》線をかなり乱したはずだ。もう一度ずつ壊せばいい、と馬超《ばちょう》は思っていた。

「兵站を乱すだけとは、諸葛亮はどういう発想をしているのだろうな、馬超」

「兵站を完全に断てば、開き直る。下手をすると、四十万で成都《せいと》を攻めかねん。乱すぐらいだと、撤兵を考えるだろう。たえず兵站に不安があるというのは、一番戦《いくさ》がやりにくい状態だからな。そこまで考えられる男は、天下を争うだろう」

「その諸葛亮に見込まれた馬超は、ともに天下を狙《ねら》うか」

「見込まれてはいない。どこかで、冷たく俺を見ているさ。そういうところがあるから、軍師もやっていられる。俺を見込むようなら、軍師としては駄目だ」

「なぜ?」

「人のために闘おう、と思わなくなっているからさ。俺は、自分を殺して、涼《りょう》州のために闘い、関中《かんちゅう》十部軍のために闘った。人のために闘うのは、もうたくさんだ。

というより、どうでもいい」

「私のために、軍令に違反して、陽平関《ようへいかん》に来たではないか」

「借りを返しにな。漢中《かんちゅう》で、俺と俺の部下が世話になった。そういうことだけが、気になるのだ。曹操を相手に、せめて一日か二日、戦らしい戦をおまえにさせる。それだけでよかった」

「私たちが撤兵した翌々日、曹操は山中を迂回《うかい》させた部隊と、陽平関に総攻撃をかけた。無人の砦にな。それを思い出すと、腹を抱えて笑いたくなる」

五斗米道《ごとべいどう》の呪縛《じゅばく》から解けて、張衛は、馬超がもともとそうであっただろうと思っていた男の姿を、はっきり見せていた。それは、悪くなかった。

「明日は斜谷道に着くが、また五里ばかり桟道を壊すだけか、馬超？」

兎《うさぎ》の肉が、焚火《たきび》で焼きあがっていた。猪《いのしし》も捕えていて、岩塩に漬けた肉を、山中の方々に隠してある。二百人が食うのには、まったく困らなかった。

「今度は、かなり壊してやろう。燃やしてもいい。修復に、十日はかけさせる」

「無警戒であるまいな。出会えば、斬《き》り合いになるぞ、馬超」

「どうでもいい。人と人の争いなどな。この国は、乱れるだけ乱れて、滅びてしまえばいいのだ。曹操も劉備《りゅうび》も孫権《そんけん》も、所詮《しょせん》は同じ種類の人間だ。自分こそが天下を、と心の底では思っている」

「私も、そんなことを考えたことがあった」

「五斗米道《ごとべいどう》を頼りにな。なにかに頼ろうとしたところが、あの三人とは違うところだ。あの三人は、自分の力で、それぞれに場を得て、いま天下を争っている」

「曹操《そうそう》に対する憎しみが、まだ残っているのか、馬超《ばちよう》。一族を皆殺し同然にされたのだから、無理もないと思うが」

「不思議なことに、それが消えた。箇雍《かんよう》という男に会ってからだ。乱世で、家族を失った者など、数えきれぬほどいる。そんなふうに、思うようになってしまった。いまは、なにもかもがどうでもいい、という気持が強いな。面白そうだと思ったことは、やってもいい」

「それで、曹操の邪魔か。私はまだ、どこかに曹操を遮《さえぎ》ってやりたいという思いがある。それで、おまえの話に乗った」

「似たようなものだろう。五斗米道から離れたおまえに、なにができるというわけでもないのだからな」

「そうだな。まったくだ。早く五斗米道に見切りをつけていれば、こんなふうではなかったと思うのだが」

喋《しゃべ》りながら、張衛《ちょうえい》が兎の肉を二つに切り分けた。山の方々に罠《わな》を仕掛けたので、兎はいくらでも手に入る。

焚火《たきび》の炎に照らされた張衛の顔が、赤く染まって見えた。兎の肉に食らいついている。口のまわりが、脂でてらてらと光った。

「どうも、山中に軍が入ったようです。斥候《せっこう》を出しましたが、焚火を十ほど確認して戻ってきました」

牛志《ぎゅうし》が、報告に来た。

「千から二千単位の軍だ。それもひとつではない。七つ八つ、下手をすると十を超えている。きのうから、気がついている。あまり気にするな」

「そう言われても、張衛様」

「やつらは、山岳戦に馴《な》れた兵というだけのことだ。私たちと遭遇《そうぐう》することはない。楽なところを進んでいるだけだからだ。私たちは、およそ人は通らないだろう、としか思えない場所を選んで進んでいる。遭遇するとしたら、明日、斜谷道《やこくどう》へ出てからだ。その時は、馬超がなんとかするだろう」

「そんなふうに割りきれたら、おまえも五斗米道を利用して天下が窺《うかが》えたものを」

「私が教祖だったらだ、馬超。自分が教祖になろうとしなかったところに、私の最大の誤りがあった。言ったところで、もう遅いがな。いまのように、山で気ままに暮す。それも悪くないという気がしている」

「それでも、なにかやりたいという思いは、まだ心の底に残している。俺と違って、おまえは徹底的に負けてはいないからな」

「そうかな」

張衛《ちょうえい》は、否定もしなかった。嫌いではないが、どこかもの足りない男だった。そう思わせるところが、きれいに消えてしまっている。五斗米道《ごとべいどう》の教祖の弟でなかったら、いまごろはどこかの将軍だろう。

弱々しいくせに、どこか正常ではなかった張魯《ちょうろ》の眼を、馬超《ばちょう》は思い浮かべた。張衛がいなければ、五斗米道は益《えき》州の中の叛乱《はんらん》勢力として、とうの昔に一掃されていただろう。張衛は、持っている才を、ほんとうに生かす場所を与えられなかった。

「ところで、馬超。蜀《しょく》は、曹操《そうそう》を打ち払えるのか？」

「微妙なところだ。諸葛亮《しょかつりょう》は、大きな賭《か》けに出ている。漢中《かんちゅう》争奪だけでなく、その後の展開も含めてな」

「なるほど。この兵站《へいたん》の寸断作戦も、賭けのひとつだな」

兵站を、完全に切ってしまうのではなく、乱す。曹操の兵糧《ひょうろう》に対する不安が極限に達するまで、定軍山《ていぐんざん》はもつのか。

「四十万の大軍で、率いているのが曹操自身か」

「なにを考えている、張衛？」

「曹操が撤退する時に、斜谷道《やこくどう》と子午道《しごどう》を切ってしまえば面白かろうと思ってな。いや、そうすると曹操は狂った獅子《しし》になり、益州《えき》を暴れ回るか」

「見えるものが、見えてきたではないか、張衛」

「曹操が天下に手をかけている。だからこそ成立する、諸葛亮の賭けなのだな。五分の危険では、曹操は跳ばない。七分の危険があった時に、はじめて狂った獅子になる。保身の本能が、天下に手をかけていれば出てくる」

「どこかの軍師になれるぞ、おまえ」

「外から見ていて、はじめてわかることだ」

兎の肉は、もう食い終えていた。火の中に吐き出した骨が、香ばしい匂《にお》いをあげて燃えている。二百の兵は、思い思いに眠りはじめていた。

翌朝、山をひとつ越えた。縄を張り、それに摑《つか》まって兵を這《は》い登らせなければならないほどの急斜面だったが、反対側は緩《ゆる》やかだった。

そこで、いきなり二千の軍に遭遇した。張衛には、なんとなくわかっていたようだ。馬超《ばちょう》を見て、にやりと笑う。

「どこの軍だ？」

誰何《すいか》が来た。樹木があまりない場所で、突き出た岩にも丈の短い草が生えている。

「どこの軍でもないぞ。山の民だ」

張衛《ちょうえい》が、穏やかな声で答えた。兵たちも、具足《ぐそく》などは付けていない。急斜面を上下する時は、邪魔になるだけだからだ。

「捕縛する。武器を捨てろ」

馬超は、首に巻いた布で鼻から口を覆い、岩の上に出た。戟《げき》を構えた兵が、二十名ほど駈《か》け寄ってきた。

馬超は剣を抜き、二十名の頭上を跳んだ。降り立った時、首を三つ飛ばしていた。踏みこむ。ふり返りかけた兵たちの四名を、斬《き》り倒していた。戟が来る。かいくぐり、さらに三名を斬った。

残った者が、立ち竦《すく》んでいる。山の中はしんとして、血だけが匂い立っていた。

「雍《よう》州兵だな。つまらん戦はやめて、故郷へ帰れ」

布が、顎《あご》のところまでずり落ちていた。

「馬超だ」

ひとりが叫んだ。

「錦《きん》馬超だぞ」

二千の兵の中にも、どよめきが拡《ひろ》がった。

「俺《おれ》は、この山で生きている」

馬超が口を開くと、どよめきは消え、静まり返った。

「しばらくは、ここにいるつもりだ。山中で出会ったら、斬る。別に警告ではない。一度だけ、教えておくだけだ」

張衛が、姿を現わした。

「私は、かつて五斗米道《ごとべいどう》にいた、張衛という者だ。ここは私の庭のようなところだ。具足をつけた兵に荒らされたくはない。これ以上山中に留《とど》まると、そこらじゅうを罠《わな》だらけにするぞ。罠にかかった者は、逃れられん。生きながら、けものに食らわれるだけだ」

「馬超様」

兵の中から、七、八十人が飛び出してきた。

「われら関中《かんちゅう》十部軍に属しておりましたが、心ならずも曹操《そうそう》軍に組み入れられ」

「やめろ」

馬超《ばちょう》は、剣を鞘《さや》に収めた。

「涼州《りょう》の錦《きん》馬超は死んだ。曹操《そうそう》に敗れたのだ。ここにいるのは、ただの男にすぎん。しかし、剣は遣える。だから、ここから去れ。雍《よう》州兵であるおまえたちを、斬りたくはない」

馬超が数歩前に出ると、兵たちは声をあげ、一斉に駈け去った。

「錦馬超の声望は落ちずか」

張衛《ちょうえい》が言った。

「漢中《かんちゅう》を追い出されて、おまえは皮肉な男になったな」

「かもしれん。ところで、山を二つ越えたら斜谷道《やこくどう》の桟道《さんどう》だが、どうする？」

桟道の上に出る。そこから、縄で崖《がけ》を降り、桟道に立つ。今度も、そうするしかないだろう。

「馬超、私とおまえが、まず降りる。おまえが上流に、私が下流に進んでいく。むかってくる敵を斬りながらだ。二人の間に兵たちが降りて桟道を壊す。こういうのはどうだ？」

「面白いな」

「二百人斬ったら、崖をあがる。どうせひとりしか通れぬ桟道だ。それぐらいは斬れるだろう」

「よかろう。二百でも、三百でも」

馬超が言うと、張衛がにやりと笑った。

4

劉備《りゅうび》は、じっと曹操《そうそう》の陣を見降ろしていた。

攻撃が終ったばかりである。陣構えに多少の乱れはあるが、張飛《ちょうひ》か趙雲《ちょううん》が本陣を衝《つ》く隙《すき》はまったく見えなかった。

二人とも無理はせず、それぞれ砦《とりで》へ戻ったようだ。

猛攻につぐ猛攻を受け、すでにひと月が経《た》っている。二度ほど砦に取りつかれたが、その時は打って出て追い落とした。張飛と趙雲が、実に果敢《かかん》に騎馬を駈《か》け回らせ、天蕩山《てんとうざん》の黄忠《こうちゅう》と厳顔《げんがん》が、隙を見ては奇襲をかける。

それでも、四十万は多かった。尽きることのない兵数とも思える。

兵糧《ひょうろう》はまだ大量にあり、泉もあって水には困らないが、すでに投げ落とすものもなくなっていた。曹操は、こちらが投げ落とした石で麓《ふもと》に石積みを作り、それを徐々に前へ出してきた。石が、自分で動いているのではないか、と思えるほどだった。

作戦の概要が、頭から離れたことはなかった。馬超《ばちょう》が、兵站《へいたん》を乱しているはずだ。それがうまくいけば、曹操《そうそう》は別の動きを見せるかもしれない。しかし、ほんとうに馬超は兵站を乱せるのか。

砦には、馬岱《ばたい》が指揮している馬超軍もいた。馬超に鍛えられただけあって、さすがに粘り強く、弱音を吐く者はいない。そして、馬超が兵站を乱している、と信じて疑っていない。

兵站を完全に切らずに乱すというのは、孔明《こうめい》の考えだった。完全に兵站を切ると、四十万は飢えた狼《おおかみ》のようになって、益《えき》州に雪崩《なだ》れこんでいくだろう。そうなれば、追わなければならない。四十万を相手に、血で血を洗う戦《いくさ》になるのだ。たとえ勝てたとしても、傷は深く、五年は立ちあがれない。なにしろ、領地が戦場になるのである。

なんとしても、ここで曹操を止め、追い返すしかなかった。

兵站を乱すという孔明の考えは、確かに卓抜《たくばつ》なものだが、桟道《さんどう》しか道がないという険しい山中で、ほんとうにできることなのか。考えまいとしても、劉備《りゅうび》はやはりそれを考えた。孔明も、多分考えているだろう。

砦には、陣舎《じんしゃ》もなくなっていた。崩して、投げ落としたのである。いまは、劉備のための小さな小屋が、ひとつあるだけだ。

火を燃やしている者がいた。一旦《いったん》燃やした木を炭にして、そこに壊れた戟《げき》や剣を突っこんでいる。道具などはない。修理ができるとは思えなかった。

「王平《おうへい》か」

陽平関《ようへいかん》に劉備がいた時に、投降してきた魏《ぎ》の校尉《こうい》（将校）である。しばらくそばに置いてみたが、沈着で寡黙《かもく》な男だった。兵の指揮はなかなかのものだ。

もともと漢中《かんちゆう》近くの生まれで、五斗米道《ごとべいどう》に馴染《なじ》めず、中原《ちゆうげん》に出て曹操軍に加わった。徐晃《じよこう》の下にいたようだが、曹操の漢《かん》王室に対するやり方が、どうしても許せなかったのだという。

「なにをする気だ、王平？」

「これは殿。火を燃やして、鉄を溶かすのです。それで、岩を砕くための道具を作ります」

「岩を砕くだと？」

「はい。定軍山《ていぐんざん》は、ほとんど岩でできております。砦の中の無用な岩を砕いて、投げ落とす石を作るのです」

「気が遠くなるような話だな、王平《おうへい》」

「ここには、二万以上の兵がいます。ひとりがひとつ砕けば二万。ただ、道具がありません。十個ほど鎚《つち》のようなものを作りましたが、それだけではどうも。ただ、攻撃を受けていない時は、躰《からだ》が遊んでいます」

「それはいい、王平」

そばで聞いていた孔明《こうめい》が口を出した。

「私が、大きく岩を砕く方法を考えよう。それを、大きな鉄槌《てっつい》で砕いていく。その方が多くできる」

孔明は、岩に這《は》い登っていった。そういう岩山が、砦の中にはいくつかある。しばらく孔明は岩山を這い回っていた。

「いくつか、取れそうだ」

降りてきた孔明が言う。

「岩は、方々に亀裂《きれつ》が入っているのです、殿。その大きなものを見つければ、剝《は》ぎ落とせると思います」

「どうやるのだ？」

「杭《くい》を、亀裂に根気よく打ちこみます。とりあえず、やってみましょう。砦の防壁を壊すよりは、ましだと思います」

兵は、飢えているわけではなかった。白兵戦も、ほとんどやっていない。早速に孔明は、三百人ばかりを呼び集めた。

最初は、巨大な板のような岩が、岩から剝がれ落ちた。それが三つになったころから、杭の先が潰《つぶ》れてどうにもならなくなった。ほかの岩山を、孔明が這い回る。杭を打つ。それがくり返された。その間も、攻撃は続いた。曹操は、押して押して押しまくるつもりだ、と思えた。

矢を射かける。射返してくる矢は、拾い集める。防壁に辿《たど》り着いた兵たちは、小さな石を叩《たた》きつけて弾《はじ》き落とす。

四日目から、王平が指揮して、剝がした岩を砕きはじめた。鉄槌ではなく、大きな鉄の玉を作り、組んだ櫓《やぐら》から落とすのである。

攻撃は、続いていた。防壁から人形を出して敵に矢を射させ、それを集めた。石も、少しずつ増えていった。ぎりぎりまでそれを使わないように、と孔明が通達を出した。だから石は日に日に増えた。岩山に、鉄の玉をぶっつけることまでやりはじめたのだ。兵が交替で、昼夜兼行でやった。

攻撃が、さらに厳しくなった。絶対に定軍山《ていぐんざん》を落とそうという曹操《そうそう》の決意が、はっきり伝わってくる厳しさだった。

それから、劉備《りゆうび》は曹操の苦しさを感じたが、孔明《こうめい》は逆に気持が押されはじめたようだ。孔明の気持が耐《た》えることを忘れて前へむかい、蓄《たくわ》えた石を全部使うことや、打って出ることを、劉備に進言した。退けると、孔明は塞《ふさ》ぎこんだ。

「曹操は、兵站《へいたん》の心配をしていません。犠牲《ぎせい》を払うことも、意に介していません。私のこの作戦は、失敗だったのではないでしょうか、殿。そう思われたら、すぐに私を処断してください」

孔明はこれまで、生きるか死ぬかという戦の経験は、一度か二度しかないのだった。考えてみれば、よく耐えていた。それでも、不安を抑えきれなくなっている。

劉備にとっては、これまでの戦が、ずっと生きるか死ぬかだった。だから、厳しくなればなるほど、冷静になれるところがあった。張飛《ちょうひ》や趙雲《ちょううん》、そして天蕩山《てんとうざん》の二人の老将もそうだろう。厳しくなればなるほど、自分の与えられた場で、なし得ることを考える。

孔明には、場がないのだ。益《えき》州の軍事、民政から、荆《けい》州の関羽《かんう》との連携、曹操を追い返したあと、状況がどう展開していくかの分析、対魏《ぎ》、対呉《ご》をどうするかというところから、天下に手をかけるまでの戦略。それらのすべてが、孔明の場なのだ。定軍山の戦場は、孔明にとっては、同時に進行している数多くの場のひとつにすぎない。

「孔明、防御の指揮は、私や馬岱《ばたい》がやる。ここまで来たら、粘りきるしかないのだ。考え尽して、われらはいまここにいる。間違ったと思うのはやめようではないか」

「もっといい方法が、あったのかもしれません」

「それを、戦場で考えてはならないのだ、孔明。戦場では、ただ闘うことに打ちこめばいい。大将のその態度で、兵の士気は違ってくる。二年三年の攻囲を受けても、兵は耐えるのだぞ。雒城《らくじょう》を守っていたのは、劉璋《りゅうしょう》の息子のひとりだったが、一年耐えた」

「しかし、それは根較《こんくら》べのようなもので、これだけの攻撃に毎日晒《さら》されていたわけではありますまい」

「攻める側の気持も、私にはわかる。兵を失いたくない。それが第一なのだ。ということは、曹操は焦っている」

「なるほど。私はそんなことさえも、考えられなくなっているのですね。これでは、軍師たる資格がありません」

「そうではない。おまえがただの軍師なら、成都《せいと》にいて、耐えよと言ってくるだけだろう。おまえは、兵たちとともに泥にまみれて闘っている。そのことは、今後に生きる。闘う兵の気持が、誰《だれ》よりもわかる軍師になるであろうからな。私の兵は、いい軍師に恵まれた」

「殿は、落ち着いておられます」

「おまえが、いくらか取り乱してくれたからだ。私が取り乱した時には、おまえが落ち着いていてくれればよい」

「そうですか、殿も取り乱されますか」

「誰もが、取り乱す。おまえにそういうところがあるのがわかって、私は逆に嬉《うれ》しい」

孔明《こうめい》が、劉備《りゅうび》を見てかすかにほほえんだ。

「痩《や》せたな、孔明」

「殿もです」

「四十万の敵。お互いつらい戦《いくさ》だ。終ったら張飛《ちょうひ》に豚の野戦料理を作らせよう。女房には食わせて、われらには食わせておらんのだ」

「それは、愉《たの》しみです」

　また、攻撃がはじまったようだった。

「石や矢は、最後まで使ってはなりません、殿。敵はまだ、遮蔽物《しゃへいぶつ》を前に出しています。そばまで来た敵を二、三度追い落とし、こちらに石も矢も尽きたと思わせるのです。その時、遮蔽物を捨てて押し寄せてきます。石が、最も効果的になります。敵の気持も、大きく挫《くじ》けるでしょう」

「それでこそ、孔明だ」

　劉備は、防御する兵の動きを見て回った。まだ、闘える。騎馬で駈《か》け回っている張飛や趙雲《ちょううん》も、まだ闘えるはずだ。

　曹操《そうそう》は、幕僚《ばくりょう》を陣舎《じんしゃ》に集めていた。

　四十万の軍がいるのに、定軍山《ていぐんざん》ひとつをどうしても落とせない。思ったより、ずっと堅固だった。犠牲も、相当なものだ。石や矢が尽きただろうと思って攻めると、砦の直前で大量の矢を射かけられ、石を落とされる。遮蔽物を使うと、動きが悪くなり、砦から打って出た兵に追い落とされる。

　それに加えて、張飛と趙雲の騎馬隊が、実に執拗《しつよう》な攻撃をかけてきた。動きがいいので、こちらの騎馬隊では追いきれない。罠《わな》を仕かけても、巧みにそれをかわす。

天蕩山《てんとうざん》の兵は、うんざりするほどの夜襲をかけてきた。

それでも、四十万である。これで落とせるという方法が、ひとつでも出てこないのか。

数日前から掘りはじめた穴も、岩にぶつかってどうにもならなくなっていた。

曹操《そうそう》が見回すと、幕僚たちはうつむくだけだった。

兵糧に、大きな不安があった。斜谷道《やこくどう》と子午道《しごどう》が、何度か切られた。

それ以上に、驚くべき報告も、五錮《ごこ》の者から入っていた。山中で動いているのはわずか数百人で、指揮をしているのが、馬超と、五斗米道《ごとべいどう》の張衛《ちょうえい》だというのだ。

これは、深刻なことだった。雍《よう》州兵、涼《りょう》州兵の中では、馬超《ばちょう》の名は高い。畏怖《いふ》されている、と言ってもいいほどだ。馬超と出会ったというだけで、山中に入れた一万の雍州兵のほとんどが、脱走した。

「おまえたちは、これからの魏《ぎ》の戦を担っていかなければならないのだぞ。知恵を絞れ。毎日軍議を開く。ひとりが、ひとつずつ策を出せ」

曹操は、闘いあぐねている自分の姿が、はっきりとわかった。兵数だけを揃《そろ》えるのではなく、夏侯惇《かこうとん》をはじめとする、経験豊かな将軍たちを、なぜ伴ってこなかったのか。

いや、夏侯淵《かこうえん》がいたし、張郃《ちょうこう》もいる。それに、若い者の時代だという意識が、強くあった。

この戦そのものが、どこかで間違っていなかったのか。

劉備《りゅうび》を潰《つぶ》すのなら、五斗米道を降伏《こうふく》させた時に、全力を注いでやっておくべきではなかったのか。確かに、合肥《がっぴ》の戦線があり、そこを守らなければならなかった。しかし劉備の息の根を止めておけば、たとえ合肥を失ったとしても、奪回《だっかい》は可能だったはずだ。

自分の戦が、守りに入っている。攻めているようで、どこか守りを考え過ぎている。

ひとりで考えこむことが多かった。入ってくる報告は、悲観的なものばかりである。南鄭《なんてい》の兵糧が尽きかけた。斜谷道の修復がなってなんとか息をついたが、またいつ兵站《へいたん》が乱れるかは知れたものではなかった。山中にいるのは、あの馬超なのだ。雍州兵、涼州兵が、脱走しはじめている。見せしめに三百ほどの首を刎《は》ねたが、効果はなかった。馬超の名を聞いたからなのか、厭戦《えんせん》気分が漂っているのかは、わからなかった。おまけに、陣中に病が流行《はや》りはじめているという。

病と聞くと、いやな気分になる。赤壁《せきへき》の時も、荊《けい》州兵を中心に、病が流行った。

長江《ちょうこう》の巻貝を食したのが原因だったようだ。今度の原因はよくわかっていないが、雍《よう》州兵と涼《りょう》州兵が中心である。

「張飛《ちょうひ》の騎馬隊と、ぶつからせてください」

攻囲もふた月に及びはじめたころ、また許褚《きょちょ》が言った。いつも黙って曹操《そうそう》のそばにいる許褚にしては、めずらしいことだった。

「張飛の騎馬隊さえ潰せば、この戦は勝てると思います」

「待て、虎痴《こち》。張飛と趙雲《ちょううん》に手を焼いていることは確かだが、あの二人は実はおまえがそうするのを待っているのだぞ。砦から出てきた時は、たえず私を窺《うかが》っている。私に隙があれば、全力で突っこんでくるだろう。私の隙がなにかわかるか。おまえがそばにいない。それが、隙なのだ」

「わかりますが」

「この間の、趙雲を見たか」

兵糧を米倉山《べいそうざん》から運ばせた。その移送の巡察に行ったのは、気紛《きまぐ》れといってもよかった。そうやって、不意を討《う》つ。それで、ほんとうのところの、兵の士気が見えたりするのだ。曹操は、この気紛れをよくやった。

五千ほどの移送隊を、三百騎ほどが襲ってきた。趙雲だった。途中で、趙雲は曹操の姿に気づいた。すさまじい突撃だった。移送隊などには眼《め》もくれず、一直線に曹操にむかってきたのだ。そばにいるのが許褚でなかったら、曹操はひと突きにされていただろう。攻撃をいなすような許褚の動きで、数十人を突き落とした趙雲の騎馬隊は駈け去って行ったのだった。

「だから、おまえは私のそばにいよ」

それ以上、許褚も言おうとしなかった。

張飛と趙雲の砦を囲む。それは何度も試みた。逆落《さか》としをかけてくる。同時に、天蕩山《てんとうざん》の兵が出てくる。結局、攻囲は蹴《け》散《ち》らされるだけなのだ。

定軍山《ていぐんざん》にしろ、いつまで矢と石が続くのか。もう尽きた、と確信して攻めたのが三度。砦のそばまで兵が近づいた時に、大量の矢と石を浴びせられた。矢と石が無限にある、と思って攻撃するしかなくなっている。

子午道《しごどう》の兵站《へいたん》が、また切られたという報告が入った。兵糧《ひょうろう》が、さらに不足する。

軍議でも、兵站確保の妙案はなにも出なかった。

「鶏肋《けいろく》だな」

軍議が終ったあと、曹操は楊脩《ようしゅう》にむかって呟《つぶや》いた。

「鶏肋ですか」

楊脩《ようしゅう》が頷《うなず》く。楊脩にも、妙案はなにも出せなかった。

兵が帰還の準備をはじめている、という報告が入ったのは、翌朝だった。すぐに、楊脩を呼んだ。許褚《きょちょ》が、無表情でそばに立っている。

「誰が帰還すると申した」

「殿下が、鶏肋とおっしゃられました。鶏肋は、捨て難いが役にも立たない。まさに、漢中《かんちゅう》の地のことを言われたのでありましょう」

確かに、役に立たないという意味で、曹操は言った。しかしそれは漢中という土地のことではなく、楊脩も含めた幕僚たちのことを言ったのだ。

曹植《そうしょく》は、こんな男をそばに置いて、曹丕《そうひ》と後継を争ったのか、と曹操は思った。司馬懿《しばい》とは、そもそもの出来が違う。

「斬《き》り捨てよ」

曹操が言い、許褚の剣がひらめいた時、楊脩の首は飛んでいた。

「帰還命令を取り消す必要はない。一度帰還できると思った兵は、使いものにならぬ」

攻囲は、八十日に達しようとしていた。殿軍《でんぐん》を張部《ちょうこう》と決め、曹操は許褚の軍だけを伴って南鄭《なんてい》へむかった。

北へ駈ける夢

1

江陵《こうりょう》と公安《こうあん》に兵を集めた。

およそ六万。ほぼ全軍である。廖化《りょうか》に命じて、船も集めさせていた。揚州《よう》とは較《くら》べものにならないが、水軍の調練《ちょうれん》もやったのだ。いまでは、五千ほどの水軍を擁《よう》している。

やれることは、すべてやった、と関羽《かんう》は思った。ここは、ひとりで支えなければならなかったのだ。

劉備《りゅうび》は、漢中《かんちゅう》で長く苦しい戦《いくさ》をやった。張飛《ちょうひ》も趙雲《ちょううん》も、身を磨《す》り減らしただろう。最後には、曹操《そうそう》自身が率《ひき》いる四十万の大軍と対峙《たいじ》したのだ。

そして、耐《た》え抜いた。攻めきれず、曹操は鄴《ぎょう》へ帰還したのである。漢中は、蜀《しょく》のものとなった。すぐに関羽《かんう》に、房陵《ぼうりょう》、上庸《じょうよう》を奪《と》れという命令が届いた。新城《しんじょう》郡と上庸郡で、そこを確保すれば、漢中と領土が繋《つな》がる。漢水《かんすい》と長江《ちょうこう》で繋がり、ひとつになっていた蜀《しょく》の領地が、二つに分かれたようになっていたのが、ひとつになる。

二郡を奪る指揮は、宜都《ぎと》郡の孟達《もうたつ》に任せ、樊城《はんじょう》の魏《ぎ》軍が動かないように、関羽は牽制《けんせい》をした。二郡の守兵は五千ほどで、魏軍の主力は、樊城と宛城《えんじょう》なのである。

すべてが、孔明《こうめい》の戦略通りに進んでいた。

魏は、確かに巨大である。しかし、綻《ほころ》びも見えはじめていた。四十万の大軍を出しても、漢中《かんちゅう》を失った。合肥《がっぴ》から濡須口《じゅしゅこう》まで攻めこんでも、それ以上は進めず、再び合肥に戻って呉《ご》軍と対峙《たいじ》を続ける。最大の力を持ちながら、なにをやっても思う通りにならない状態の中に、いま曹《そう》操《そう》はいるはずだ。

糜《び》芳《ほう》と士《し》仁《じん》を呼んだ。

この二人は、攻撃にむく部将ではなかった。しかし、城を固めて守り通すことぐらいは、できるはずだ。

「一万五千を、配下につける。調練をはじめろ。ひと月で、手足のように使えるようにしておくのだ。ひと月後に私が検分して、緩《ゆる》みがあったらおまえたち二人は、兵卒に落とす。殿の兵を預かるのだ。それをよく考えて、命がけでやれ」

「調練と言いますと？」

「調練は充分だと言いたいのか、士仁《しじん》。よいか、兵を動かすのはおまえたちだ。確かに調練がしてある兵だが、動かす者が腑抜《ふぬ》けではどうにもならん。これは、おまえたちの調練だと思え」

孟達は、さすがに房陵、上庸を果敢《かかん》に奪った。私腹を肥やす悪い癖さえなければ、もっと評価してやっていい、と関羽は思っていた。しかし、この二人は腑甲斐《ふがい》ない。戦時でなければ、倉の番人にでもしておくところだ。

荊州《けいしゅう》の蜀《しょく》軍には、決定的に指揮官が不足していた。仕方がない、とも関羽は思っている。この八年間、実戦をくり返してきたのは、益《えき》州なのだ。それを見ながら、関羽はただ荊州に力をつけることだけに心を傾けてきた。

いつか、劉備《りゅうび》とともに闘える日がある。確信というのではなく、渇望に近い思いだった。

曹操が漢中を攻めはじめると、関羽は身の置きどころがないような思いに襲《おそ》われた。荊州全軍を率いて、すぐにでも救援にむかいたかった。しかし、耐えた。孔明の戦略が、しっかりと頭に入っていたからだ。江陵《こうりょう》までやってきて、二晩にわたって、実に細かいところまで孔明《こうめい》は関羽《かんう》と話し合ったのだ。孔明の戦略にとって、荆《けい》州がいかに重要かは、胆《きも》に銘じていた。益《えき》州が逼塞《ひっそく》の状況から抜け、漢中《かんちゅう》を手中にすると、すべてが一気に展開するのだ。

それに、こんなに耐え続ける仕事を、張飛《ちょうひ》や趙雲《ちょううん》にはさせられないとも思ったのだ。あの二人は、勇将の中の勇将だった。その持っている器量は、戦場でこそ生かしてやりたい。自分も、戦《いくさ》で劣るとは思っていないが、三人の中ではいわば長兄なのである。

そしていま、漢中を奪《と》った。その知らせを聞いた時から、関羽はなぜか落ち着いてきた。

劉備《りゅうび》以外には誰《だれ》にも語っていないと言ったが、孔明の次の戦略は、雍《よう》、涼《りょう》の二州を奪ることだった。まだ、曹操《そうそう》の支配が安定していない地方である。特に、長安《ちょうあん》を奪る。そしてそこに本拠を移す。

長安を奪るためには、荆州北部の魏《ぎ》軍がどうしても邪魔だった。だからまず、関羽が荆州北部を奪る。それで、洛陽《らくよう》から許都《きょと》にかけて、睨《にら》みをきかせられる。劉備が長安を奪ろうとする時に妨害する魏軍は、関羽の側面攻撃を受けることになるのだ。

曹操が漢中から兵を退いたら、間を置かずにそれをやる。当然、ひと息もふた息も入れたいところだが、渾身《こんしん》の力でそれをやる。休み、力を蓄《たくわ》えるのは、長安を奪ってからだ。

孔明にその戦略を聞かされた時、関羽の胸は躍った。周瑜《しゅうゆ》の戦略と似ているが、益州を奪っているだけに、実現の可能性はずっと高いとも思った。

長安を奪れば、曹操は洛陽《らくよう》に本拠を移すだろう。睨《にら》み合いである。その時、呉《ご》が蜀につくのか、魏につくのか。孫権《そんけん》の存在が、とてつもなく重要なものになってくる。

普通に考えれば、魏と蜀の対立の中で、孫権は中原《ちゅうげん》に勢力をのばそうとする。そうやって大きくなろうとすれば、弱っていくのは魏である。しかし、わからない。孫権には、自らの利を天下国家とは別の次元で考える傾向がある、と孔明は言った。魏と蜀の対立になった時は、孫権が最も警戒すべき存在だ、と孔明は考えているようだった。

とにかく、いまは魏が巨大である。呉と結んでいないかぎり、両国とも存亡の危機に晒《さら》される。しかし、雍、涼の二州を奪ったら、その時はいまとはまるで違う関係になっていく、と孔明《こうめい》は分析していた。

五月に曹操《そうそう》が兵を退いた時から、関羽《かんう》は満を持した状態にあった。あとは、孔明からの合図を待つだけである。

館《やかた》にいることが多くなった。

郭真《かくしん》がよく手入れをしているので、館は以前よりずっと住み心地がよかった。大きな館ではないが、それでも関羽には広すぎる気もした。だから、郭真のほかに、従者《じゅうしや》を十名も、一緒に住まわせている。関平《かんぺい》は、営舎暮しだった。息子たちには、厳しくするしかない。関興《かんこう》も、張飛《ちょうひ》の下で、徹底的に厳しく鍛えあげられているだろう。矢を手で摑《つか》むことまで、させられているに違いない。死すれすれの調練が、逆に戦場では命を救う。

庭の隅に、花が咲いている一角があった。雑草が多かった庭である。その花を見るのが、関羽の一日の愉《たの》しみになっていた。花の名など、知らない。知ろうとも思わない。ただ、花がなにかを自分に伝えてくる。この世には、心を動かすものがさりげなく存在していたりする、と花が教えてくる。戦続きの人生だったが、戦ばかりが人生でもないのだ。

花は、郭真が植えたものらしい。雑草などもきれいに抜かれていて、はじめのころとは見違えるばかりだ。

庭から門へ回る途中に、厩《うまや》がある。従者たちの馬と並んで、ひときわ大きな赤兎《せきと》がいる。そこを通りかかると、関羽は赤兎の首筋を二、三度軽く叩《たた》く。それだけで、言葉をかけたりもしない。通じ合っている。だから、お互いの気持がずれることもない。

「おまえの父親が、死んだそうだ。最後まで、雄々《おお》しいままで」

そう言葉をかけたのは、成玄固《せいげんこ》と会ったあとだ。関羽の言葉を聞いて、赤兎は訝《いぶか》しそうに首を動かした。

戦場に出るぞ。関羽は厩のそばを通りかかり、思わず赤兎に声をかけそうになった。いつものように、首筋を二、三度叩いて通りすぎた。

「呂蒙《りよもう》が、長沙《ちようさ》郡に兵を集めています」

応累《おうるい》の手の者が、報告に来た。挑発するような調練を境界線でくり返すのは、呂蒙のいつもの手だった。気づくと、境界線を侵して、平然としていたりする。抗議して、はじめてそれを認め、慌《あわ》てて兵を退く。少しでも、呉《ご》の領地を西にのばそうと考えているのだ。

同盟国の部将がやることなので、関羽も本気で怒る気はないが、油断だけはしないようにしていた。境界を侵されてひと月抗議もしなければ、それは認めたのと同じことになる。少なくとも、呂蒙《りよもう》が相手ならそうだろう。

魯粛《ろしゆく》が生きていたころは、まだのどかだった。荊州《けい》を返還するしないで揉《も》めたが、決定的な衝突は絶対に避けなければならない、という魯粛の強い意志はいつも伝わってきた。

呂蒙の顔はいつも孫権《そんけん》にむいていて、天下の情勢が見えているとは思えなかった。

「境界を侵さない。それが守られていれば、どんな調練をしようと、呂蒙の勝手だ」

警戒のしようもなかった。蜀《しよく》の兵力は、ほとんど江陵《こうりよう》、公安《こうあん》に集めている。それと、孟達《もうたつ》が一万の手勢を、二万を超すほどに増やしているだけだ。

「それより、荊州北部の豪族だ。侯音《こうおん》の時のような、唐突《とうとつ》な叛乱《はんらん》は困る。いまは、耐えて貰《もら》わなければならない」

「わかっております。そちらには人数を出しておりますので、関羽《かんう》様の北進を待っているという状態だろうと思います」

応累《おうるい》の手の者も、かなりの数が荊州北部や雍《よう》州に入っているという。当然、こちらには曹操《そうそう》の間者《かんじや》が入っているだろう。

孔明《こうめい》からは、二度使者が来た。手順の確認が、簡潔に記されていただけだ。大筋ではまったく変っていないし、すべてが孔明の戦略通りに進んでいる。

劉備《りゅうび》からも、使者が来た。

漢中《かんちゅう》争奪戦のことが、詳しく書かれていた。張飛《ちょうひ》や趙雲《ちょううん》がどんな働きをしたか、孔明の指揮がどうだったか、曹操の軍がどういうものだったか。関興《かんこう》がどうしていたかまで、書いてある。最後に、おまえひとりに苦労をかけている、とも書かれていた。

劉備の字は、やはり眼《め》に沁《し》みる。

酒も、断った。ついに、劉備とともに戦場に立てる日が、再びやってきた。酒を飲むのは、長安《ちょうあん》に出た劉備と、北進した自分が出会う時でいい。

別の色の、新しい花が庭の隅に咲いた。

それは黄色と青で、陽《ひ》の光を浴びると青が、曇っていると黄色が、鮮やかに眼に映るのだった。一度だけ、腰を屈《かが》め、花びらに触れてみたことがある。思わず、手を引いた。そのやわらかな、風ひとつにでも傷つきそうな感触は、眺めるだけのためのものと思えたのだ。

廖化《りょうか》が、水軍を整えた。中型の快足船が多い。北進するのに、大型の船は必要ではなかった。

「軍はまとまり、兵の士気はかつてなかったほど高まっている、と私は思います」

まだ正式の命令は下していないが、誰もが北進を予感している。そして、逸《はや》っている。

「船に兵は乗せぬ。艪手《ろしゅ》だけでよい。必要がない時は、兵糧《ひょうろう》の移送に使う」

「はい」

呉《ご》軍の欠点がそうだが、水軍では川の沿岸を制することができても、広い地域の制圧はできない。船は、あくまで補助的なものだ、と関羽《かんう》は考えていた。

それに、ひそやかな進攻作戦ではないのだ。堂々と、曹操《そうそう》にむかって進んでいく。

呉にも、動きがあった。合肥《がっぴ》へ出陣すべく、孫権《そんけん》が兵を集めているのだ。漢中《かんちゅう》での曹操の敗退を見て、いまが機だと見たのだろう。それも、孔明《こうめい》の戦略の中で想定されていたことだった。

あの男は鬼神か、と関羽は思った。すべてが的中していくと、そうも思えてくる。

しかし定軍山《ていぐんざん》の戦場では、耐えきれなくなり、軍師の資格がないと言い出した、と劉備《りゅうび》の書簡《しょかん》にはあった。

やはり、同じ人なのだ。そうだと思えば、孔明に親しみも湧《わ》いてくる。

五十八歳になっていた。髪も髭《ひげ》も白いものの方が多い。しかし、間に合った。天下人になった劉備を、この眼で見ることができる。この手で、劉備をそこまで押しあげることができる。

樊城《はんじょう》の守りが、さらに強化されている。応累《おうるい》が、自分で知らせに来た。守将は曹《そう》仁《じん》で、城の守備には定評があった。かつて江陵《こうりょう》を囲んだ周瑜《しゅうゆ》を、一年余にわたって苦しめたのが、曹仁である。

「魏《ぎ》では、あまり合肥に兵を送っていないのだ、関羽殿。漢中敗退が、よほどこたえているものと見える。呉《ご》よりも蜀《しょく》に、神経を尖《とが》らせているな」

漢中の戦は、まれに見る激戦ではあったが、蜀軍は大きな犠牲《ぎせい》は出していない。戦術の核が籠城《ろうじょう》戦であったからだ。

六月に、孔明から三度目の書簡が届き、益《えき》州軍の編成が決定したと知らせてきた。成都《せいと》の守備が黄忠《こうちゅう》と法正《ほうせい》、漢中の守備が魏延《ぎえん》となっている。孔明のほか、張飛《ちょうひ》、趙雲《ちょううん》、馬超《ばちょう》、などは名を列記してある。李厳《りげん》、王平《おうへい》、厳顔《げんがん》という、関羽の知らない将軍の名も並んでいた。

ただ、張飛、趙雲のところには、一、とだけ書き加えてあった。

あの二人が、長安《ちょうあん》攻略の先鋒《せんぽう》だ、と関羽は思った。

2

孫権《そんけん》は、建業《けんぎょう》から出なかった。

合肥《がっぴ》の攻略のために、三万ほどの兵は集めたものの、これまでと違う戦《いくさ》になるという展望が、どこにもなかったのだ。

合肥城の守将は張遼《ちょうりょう》で、精強きわまりない騎馬隊を擁《よう》している。この騎馬隊の迅《じん》速《そく》さに、これまで何度も泣いたのだ。命を落としかけたのも、一再ではない。曹操《そうそう》が漢中《かんちゅう》で敗退したというだけの理由で、出兵はできないと考えていた。

問題は、今後の蜀《しょく》と魏《ぎ》の関係である。

蜀は、漢中を奪《と》ることによって、ほぼ全域を支配することになった益州《えき》を、さらにしっかりと固めようとするのか。自分ならば、間違いなくそうする。しかし劉備《りゅうび》は、勢いに乗って北へ兵を進めるかもしれない。

荊州《けい》東部の関羽《かんう》の動きを見ていると、その可能性が強いような気がした。

それがうまくいけば、劉備は雍《よう》、涼《りょう》の二州も多分手にする。荊州の北部と西部もやはり蜀の領地だろう。蜀と呉《ご》の力関係が、決定的に逆転するということになる。

その時に自分が北進して、徐州《じょ》と予州《よ》の一部を奪ったとしても、曹操はただ北へ退くだけの自分を肯《がえ》んじるのか。雍、涼二州を押さえ、鎮撫《ちんぶ》しはじめた劉備を牽制《けんせい》しつつ、残りの力のすべてを南にむけてくることはないのか。

そうなると、自分は揚州の中で押しこまれ、徐々に小さくなっていくしかなくなる。

その時、蜀が呉のために動くことができるのか。飛躍的に増えた領地を治め、軍の編成をやり直すことで精一杯ではないのか。いや、たとえ牽制のために動く余力があったとして、ほんとうに動くのか。先年の、荊州返還問題で、関羽と一触即発の事態になった。闘ってともに滅びよう。関羽は、魯粛《ろしゅく》にそう言ったという。蜀と呉が争うことの無意味を、そういう言葉で伝えたのだろう。あの件で、お互いの不信感はかなり強くなっている。

それでも、魯粛が生きていたら、まだそういう場合の話し合いを、蜀と持つことは可能だった。関羽とも諸葛亮《しょかつりょう》とも、そして劉備とさえも関係は良好だったのだ。

いまは、呂蒙《りょもう》にしろ甘寧《かんねい》にしろ、反劉備の感情が強い。益州を奪り、雍、涼二州を従え、天下を窺《うかが》う。これはもともと周瑜《しゅうゆ》の戦略で、だから呉がなすべきであったという思いが強いのだ。

軍の頂点にいた、程普《ていふ》、黄蓋《こうがい》、韓当《かんとう》のうち、程普と黄蓋はすでに病で死んだ。韓当も老齢である。軍は、呂蒙《りよもう》や甘寧《かんねい》、それに若い将軍たちの時代に入っていた。

文官では、諸葛瑾《しよかつきん》がいた。しかし、諸葛亮《しよかつりよう》の兄であるということが、逆に蜀《しよく》との接近の邪魔をしていた。諸葛《しよかつ》兄弟は、そういう話し合いをしたがらないのだ。ともに国を代表して喋《しやべ》っても、兄弟だからと周囲から見られることを警戒している。そういう性格だった。

こういう時、周瑜《しゆうゆ》ならばなんと言うか。以前はよく考えたそれが、最近ではほとんどなくなっていた。孫権《そんけん》は、周瑜が死んだ年齢を二つ超えている。

「このままだと、ただ蜀のためにわれらはいて、闘うということになりかねぬ。気づいた時は、蜀と魏《ぎ》の対立の中で、押し潰《つぶ》されているということになるかもしれん」

館《やかた》に、張昭《ちようしよう》を呼んだ。張昭は六十をいくつも過ぎたが、まだ元気で、民政の頂点にいてすべてに眼《め》を光らせている。

「魏とは、合肥《がつぴ》をめぐってこれからも闘わなければなりません」

「合肥は、確かにのどに突きつけられた剣のようなものだが、それと蜀が巨大になっていくこととは違う。妹を、建業《けんぎよう》に戻してしまった。いまとなっては、それが悔まれる」

劉備《りゅうび》の正室に出しながら、里帰りしたまま建業に留《とど》めた。妹も、それを望んだ。心の中には、劉備に対する、愛憎にも似た複雑な思いがあったようだ。里帰りに、劉備の息子の阿斗《あと》を連れてきて、途中で取り返されたという。

「蜀と、もう少し親密になりたい、とお考えなのですか？」

「違う。妹が正室であれば、もう少し別な要求も蜀に対してできた、という気がする。つまり、押し合う余地があった」

「戻られたのです、仕方がありますまい」

「蜀が大きくなるのを横眼で見ながら、私は合肥で魏とむかい合っていなければならぬのかな」

「殿、もの事には裏というものもあります」

張昭は、顔の皺《しわ》が最近また深くなって、表情はきわめて読みにくかった。

「裏は、どんなものにもある。どういう裏にするかと、私は思い悩んでいるのだ」

「魏との裏を作っておくことですな。私は、それがよいと思います」

「ほう」

「現在でも、裏はあるではありませんか」

先年の合肥《がっぴ》の対峙《たいじ》は、大軍同士だった。孫権《そんけん》も出陣し、曹操《そうそう》も出てきていたので、睨《にら》み合いになっても、お互いに退くことができなかった。

曹操に臣下の礼を取る。それを考えたのは、孫権自身だった。方便である。しかしそれで、大軍を出した曹操の面目は保たれる。孫権も、大軍の圧力から解放される。両者がそれでよしとして、軍を退いたのだった。人質などという条件は出ていたが、孫権は無論そんなものは出さなかったし、曹操も強い要求はしてこない。

そして、臣下の礼が生きたまま、合肥では対峙を続けているのである。

「直接、誰《だれ》かと通じるということは、やめておきましょう。一応の臣下の礼を、魏《ぎ》に見せておけばいいのです。そして、蜀《しょく》に対してもなにか口実を作っておくことです」

「そちらを、私は思い悩んでいた」

「蜀は、同盟軍です」

「それも、裏があるかな？」

「同盟の強化と確認のために、殿がなにかなされればよろしいのです。ただし、相手が断るようなことを。それは、同盟の強化を、あるいは確認を、蜀が拒んだという事実になります」

張昭《ちようしよう》の考えは、自分と同じ根から出ていると思うことが、しばしばあった。周瑜《しゆうゆ》の時は教えられるという気持が強かったが、張昭には知恵を出させるという態度で接することができた。

「なにがある？」

「縁談、ですかな？」

「ほう、どういう？」

「関羽《かんう》です」

「息子が三人いるな。娘もいる」

関羽なら、そういう話は受けない。それは孫権にもわかった。特に、いまは戦の前なのだ。これに諸葛亮《しよかつりよう》あたりが絡《から》んでくると、申し入れたら、すぐに受けてくる可能性もある。

「娘を、嫁に欲しいと申し入れるか」

「拒むどころか、関羽は怒り出しましょう。そういう性格の男です。また、自分の身内が政略結婚になど縁があるはずがない、とも思っておりましょう」

境界を接している。だから蜀との問題は、まず関羽との問題ということになる。関羽に、同盟の強化や確認を申し入れるのに、なんら不自然なことはない。ただ関羽《かんう》は、同盟は同盟と割り切る男だろう。そこに結婚が介在することなど、むしろ不純と考えるはずだ。それなりに、見事な男だった。男の見事とは、時には弱点になることもある。

「それを、ひそかに進めてみるか、張昭《ちょうしょう》。呂蒙《りょもう》らに教える必要はない。深い意味も考えず、反対するに決まっているからな」

「折を見て、使者を出します」

蜀《しょく》には、同盟の強化を拒まれる。臣下の礼については、魏《ぎ》が拒む理由はなにもない。微妙だが、呉《ご》はわずかに魏の方へ重心をかけるかたちになる。

それから、どうするのか。

つまりは、魏、蜀の争いがどう帰結するかだ。いや、その前になにかやっておく方が、それ以後の呉の立場をよくすることではないのか。

「そこまではやれるとして、次に打つ手が難しいな」

「以前から、ひとつだけ伺いたいと思っておりました。殿と二人だけの時にです。周瑜《しゅうゆ》殿は稀代《きたい》の英傑《えいけつ》で、天下を望むのは当然と考えておられました。周瑜殿が亡くなられて何年も経《た》ちますが、殿はまだ天下への志《こころざし》をお持ちでしょうか？」

「天下は望まぬ」

孫権《そんけん》は、考えることなく言った。

「漢《かん》がひとつというのは、統一した者がいるからだ。国土は広い。それが三つの国であって、なにが悪いと私は考えるようになった。ひとつにしようとすると、今度のようなことが起きる」

「では、いまのままでよろしいと？」

「三つの国が、それぞれ大差のない力を持ち、繁栄《はんえい》すればいいのだと思う。繁栄をこそ、競うのだ」

「大差なき力ですか」

「いま、魏は大きすぎる」

「殿は、いまなにを欲しておられますか？」

「荊州《けいしゅう》が欲しい。揚《よう》、荊二州は、長江《ちょうこう》で一体となっている、と申してもよいであろう。だから荊州のすべてを手にすれば、私は魏や蜀より国を栄えさせる自信がある。劉備は、雍《よう》、涼《りょう》の二州を手にすればよいではないか。それで、魏、呉、蜀の力は、およそ均等なものになる、という気がする」

「難しいところでございますな」

「三国の鼎立《ていりつ》が十年続き、その間に戦乱が起きなければ、それが当たり前のことになる。豊かな国と貧しい国があっても、極端な差ではなく、民は自らの国に納得して安住しよう」

「殿だけがそう思っておられると」

「戦をやめる、と言っているのではない。いま言ったことは、あくまでそうあればいいと思っていることだ。ただ私は、揚《よう》、荊《けい》と、さらに南の交《こう》州を加えたもの以上の、領土は望むまいと思う。曹操《そうそう》を見よ。中原《ちゅうげん》に河北《かほく》四州を加え、さらに雍《よう》、涼《りょう》の二州を加えたがために、軍のまとまりを失い、漢中《かんちゅう》で敗退したのだ。荀彧《じゅんいく》、荀攸《じゅんゆう》が死んでから、民政にも乱れる兆《きざ》しが出てきている」

「それは、戦時でございますからな。曹操は、戦が多すぎます。河北、中原の民には、それだけ負担もかかりましょう」

張昭《ちょうしょう》は、しきりになにか考えている様子だった。

孫権《そんけん》は、揚州、荊州を併《あわ》せた、呉《ご》という国について考えた。それぐらいの領土なら、民政を充実させる自信はある。長江という大河が、あらゆる産業の道にもなるはずだ。あえて、国をひとつにまとめる必要もない。ただ、ほかの二国と拮抗《きっこう》する力を持つことは必要なのだ。

「殿が、荊州を望まれている。そのことを頭に置いて、私は動くことにいたします」

張昭の顔が動いた。笑ったのかどうか、孫権にはよくわからなかった。

3

孫権からの、使者が来た。

関羽《かんう》は、本営で具足《ぐそく》をつけて会った。まだ戦闘ははじまっていないが、準戦時下であるという認識だった。

同盟国である呉が、合肥《がっぴ》に大軍を送ってくれれば、曹操も対抗せざるを得ず、中原は手薄になる。それなら、荊州東部を返してやった甲斐《かい》もあるというものだった。

「いま、なんと言った？」

使者の口上を聞いて、関羽は言った。孫権の息子に、関羽の娘を欲しい、と言われたのである。つまり、縁談の話だった。

「同盟強化のためには、そういう縁組みがあった方がよい、と思われませんか？」

以前、孫権の妹が劉備《りゅうび》の正室に迎えられたことがあった。それこそまさに同盟強化のためで、同時にお互いに相手の家の中でどれだけの発言力を持てるかという、同盟者同士の争闘のようなところもあった。

孫権《そんけん》の妹は、里帰りしたまま戻ってこない。

「筋が違うであろう」

政略の結婚など、一度破綻《はたん》していれば二度目はない、というのが関羽《かんう》の考えである。あれが駄目ならこれ、というようなものではないのだ。

「劉《りゅう》家が気に入らぬと里帰りしたままの孫《そん》夫人のことを、どうするつもりなのだ？」

「それは、終ったことでございましょう」

「まあ、終ったことだな」

劉備《りゅうび》自身が、抗議したことではない。あの話を進めた魯粛《ろしゅく》も、すでに死んでいる。

「同盟強化のための縁組みなど、両家の間では終ったことだ。よいか、孫家と劉家の間ではだ。この関羽雲長《うんちょう》、劉備玄徳麾下《げんとくきか》の一部将にすぎぬ。その部将との同盟強化とは、いかなる目的で言っていることだ？」

「関羽将軍は、一部将などとは申せません。蜀《しょく》を背負い立ち、荊《けい》州を支配され、あまねく天下にその名声を轟《とどろ》かす、勇将中の勇将であられます」

「私が、劉備玄徳の部将ではないと言うか。聞き捨てならぬぞ。孫権殿は、劉備に背をむけて呉《ご》へ来いと、この私に言われているのだな」

「まさか、そのようなことを。あくまで、蜀と呉の連携の強化のために」

「それならば、合肥《がっぴ》に出兵せよ。曹操《そうそう》を引きつけよ。それこそが、実のある連携というものであろう。まして、いまは戦時と同じ。縁組みの話など、もっと平和な時に持ってくるがいい。この通りに、孫権殿に伝えてよいぞ」

使者がさらになにか言おうとしたが、関羽は手で制し、睨《にら》みつけた。それだけで、使者は蒼《あお》ざめ、退出していった。

関羽の出動態勢は、実際に現実のものとなっていた。漢中《かんちゅう》での戦後処理も、もう終るころだ。孔明《こうめい》からの合図は、明日届くかもしれないのだった。

麋芳《びほう》と士仁《しじん》の調練《ちょうれん》は、そこそこに進んでいた。二人にすれば、よくやったというところか。江陵《こうりょう》と公安《こうあん》の留守部隊で、兵糧《ひょうろう》の移送も担当する。敵地の中を移送するわけではないので、誰《だれ》にでもできる。むしろ、同盟軍である呂蒙《りょもう》に、してやられるかもしれない。それも、境界をせいぜい西へ十里（約四キロ）のばされるという程度のものだろう。あとでどうにでもなる。

それでも、二人を毎日呼びつけて、細かく指示を出し、最後には怒鳴るのに近い声で叱咤《しった》した。どうにも、一本芯《しん》が通っていないように思え、話していると苛立《いらだ》ってくるのだ。

進軍には、辺容《へんよう》も伴う。降兵の受け入れから、占領地の民政まで、関羽《かんう》は考えはじめていた。

七月。劉備《りゆうび》が漢中王《かんちゆうおう》に就《つ》く、という知らせが入った。

即刻、関羽は全軍に出動命令を出した。三万である。江陵《こうりよう》と公安《こうあん》には、一万五千ずつ残す。いざとなれば、二万の後軍は送れる態勢である。同時に、房陵《ぼうりよう》、上庸《じようよう》を奪《と》った孟達《もうたつ》にも、待機の命令を出した。側面から樊城《はんじよう》を衝《つ》かせるために、房陵、上庸を奪らせたのである。房陵から樊城まで、三百五十里（約百四十キロ）ほどで、その気になれば二日で到着できる。

先鋒《せんぽう》の廖化《りようか》が出動した。

関羽は、赤兎《せきと》に跨《またが》った。庭の隅に咲いた花を、ふと思い浮かべた。次は、どういう色の花が咲くのか。秋の終りまで咲き続ける、と郭真《かくしん》は言っていた。その郭真も、ほかの従者《じゆうしや》とともに旗本《はたもと》の中にいる。

本隊を率《ひき》いて、江陵城を出た。

風が、心地よかった。『関』の旗が音をたてている。赤兎の脚は、軽快だった。白いものが多くなった髭《ひげ》が、風に靡《なび》いて耳をくすぐった。

待ち望んでいた、戦《いくさ》である。劉備《りゆうび》とともに涿《たく》県を出て、どれほどの歳月が過ぎたのか。戦が、人生だった。しかし、これほどの戦が、生涯にまたとあるのか。

「平、先鋒の廖化に伝令を出せ。今夜は、麦城《ばくじょう》のそばで野営。北と東には、斥候《せっこう》を出しておけ」

「かしこまりました」

関平《かんぺい》は、高揚しているようだった。伝令に指示を出す声も、いくらか上ずっている。この戦で、男になれよ。思わず、そう口に出しそうになった。

見馴《な》れた景色である。これから攻める、襄陽郡《じょうようぐん》や南陽郡《なんようぐん》も、懐しい。劉表《りゅうひょう》の客将としての新野《しんや》での八年の駐屯は、劉備に惨《みじ》めな思いをさせることばかりだったろう。ともに、耐《た》えた。流浪《るろう》の軍であったにもかかわらず、兵たちは去っていかなかった。張飛《ちょうひ》がいた。趙雲《ちょううん》もいた。その土地を、いま、この手で摑《つか》もうとしている。

麦城には、夕刻に到着した。兵站《へいたん》の前線は、麦城に置いてある。ただ、そこに蓄えた兵糧は、だいぶ孟達に回してある。麦城のものが尽きれば、江陵から運ばせる。江陵の兵糧は、充分に二年分はあった。

樊城《はんじょう》を抜けば、と関羽《かんう》は思っていた。この戦は、樊城を抜けるかどうかだ。抜ければ、宛城《えんじょう》も裸同然になる。魏《ぎ》の防備のすべては、樊城を中心に組み立てられているのだ。

三月で抜きたかった。長くても半年。孔明《こうめい》には、そう言ってある。益州《えき》でも、それを目処《めど》に長征の準備を整えているはずだ。

抜いたあとは、一気に宛城《えんじょう》の北まで攻めあげる。たとえ曹操《そうそう》が洛陽《らくよう》にいようと、長安《ちょうあん》にむかう蜀《しょく》軍を、見ているしかないはずだ。

馬超《ばちょう》がいる、と孔明は言った。だから、雍《よう》、涼《りょう》二州の兵の帰順は早いはずだ。長安を奪《と》り、一年耐えれば、二州から曹操の勢力は一掃できる。そうなれば、中原《ちゅうげん》、河北《かほく》を制する曹操と、力は拮抗《きっこう》してくる。そして勢いは、こちらにあるのだ。

劉備《りゅうび》が漢中王《かんちゅうおう》になるということは、曹操への対抗だった。王は、王室に連《つら》なる劉《りゅう》家以外に就いたことがない。異姓の曹操は、例外というより、異端である。劉備が漢中王を称することで、それがこの国の民にははっきり見えるはずだ。

王を称することに、いまそれほど大きな意味がある、と孔明は思っていなかった。曹操が帝《みかど》になれば、劉備も帝になればいい。

かつての袁術《えんじゅつ》がそうであったように、帝と称することは誰でもできる。それと漢《かん》の帝とは、厳然と違うものだ。それも、この国の民に教えられる。

このふた月の間に、孔明は成都《せいと》と南鄭《なんてい》の間を三往復した。

漢中を奪った。曹操は退いた。いま、この機だった。この機なら、蜀の力でもかなりのところまで、曹操を押せる。押せるだけ押したところで、膠着《こうちゃく》に入るべきだった。

まず長安を。劉備にはそう言ってある。ただ、益州内で遠征の見通しをつけるために、ふた月要した。兵糧《ひょうろう》、武具、そして兵。見通しが立ったところで、劉備を漢中王に就けた。もとより、劉備もそれが対曹操のためだということは認識している。関羽《かんう》への、合図でもあった。関羽が荊州北部に出てこないことには、いまの益州の力では長安は攻めきれない。関羽の南からの牽制《けんせい》があって、はじめて成立する作戦だった。

「関羽は、もう出撃したのだな？」

劉備は、一度成都へ戻る。関羽が荊《けい》州北部を制圧するのに、少なくとも三月はかかるはずだからだ。成都で、二万の劉備軍を編成する。漢中の戦況を観望していた豪族を、成都に集めるのだ。張飛《ちょうひ》と趙雲《ちょううん》は、それぞれ二万の手勢を率いて漢中にいる。李厳《りげん》、黄忠《こうちゅう》、厳顔《げんがん》。それで一軍を構成し、二万。馬超の一万は、冀《き》県に出て、雍、涼二州の兵を糾合する。恐らくは、数万が集まるだろう。

「殿が、漢中王を称するというのが、関羽殿への合図でしたから」

「関羽《かんう》は、どれほどの魏《ぎ》軍を相手にすることになる?」

「いま私の手もとにある情報では、樊城《はんじょう》にいる曹仁《そうじん》の二万、それに于禁《うきん》の三万。宛《えん》城《じょう》にむかうと思われる徐晃《じょこう》の数万。関羽殿は三万の軍ですが、後続に少なくとも一万、側面から孟達《もうたつ》の軍が一万。この軍には、呼応して蜂起《ほうき》する豪族の軍は、まったく入っておりません」

「魏《ぎ》は、もっと軍を出してくるな」

「呉《ご》が、この機に合肥《がっぴ》を奪《と》るために、当然動くだろうと思います。とすると、それほどの兵力をこちらには割《さ》けません。洛陽《らくよう》、長安《ちょうあん》の防衛のために、およそ二十万。雍《よう》、涼《りょう》二州の兵を集めるのが、いまはひどく難しくなっているでしょうから」

「私は成都《せいと》で四万の軍を集めてみせる」

「多ければ多いほどいい。それは確かです。しかし、確実な数だけを見込んでおくことです」

「わかっている」

「呉が合肥に兵を出さなかったとしても、長安は奪れる、と私は確信しています」

「相手が曹操《そうそう》だということさえ、忘れなければよい」

「呉には、合肥へ出兵の要請だけは出しておきます。牽制《けんせい》でもよいからと」

「ついに、ここまで来たのか、孔明《こうめい》」

「漢中《かんちゅう》の奪取。それで、天下の流れは変りました」

頷《うなず》き、劉備《りゅうび》は成都に戻っていった。

馬良《ばりょう》を中心に、漢中の戦後処理と民政の整備は行われていた。大変な能吏である。ひと月の間に、人口と耕地の広さ、流通路、産業を調査し、開墾《かいこん》可能な土地まで選び出していた。材木を伐《き》り出す人夫も集め、成固《せいこ》には大量の木材の貯蔵もはじまった。これは、斜谷道《やこくどう》、子午道《しごどう》の桟道《さんどう》の修復用である。

荆《けい》州、益《えき》州の民政の整備にも力を見せたが、今後、占領地の統治には欠かせない存在になるだろう。

長身で、いつももの静かで、少ない言葉に無駄なものはなかった。三十歳とまだ若いが、なぜか眉《まゆ》が白い。それが、この男に風格ともいうべきものを与えていた。

関羽は、江陵《こうりょう》から樊城の手前まで一直線に進み、そこで陣を敷いている。樊城守備の曹仁軍が二万で、城の北から于禁の救援軍三万が急行していた。徐晃の三万も宛《えん》県にむかって動いているという。

いま孔明にわかっているのは、そこまでだった。荆州の戦は、関羽に任せるしかない。漢中争奪は益州の総力戦だったが、今度は、蜀《しょく》全体の総力戦である。

張飛《ちょうひ》と趙雲《ちょううん》は、遠征用に編成された軍の調練《ちょうれん》に余念がなく、魏延《ぎえん》は漢中《かんちゅう》守備と桟《さん》道《どう》の確保に走り回っている。

馬超《ばちょう》軍一万の実質的な指揮は馬岱《ばたい》で、馬超は牛志《ぎゅうし》という副官とわずかな手勢を連れ、すでに鳥鼠山《ちょうそざん》にむかっていた。雍《よう》、涼《りょう》二州の兵の動向は、馬超に負うところが大きい。馬超自身は、今度の遠征をどこか醒《さ》めた眼《め》で見ているところがあるが、やると言ったことは見事なまでにやってのける男だった。斜谷道《やこくどう》、子午道《しごどう》の桟道を壊し、しばしば兵站《へいたん》を断つこともほぼ孔明《こうめい》の想定通りにやり、曹操《そうそう》が徹兵を決意する大きな要因を作ったのだった。

「洛陽《らくよう》に、曹操はさらに大軍を集めてくると思うのですが」

このところ、孔明は馬良《ばりょう》の弟の馬謖《ばしょく》を連れていることが多かった。兄ほどの才はないが、軍人としての素質はあると思えた。戦闘の指揮では、張飛、趙雲の若いころには及ばないのだろうが、いつも先まで考える。たとえ間違っていることがあっても、そういう眼は大事なのだ。

「曹操は、合肥《がっぴ》も視野に入れているでしょう。しかし漢中の戦で、軍はかなり疲弊しています」

孔明は、漢中を動けなかった。情報の整理は、馬謖がやる。選別はさせない。ただ整理するだけである。その中には、呉《ご》の動静も入っていた。呂蒙《りよもう》を警戒すべきだと思っていたが、病気がちのようだ。関羽《かんう》は、江陵《こうりよう》、公安《こうあん》の兵を、いくらかは樊《はん》城《じよう》の戦線に呼べるかもしれない。

「関羽将軍の戦線は、兵力が最も苦しいところです。ただ、すでに南陽《なんよう》郡の豪族の中には、不穏な動きを示す者が出はじめています」

侯音《こうおん》が、宛城《えんじよう》で斬《き》られたのが、関羽にとっては痛かっただろう。もう少し耐えてくれれば、関羽の出兵と完全に呼応できたのだ。

「馬謖、例の件は兄に訊《き》いてみたか？」

「無理なようです。どう調整しても、最大で三千と申しておりました」

馬良は漢中から巴西《はせい》を駈《か》け回っていて、ほとんど南鄭《なんてい》にはいない。

一万の兵を、白帝城《はくていじよう》に置いておく。孔明はそれを考え、馬良に打診していたのである。房陵《ぼうりよう》、上庸《じようよう》を奪《と》った孟達《もうたつ》は兵を増やしつつあるが、一万の後詰《ごづめ》を白帝城に置いておけば、万全の態勢となり得る。

「三千でもいい。王平《おうへい》に率いさせて、白帝城にやれ。船も、白帝城に集めておくのだ」

「その任、私というわけにはいきませんか？」

「気持はわかるが、おまえは私のそばにいろ。白帝城《はくていじょう》には、経験豊かな校尉《こうい》（将校）を送りたい」

馬謖《ばしょく》は、それ以上執拗《しつよう》には言わなかった。

益《えき》州各地から、兵糧《ひょうろう》も集まりはじめている。

すべてが、北へむかっていた。もう、夢ではない。すでに、天下への道に踏み出していた。

4

さすがに、歴戦の曹仁《そうじん》だった。

樊城《はんじょう》の守りに、揺ぎはない。しかも、北十里（約四キロ）のところに、于禁《うきん》の三万を展開させている。関羽《かんう》が樊城を攻めれば、その三万が襲《おそ》ってくる。三万と対峙《たいじ》すれば、城中の曹仁軍二万が背後を衝《つ》く。まず、構えは万全と言えた。

関羽は一万を前に出し、樊城と正対するように陣を組ませた。二万が後軍であり、本陣もそこに置いた。

「まず、徐々に城を締めあげる。曹仁か于禁か、どちらかが動いた時、騎馬隊を中心とした攻めに入る。それまでは、耐《た》えよ」

軍議で、各将に言い渡した。

于禁も、歴戦の将軍である。力押しで、たやすく片は付けられない。それに、この一戦を荆州《けい》じゅうが、いや極端に言えば国じゅうが、注視しているだろう。負けられない。というより、鮮やかに勝たなければならない。

八月になっても、対峙が続いた。

雨が降り続いている。すでに五日になるだろうか。

「いやな雨ですね、父上」

「そんなことはない、平。私は八年も新野《しんや》にいて、このあたりの地形は知り尽している。雨が降り続いたらどうなるかもな」

廖化《りょうか》に、すでに船の用意はさせていた。漢水《かんすい》には斥候《せっこう》を放《はな》ち、たえず水嵩《みずかさ》を報告させている。このままあと五日降り続ければ、漢水の堤のどこかが、必ず決壊する。

関羽は、それを待っていた。

山の方の雨は、もっと激しいという報告も入った。水嵩は、思った通りに急激にあがってきた。

于禁の軍が動いていた。堤の上に陣を移しているという。場所によっては、堤は広い高台になっている。魏《ぎ》軍の、荆州《けい》北部占領も長くなる。気候や地形を知り尽していて当然だろう。堤に陣を移した于禁《うきん》は、さすがに賢明だった。

宛城《えんじょう》にむかう徐晃《じょこう》の進軍は遅れている。これは、洛陽《らくよう》への軍の出動が遅れていることを意味する。四十万の大軍の進攻、撤退をやったあとでは、すぐに編成が整わないのだろう。徐晃軍五万は、後方の洛陽にすぐ引き返せる態勢で、足踏みをしていた。

于禁の陣構えが、報告されてきた。広い高台を中心にした、鶴翼《かくよく》の構えである。そう配置せざるを得なかったのだろう。

そろそろだな、と関羽《かんう》は思った。樊城《はんじょう》の周辺は、すべて平地というわけではない。丘陵《きゅうりょう》もあり、森もある。関羽は、幕舎《ばくしゃ》で詳しい地形を自ら描いた。漢水《かんすい》の堤まで、いくらか水の中を通らなければならないにしても、何本か道はある。それほど深くはならない場所を縫うのだ。それも漢水が決壊したらだ。しなかったら、鶴翼を畳もうとする時に、騎馬で攻撃をかける。

雨が、十日を過ぎ、十二日に達した。

漢水が決壊した、という報告が関羽に届いた。見る間に、地表が水で覆われていく。

「出動。廖化《りょうか》は兵五千とともに、船で于禁の背後に回れ。一万は、樊城にむかって構えを崩さず、一万五千は私が率《ひき》いて于禁を討《う》つ」

全軍が動きはじめた。樊城に対している一万は、水のない高台に移動した。廖化は、船のある場所へ急行している。

関羽は、水の中に軍を進めた。せいぜい馬の膝《ひざ》あたりまでの深さで、歩兵も腿《もも》を濡《ぬ》らす程度だ。慌《あわ》てて進みはしなかった。于禁は動けない。ただ、堤に拠《よ》っているということは、水の中の砦《とりで》にいるのと同じだった。

水から出ると、丘を縫った。また水に入っても、それほど深くはなく、すぐにまた丘に出た。一直線で堤にむかうより、かなりの迂回《うかい》になるが、進軍はずっと楽だ。

于禁の軍が見えてきた。

「右翼から崩す」

関羽は言い、騎馬隊を堤にあげた。歩兵は、堤の下から攻撃を加える。すぐに、廖化の船が到着するはずだった。

堤に駈《か》けあがった関羽は、矢を払いのけながら、駈けに駈けた。赤兎《せきと》を、右翼の端に突っこむ。遅れて、後続の騎馬隊が到着してくる。騎馬隊を押しこんだのは、矢を射させないためだ。歩兵の下からの攻撃が、ずっと楽になる。廖化の船が到着し、左翼を船上から攻撃しはじめた。

右翼は崩れ、ほとんどの敵が、水の中に落ち、逃れていった。だが、まだ本陣は揺らいでいない。歩兵を、左翼に回した。船との挟撃《きょうげき》になる。これで、たやすく崩れるはずだ。

本陣にむかって、騎馬隊を突っこませた。よく防いでいる。中央にある于禁《うきん》の旗は、揺らいではいなかった。

「あれは？」

そばにいた胡班《こはん》に訊《き》いた。

「于禁の副将、龐悳《ほうとく》です」

「ほう、魏《ぎ》軍にあれほどの武将がいたのか」

白馬に跨《また》がっている。戟《げき》の遣《つか》い方は見事なものだった。龐悳ひとりのために、関羽《かんう》の騎馬隊は本陣を押せないでいるのだ。

関羽は、赤兎《せきと》を進めた。青竜偃月刀《せいりゅうえんげつとう》を低く構えて進むと、敵も味方も声を失った。

「関羽将軍と見たり」

龐悳が、大音声《だいおんじょう》をあげた。全身に闘志を漲《みなぎ》らせている。

「龐悳という若輩だが、すでに老齢の関羽将軍には負けぬ。この戟を、受けられよ」

白馬が、駈けはじめた。関羽も、赤兎の腹を蹴《け》った。馳《は》せ違う。龐悳は、巧みに関羽の斬撃《ざんげき》をかわしていた。関羽の全身に、熱い血がめぐった。肚《はら》の底から、関羽は雄叫《おたけ》びをあげた。二度目。白馬が駈けてくる。龐悳の動きのすべてが、関羽にははっきりと見えた。龐悳の戟を、下から撥《は》ねあげた。両腕ごと、戟が宙に舞った。次の瞬間、頭蓋《ずがい》から龐悳の躰《からだ》を両断していた。馬の揺れで、龐悳の躰が両側に分かれ、地に落ちた。

敵に赤兎をむける。無言で進む。それだけで、敵はもう算を乱しかけた。騎馬隊が突っこんでいく。于禁の旗が揺らいでいた。すでに、歩兵も、船の廖化《りょうか》も、本陣の攻撃をはじめている。ゆっくりと、関羽は進んだ。関羽の姿を見ると、敵も味方も道をあける。雨は、まだ降り続けていた。いきなり、三騎が槍《やり》を突き出して叫び声をあげ、関羽にむかって猛進してきた。水が飛び散る。関羽は、青竜偃月刀を横に薙《な》いだ。首が三つ、雨の中に舞いあがった。もう、突きかかろうとする者はいない。敵が道をあけ、馬上からじっとこちらを見ている于禁の姿が見えた。

「于禁殿」

于禁の全身に闘志が漲りはじめた時、関羽は静かに声をかけた。

「これ以上の戦《いくさ》は、意味があるまい」

于禁《うきん》は、雨が落ちてくる天を一度仰ぎ、それからうつむくと、槍《やり》を捨て、馬を降りた。

「負けました、関羽《かんう》将軍。この首をお取りください。願わくは、部下の命はお救いくださるよう」

「于禁殿、戦は結着がつけばよい。もはや、無用に殺し、殺される時代ではない。これは、国を作るための戦なのだ」

「しかし」

「ひとりひとりが民。于禁殿も兵も、そのひとりひとりであろう。戦が終るまで、江陵《こうりょう》にいていただく。それだけでよい」

于禁が、泥濘《でいねい》の中に膝《ひざ》をついた。兵たちは、武器を捨てはじめている。

関羽は、軍を樊城《はんじょう》まで返した。

于禁の軍がひとりもいなくなっているのを見て、城内には衝撃が走ったようだ。

「攻囲を開始する。本陣は丘の上。まず小型の船隊で囲み、外と遮断せよ」

樊城は、水の中にあった。防壁が、まるで水に浮いた船のように見える。

「江陵に使者を出し、捕虜《ほりょ》の移送に二千名ほど出すように伝えろ。于禁やその校尉《こうい》、そして反抗的な者たちには手枷《てかせ》をかけよ。ほかの兵とは隔離して移送するのだ。途中で、糜芳《びほう》の迎えに出会うであろう」

攻囲は、すでにはじまっていた。小型の船が、輪を描くように舳先《へさき》と艫《とも》を縄で繋《つな》いで城を取り囲んだ。

二日で、雨があがった。しかし、水はなお増え続けている。敵兵は、城壁や城内の水に浸っていない場所に、武器だけ運びあげているようだ。さすがに曹仁《そうじん》だった。救援がないと知っても、降伏《こうふく》の気配はない。

「廖化《りょうか》、王甫《おうほ》。一万ほどを率いて、襄陽《じょうよう》を落とせ」

襄陽は、かつての荊州刺史《けいしゅうしし》（長官）、劉表《りゅうひょう》が本拠にしていた城である。なだらかな丘の中腹にあり、住み心地はいいところだが、戦にむいてはいなかった。そのため、樊城を襄陽の防壁としたのである。

廖化は、一日で襄陽を落としてきた。ほとんど、抵抗らしい抵抗もなかったという。

周辺に、砦がいくつかあった。それぞれ、守兵が一千ほどであるが、徐晃《じょこう》の軍が南下してきてそこに拠《よ》ると、面倒だった。五千の別働隊を組織して関平《かんぺい》につけ、それをひとつずつ落としていった。

辺容《へんよう》が、襄陽城《じょうようじょう》に仮の役所を作った。江陵《こうりょう》からの補給も、そこで受ける。降兵も受け入れる。

周辺の郡の太守だけでなく、魏《ぎ》が派遣していた荊州刺史《けいしゅうしし》も降伏してきた。

やがて水が引き、徐晃《じょこう》の軍が少しずつ南下してきた。曹操《そうそう》が、六万を率いて洛陽《らくよう》にむかっている、という報告も入った。

ただ、樊城《はんじょう》の北、宛城《えんじょう》を中心にして、魏に対する叛乱《はんらん》が起きはじめた。江陵に移ったころから、荊州北部の豪族に対して、書簡《しょかん》を欠かさなかった。時には人をやって、話し合いなどもさせてきた。関羽《かんう》なりの、諜略《ちょうりゃく》だった。それがいま、生きてきている。

「北では、魏が押さえているのは宛城だけという状態です。曹操は、ようやく洛陽に入りました」

洛陽に六万。宛城に五万。そして樊城に二万。十三万が、関羽に対峙《たいじ》していることになる。関羽は、三万である。しかし、南陽《なんよう》郡全域において、魏に対する叛乱が起きつつある。その叛乱は、もっと拡《ひろ》がるはずだ。

漢中《かんちゅう》では、張飛《ちょうひ》たちが出動の準備をしているだろう。孔明《こうめい》は樊城を落とすのに半年と見ていたが、それより早く落とせそうだと関羽は思っていた。

ただ、攻城戦に焦りは禁物である。力押しできるだけの兵力の余裕がないかぎり、腰を据えて相手が音《ね》をあげるのを待つのが一番いいのだ。北進して徐晃と正対すれば、必ず曹仁《そうじん》が樊城から出て、背後を衝《つ》いてくる。各地で起きている叛乱も、自分が勝っているからこそで、一度でも結着のつかない戦になると、急速にその勢いは弱まるだろう。

関羽軍に参加してくる兵の数は、かなり増えていた。一万五千はいるだろう。関羽はそれも、心底からは信用していなかった。いざ曹操の正規軍との決戦となれば、腰が砕ける可能性がある。

「父上、勝利は目前ですね」

「なにを言っている、平。私が担っているのは、あくまで蜀《しょく》軍の緒戦なのだ。私が洛陽を牽制《けんせい》できる位置まで進めた時、ほんとうの蜀の戦がはじまるのだぞ。軽々しく、勝利などと口にするな」

樊城を抜けば、軍は一気に十数万に脹《ふく》れあがるだろう。それは、関羽にもわかっていた。しかし曹操が長安《ちょうあん》を捨てて南下してきたら、やはり頼りになるのは自分の麾下《きか》だけである。曹操の戦がどれほど厳しいものかは、身をもって知っていた。江陵、公安《こうあん》に残してきた兵のうち、二万をここへ呼べたら、事態は一変する。その二万に樊城を囲ませ、自分は三万を率いて、宛城から引っ張り出した徐晃を破ればいいのだ。しかし、呂蒙《りょもう》の動きが不安だった。境界線を五里（約二キロ）でも十里でも、西へ移されることを許してはならない。

同盟軍が、なんということだ、と関羽《かんう》は思った。

房陵《ぼうりょう》、上庸《じょうよう》を押さえている孟達《もうたつ》に、一万の援兵を送れと命じたが、新占領地で、すぐには動けない、という返事が返ってきた。白帝城《はくていじょう》には、三千の後詰《ごづめ》がいるという知らせが孔明《こうめい》から入っていたが、それでも動けないほど状況は厳しいのか、と関羽は思った。

とにかく、樊城を抜くのは、あと一歩なのだ。いかに曹仁《そうじん》が踏ん張ろうと、兵糧《ひょうろう》はもう尽きかけているだろう。徐晃の別働隊が樊城に兵糧を運びこむことなど、許しはしなかった。

5

孫権《そんけん》は、建業《けんぎょう》の館《やかた》で考えこんでいた。

関羽が樊城を囲んで、ふた月が経《た》つ。その間に、歴戦の勇将であった于禁《うきん》が敗れ、捕虜《ほりょ》となっていた。そして南陽《なんよう》郡に叛乱《はんらん》が頻発《ひんぱつ》し、それは予《よ》州安城《あんじょう》郡、潁川《えいせん》郡と拡《ひろ》がりつつある。特に潁川郡の叛乱は、曹操《そうそう》にとっては深刻だろう。許都《きょと》には、帝《みかど》がいるのである。

中原《ちゅうげん》を覆いつつある関羽の勢いを、曹操は止められない。それは、孫権にもはっきりと見えた。樊城が抜かれれば、漢中《かんちゅう》で満を持している蜀《しょく》の本隊が、雍《よう》州に殺到するだろう。諸葛亮《しょかつりょう》は、この戦《いくさ》をどこでやめるつもりでいるのか。

やはり、長安《ちょうあん》を奪《と》るまでか。周瑜《しゅうゆ》にとって見果てぬ夢となった、益《えき》州から雍、涼《りょう》二州への進出という戦略を、劉備《りゅうび》ごとき小狡《こずる》いだけの男に、実現されてしまうのか。

それならそれで、こちらも動き方を考えなければならない。

全軍を動員して、まず合肥《がっぴ》を奪る。その勢いを駆って、徐《じょ》州と予州の東部を奪る。そこまでは、できそうな気がした。揚《よう》州の唯一の弱点である、人口が少ないという問題も、それで解決できる。蜀の同盟軍としての役割も、充分に果したことになる。

しかし、その後はどうなのか。

劉備は、益、雍、涼と荊《けい》州の大部分を押さえることになる。広大で、しかも荊州以外は天険に守られた地域だ。そして自分は、まだ河北《かほく》四州を擁《よう》している曹操と、徐州、予州の戦線で直接ぶつかり合うことになる。

五年後、十年後には、押し潰《つぶ》されていないか。雍《よう》、涼《りょう》二州を失ったところで、曹《そう》操《そう》の力がそれほど弱くなるわけではないのだ。

劉備《りゅうび》だけが、大きくなる戦だ。そう思わずにはいられなかった。自分との闘いで疲弊した曹操を、劉備はいつでも攻められる。

これは天下三分ではなく、二分ではないのか。周瑜《しゅうゆ》が思い描いても、病のために果せなかった戦略である。そして、弾《はじ》き出されるのが劉備ではなく、自分なのだ。

孫権《そんけん》は、考え続けた。考えて考えて、考え抜くのが自分の長所なのだ、とこのところ思えるようになっている。決断は、遅くなる。しかし、間違いはしない。

それにしても、赤壁《せきへき》の戦の前に自分に同盟を求めてきた劉備は、降伏《こうふく》を肯《がえ》んじない荊《けい》州兵などを含めて、わずか二、三万だった。純粋の劉備軍というのは、六千しかいなかったのだという。それが、十年とちょっとで、曹操を脅やかす存在にまでなった。

諸葛亮《しょかつりょう》の手腕なのだろうか。もともと、小さいながら軍事的に優れていたものを持っていた劉備集団に、明確な方向性を与えた。それは多分、戦略の構築といったようなものだったのだろう。そして、同じような戦略を持っていた、周瑜の病死という運にも恵まれた。そういう中で、部将たちも成長を遂げたのだ。二千、三千、場合によっては、五百、六百の兵を率《ひき》いた野戦では並ぶ者のなかった、関羽《かんう》、張飛《ちょうひ》、趙雲《ちょううん》という者たちが、それぞれに大軍の指揮を執《と》る勇将に育った。いや、もともと持っていた素質を、開花させたということなのか。

特に関羽は、荊州南部を任されてから、軍人としてだけではなく、統治者としての能力も発揮しはじめた。細部に眼配《めくば》りができ、なにが、あるいはどこが適当かを正確に判断し、実行する。かなりの税を取り立てていたが、備蓄の適正規模を判断し、余った分は民に返すというやり方など、民政には自負を持っていた自分でさえ、舌を巻いたものだ。

劉備が益《えき》州に進出しているので、その間に荊州の利権をいくつか手に入れようとした。たとえば、長江《ちょうこう》の自由航行権などである。周瑜麾下《きか》だった、若い将軍たちは それを求めていた。しかし関羽は、交渉の使者には返答を留保し、魯粛《ろしゅく》と話し合って呉《ご》の内部の強硬論を巻き返すという、絶妙の対応をしてきた。つまりつけ入る隙《すき》がなかった。それが結果として、荊州東部を強引に返還させるということに繋《つな》がったので、必ずしも先の見通しがあるとは言えないが、関羽になにか言う時は、こちらもそれなりに覚悟を決めなければならない。

それに、人望があった。劉備が徳の将軍として慕われていたのとは、また違う人望で、峻烈《しゅんれつ》だがそれは自身にも及び、どんな場合でも公平さを欠くことがない、というやり方が生んだ人望のようだった。返還された荊《けい》州東部を統治してみて、それは痛いほどわかった。

いま、かつて関羽《かんう》がいた新野《しんや》を中心にして、大規模な叛乱《はんらん》が起き、それが予《よ》州や司《し》州にまで及びはじめているのも、孫権《そんけん》には頷《うなず》けることだった。誰《だれ》もが、関羽の下につきたいのである。

張昭《ちょうしょう》がやってきた。

このところ、二日に一度はやってきて、樊城《はんじょう》の戦況の分析をやっている。救援軍の総指揮官だった于禁《うきん》が敗れ、捕虜《ほりょ》になったというのは、孫権にとっても大きな衝撃だった。あの一戦で、関羽を支持する叛乱が頻発しはじめたのだ。だから救援の後軍である徐晃《じょこう》も、宛城《えんじょう》を動けないでいる。

「呂蒙《りょもう》を、更迭《こうてつ》しようと思います。その許可をいただきに参りました」

「病が、ひどいのか?」

呂蒙は病がちだったが、いま呉《ご》軍で最も信頼できる将軍だった。甘寧《かんねい》では荒々しすぎるし、ほかの者は若すぎる。魯粛《ろしゅく》と呂蒙の二人の組み合わせが、蜀《しょく》に対する時は最高のものだった。魯粛が死に、呂蒙も一線を退くとなれば、やはり甘寧を当てるしかないのか。

「病は一進一退ですが、後任には陸遜《りくそん》を当てたいと思います」

「なにを、考えている？」

「殿は、荊州が欲しいと言われました。場合によっては荊州を速《すみ》やかに奪《と》る。その方策だけは講じておこうと思います」

陸遜は、淩統《りょうとう》とともに、周瑜《しゅうゆ》にかわいがられていた部将だった。まだ将軍としての実績は少なく、外にもあまり名を知られていない。

「このままでは、関羽は遠からず樊城を抜きます。抜けば、一気に北上し、漢中《かんちゅう》からも大軍が出動する、ということになりましょう。蜀は、雍《よう》、涼《りょう》二州を併合いたしますな。そうなってからは、荊州全土を奪るのは難しく、むしろこちらが荊州を返すという関係になることさえ考えられます」

同盟を破る。張昭が考えているのがそれだと孫権にははっきりわかったが、言葉にはしなかった。張昭も、あえてはっきりと言おうとはしないのだ。

陸遜は、ふだんは温厚な人柄だったが、戦場へ出ると果敢《かかん》である。そして、周瑜の見果てぬ夢を、淩統とともに一番よく知っている部将でもあった。

「裏と表の話を、先日いたしましたな」

「ああ」

「関羽の北進が失敗すれば、魏はやはり強大なままです。たとえ荊州を奪っても、なかなか呉《ご》だけで対抗していくのは難しい、と思います。結局は、蜀《しょく》と手を組んで対抗していかなければならないのです。これは、要するに表のことです」

「裏は？」

「それは、殿がこの張昭《ちょうしょう》という臣をお持ちになった、ということです。わかりにくいことでしょうが、表のほかで起きることは、すべて私の責任です。いつでも、この首を蜀に差し出されればよろしいと思います」

「荊州と、自分の命を引き換えにしようという気か？」

「さあ、できますかどうか。ただ、魏は苦しいと思います。殿がいま全軍をもって合肥《がっぴ》を攻められれば、二つの戦線は維持できません。当然、どちらかを捨てます」

「雍《よう》州の戦線を放棄する。あちらは新しい領土であるし、叛乱《はんらん》の芽も相当にある」

関羽が荊州北部で洛陽《らくよう》を睨《にら》み、蜀軍本隊が長安《ちょうあん》に入り、戦線は膠着《こうちゃく》である。それから先をすぐに攻めるほど、蜀には底力はない。

すると曹操《そうそう》は、主力を合肥にむけてくる。

全軍を出しても、たやすく合肥を奪われるわけではなく、魏の大軍と闘うことになるのだ。

「張昭という男、どこか腰が定まっておりませんでな。軍人ではなく、戦場ではふるえているだけで、おまけに老いぼれております。ただ、なんとなく裁量権はある程度与えられておりまして、呂蒙《りよもう》と陸遜《りくそん》の交替も、その裁量権でなすことです」

「危険すぎるかもしれぬ」

「殿の賭《か》けではなく、この張昭という老いぼれの人生最後の賭けです。潜魚《せんぎよ》の手の者に探らせたところ、江陵《こうりよう》から樊城《はんじよう》攻囲軍への兵糧《ひようろう》の移送は、敵中でないせいか、実に漫然と行われています」

呂蒙がいなくなれば、関羽の警戒心はかなりやわらぐ。江陵、公安《こうあん》の兵の一部を、樊城攻囲に呼ぶかもしれない。つまり、いまよりもっと手薄になる。そこで、兵糧の移送を担当している麋芳《びほう》と士仁《しじん》の二人に、なにか不手際があれば、関羽はどうするのか。

すべて張昭の頭の中のことで、深いところは推《お》し測るしかなかった。

そうしている方が無難だ、と孫権《そんけん》は思った。

中原《ちゆうげん》に、火がついたような気がした。

それも、風に煽《あお》られて急激に燃え拡《ひろ》がっている。こういう経験をするのが、曹操《そうそう》にははじめてだった。制圧した領土の中での叛乱《はんらん》。それも、覇道《はどう》の出発点ともいうべき許都《きよと》の、すぐそばにまで迫っている。

蜀《しよく》の反撃は、意外なものだった。

四十万の大軍で、揉《も》みに揉んだのである。落とすのは難しいと判断して漢中《かんちゆう》を放《ほう》棄《き》したが、こちらが撤兵したあとの蜀軍は、疲弊《ひへい》のきわみにあったはずだ。それが、撤兵後ふた月で反撃に転じてきたのである。

関羽《かんう》が北進してくる、という気配はあった。

それを曹操は、孫権《そんけん》の合肥《がつぴ》攻めのための牽制《けんせい》だ、というふうに見た。同盟軍であり、孫権の合肥奪取の願望は、相変らず強いと思えたからだ。

しかし、蜀軍は漢中に集結し、明らかに北進の態勢をとっていた。

諸葛亮《しよかつりよう》が。曹操はひとりになると、何度も呟《つぶや》いた。戦略を、見誤った。魏《ぎ》に倍する苦しさがあるだろうが、蜀は戦《いくさ》の継続を決断していたのである。

そうなれば、作戦は誰《だれ》でも読める。

関羽が荊《けい》州北部に進出し、洛陽《らくよう》にいる自分を牽制する。その間に、漢中から出てきた蜀軍は、長安《ちょうあん》を奪《と》り堅固な防衛線を敷く。雍《よう》、涼《りょう》二州は、蜀に帰するだろう。自分が制圧した時より、はるかに楽にそれをやるはずだ。なにしろ、馬超《ばちょう》がいる。

作戦は読めても、すでに打つ手はほとんどなくなっていた。もっと以前に、樊《はん》城《じょう》に兵を集め、南下の構えを見せておけばよかったのだ。関羽の軍が、江陵《こうりょう》に集結しつつあるという報告を受けた時なら、たやすくそれはできた。

こちらの肚《はら》の中まで、諸葛亮に読まれた。内臓をかき回されたような、いやな気分に曹操は襲われた。

とりあえず于《う》禁《きん》を、続いて徐晃《じょこう》を樊城に急行させたが、于禁は敗れ、生き残った兵とともに捕虜《ほりょ》になった。全滅と同じことである。

徐晃は宛城《えんじょう》から動けない。于禁の敗北と同時に、草の実が弾《はじ》けたように叛乱が頻《ひん》発《ぱつ》しはじめたのだ。

六万の軍を整えて洛陽に入るのが、曹操には精一杯だった。

曹丕《そうひ》も、夏侯惇《かこうとん》も伴ってきている。

軍議などは開かなかった。妙案が出るとも思えなかったのだ。

「私は、戦が弱くなったと思う。昔と較《くら》べると、ずいぶんと弱くなった」

居室に呼ぶのは大抵夏侯惇で、二人きりで話しこむことが多かった。

「漢中《かんちゅう》の戦でも、昔なら定軍山《ていぐんざん》を攻めきっていた。脱走する兵を斬《き》り殺してでも、兵たちを戦闘に追いやった」

夏侯惇は、否定するでも肯定するでもなく、黙って曹操《そうそう》が言うことを聞いていることが多い。

疲れていた。いま、それがはっきりと感じられる。なんの疲れなのか、自分ではその正体を摑《つか》めない。いきなり、重い網のようなものを頭上から被《かぶ》せられたようなものだ。

それでも、闘志は消えていなかった。この国をひとつにするまで、闘い続ける。この状態で戦をやめるのは、生きながらの死だ。

「夏侯惇、私は劉備《りゅうび》と野戦で結着をつけたいと思うのだが」

閉じていた片眼を、夏侯惇が見開いた。じっと、曹操を見つめている。

「漢中では、張飛《ちょうひ》と趙雲《ちょううん》の騎馬隊に悩まされた。実にいい騎馬隊を作りあげたものだ。その張飛と、虎痴《こち》がぶつかりたがった。だが、私はそれを許さなかった。許せなかった、と言った方がいいであろう」

「許褚《きよちよ》が、めずらしいことですな」

「あれぐらいは闘える。虎痴はそう思っていたはずだ。しかし、私は思わなかった。

つまり気持で負けていたのだ。これまで私は、中原《ちゆうげん》を駈《か》け回って大きくなった。大大軍でひとつの砦《とりで》を締めあげるなどというのは、自分の戦ではなかった、とふと思った。野戦で、昔のように戦うべきではないかとな。張飛、趙雲がいようと、こちらには虎痴がいる。合肥《がつぴ》の戦線から、張遼《ちようりよう》も呼べる」

「お待ちください、殿下。いまさし迫っているのは、荊《けい》州の関羽《かんう》です」

「わかっている。しかし雍《よう》州に劉備が出てくれば、私はまずそれを討《う》つ。関羽は、私が知るかぎり稀《き》代《たい》の名将だが、ひとつだけ弱点がある。弱点とは言えず、これが強さになることが多いのだが」

「なんでございますか、それは？」

「劉備のために、闘っている。すべてが、劉備のためなのだ」

考えこむように、夏侯惇がまた片眼を閉じた。

劉備を討てば、関羽は死ぬ。死んだも同然だ。いま、関羽は劉備のために、生涯をかけた戦をしている。なぜ、自らのために闘わないのかという思いと、かすかな羨望《せんぼう》に似たものが、曹操《そうそう》の中で混在していた。

服従させられなかった者。すべての人間は、服従するか敵対するか。そう思って生きてきた。しかし、服従させたくて、させられなかった者がいる。関羽《かんう》が、そうだ。そして呂布《りよふ》も、多分、馬超《ばちよう》も。

「野戦は、危険すぎます、殿下」

「ともに、中原《ちゆうげん》で生きてきた。劉備《りゆうび》とは、野戦で結着をつける以外にあるまい」

「関羽を、放置できません」

「いまの関羽なら、徐晃《じよこう》など問題にしないだろう。曹仁《そうじん》の抵抗にも、当然限界は来る。だから、やりたいようにやらせておけばよい」

「なりません。北へむかってくれば、すぐに許都《きよと》です。関羽が帝《みかど》を奪うという事態になったら、どうされるお積りです」

「帝は、鄴《ぎよう》へ移せばよい。そして、河北《かほく》の兵で守るのだ」

「私は、反対です。劉備が漢中《かんちゆう》を出る前に、関羽を討つべきです」

「誰が、討てる」

劉備を討てば関羽も死ぬのだ、という言葉を曹操は呑《の》みこんだ。夏侯惇《かこうとん》が、まともに反対してくることはめずらしい。

「若い者たちの意見も、訊《き》かれてみてはいかがでしょう。曹丕《そうひ》様のお考えも」

「そうだな。赤壁《せきへき》で負けてから、私は戦が弱くなった。馬超《ばちよう》を攻めたが首は取れず、濡須口《じゆしゆこう》まで軍を進めても、建業《けんぎよう》には手を出せぬ。五斗米道《ごとべいどう》を追い出して漢中を奪《と》っても、劉備は討てなかった。四十万で、小さな山ひとつを落とせなかったのだ」

「殿下」

「しかも、足もとで叛乱《はんらん》が頻発してきた。これはなんだ。夏侯惇。領内さえ、治まっていなかったということではないか」

「殿下は、魏王《ぎおう》であられます。戦は、覇者《はしや》の戦しかできぬということです。いまはまだ戦が続き、民は苦しんでおります。時に叛乱というのも、いたしかたのないことです」

夏侯惇の口調は、めずらしく厳しいものだった。

「明日、曹丕様をお連れいたします。関羽を放置してよいのか。帝を鄴へお移しするのは是か非か。そういうことを、話し合っていただきたいと思います」

「妙案が出るかな。漢中で定軍山《ていぐんざん》を攻めあぐねていた時、若い者はみんな、軍議でうつむいておった」

「とにかく、曹丕《そうひ》様はお連れいたします」

夏侯惇《かこうとん》が腰をあげた。

ひとりになると、曹操《そうそう》は赤壁《せきへき》からの戦をまたふり返りはじめた。老いがそうさせるのだ、ということはわかっていた。六十五歳になっている。

この洛陽《らくよう》で、軍人としての道を歩みはじめたのは、四十年以上も前のことだ。やがて、西園《せいえん》八校尉《こうい》（近衛《このえ》師団長）のひとりにまで昇進した。袁紹《えんしょう》がいた。袁術《えんじゅつ》もいた。それから董卓《とうたく》の専政がはじまり、やがて洛陽は焼かれた。あの廃墟《はいきょ》を思い出させるものも、いまの洛陽にはない。

いつの間にかうとうととしていて、眼醒《めざ》めた時、居室には夕方の光が射《さ》しこんでいた。

翌日、夏侯惇が曹丕を連れてきた。

後継と決定してから、曹丕はいつも司馬懿《しばい》を側《そば》に置いている。

「父上は、関羽《かんう》を放置すると言われたそうですが、私は反対です。関羽さえ討てば、蜀《しょく》軍本隊は、漢中《かんちゅう》から単独で出ることはできないと思います」

「きのうは、漢中から劉備《りゅうび》を引き摺《ず》り出して討つ方が早い、と考えていた。戦歴を重ねた将軍が少なくなった。だから、私が自ら劉備を討とうとな。おまえたちに別の策があるのなら、聞こうではないか」

「関羽を討て、と父上がお命じになればよいのです」

「何万の兵をつけようと、徐晃《じょこう》では無理だ」

「孫権《そんけん》に、お命じください」

意表を衝《つ》かれ、曹操は短く声を洩《も》らした。

「先日来より、呉《ご》からの使者がしばしば参っております。臣礼を尽すということなのでしょう。約束した人質は出さず、わずかばかりの献上物を持ってくる。それが孫権の臣礼のようではありますが、とにかくこのところ頻繁《ひんぱん》なのです」

「私に臣下の礼を取っていると同時に、劉備とは同盟しているのだぞ」

「きわめて脆弱《ぜいじゃく》な同盟だ、と私は思います。父上に対する臣下の礼と同じ程度に」

これは曹丕の考えではない、と曹操は思った。司馬懿だろう。

「臣下の礼は、臣下の礼です。父上は、孫権に、関羽を討てとお命じになれます。条件によっては、孫権は動くでしょう」

「荊州の江南《けいこうなん》は与える、ということだな」

「今回の戦は、劉備が飛躍するための戦です。いまでさえ対等の力になってきているのに。これ以上の力を劉備がつけるのを、孫権は好ましく思いますまい」

荊《けい》州を、孫権《そんけん》は欲しがっているはずだ。そうすれば、長江《ちょうこう》の利をすべて生かせるようになる。先年の、呉《ご》と蜀《しょく》の領土問題も、孫権が荊州を欲しがったことに起因していた。

孫権が関羽《かんう》を討てば、確かに自分は楽になる。戦をする必要が、なくなるのだ。叛乱《はんらん》が起きた地域の民政も、立て直すことができる。しかし曹操《そうそう》は、釈然とはしなかった。

汚ない手だ、と叱《しか》れるようなことでもない。最少の犠牲《ぎせい》で済む方法ではあるのだ。自分も、そういうことをまったくやらなかったわけではない。謀略《ちょうりゃく》は戦の一部であり、離間《りかん》の計などしばしば使っている。謀略で負ける者は、戦で負けたということだ。

曹丕《そうひ》が言っていることは、謀略とはいくらか違う、と曹操は思った。かつて、孫権の兄、孫策《そんさく》を暗殺したことがある。手強《てごわ》いと思えたが、隙《すき》は見えたのだ。実際の手配は荀彧《じゅんいく》がやったが、それに暗黙の了承を曹操は与えていた。あの暗殺と、やり方は似ている。似ていないのは、あのころの曹操は四囲がほとんど敵という状態だったことだ。

孫策は、確かに手強かった。その孫策に周瑜《しゅうゆ》がついていたのだ。暗殺していなかったらと考えると、肌に粟《あわ》が立つ。

しかし、関羽を孫権に討たせるのか。そういう考えが、どうしても滲《にじ》み出してくる。関羽は、そういうかたちで討たれていい武将なのか。

関羽という男は、呉との同盟に一片の疑いも抱いていないに違いない。呉の要求に応じて、荊州東部を返還しているし、まずはこういう戦のための同盟であるのだ。せいぜい、境界線のいざこざに備えている程度だろう。

信義というのは、関羽には絶対のものだ。許都《きよと》で自分のもとに置いていた時も、手柄を立てて恩を返してから、去った。そうするのが、曹操に対する信義だ、と関羽は考えたのだ。それは見事なことであり、だから曹操も、厳しい追手はかけなかった。

ああいう男が、思いもかけぬ裏切りで討たれる。それも、戦か。

そして諸葛亮《しよかつりよう》は、呉、蜀の同盟の危うさが、そのまま戦略の崩壊になることまで、考えているのか。考えていれば、大きすぎる賭《か》けをしようとしているし、考えていなければ、まだ若いということだ。

「孫権が動くという保証は？」

「ありません」

当然のことだというように、司馬懿《しばい》が言った。

「しかし、詳細に調べたところでは、動く態勢を作りつつあります。私は、そう思います。まず呂蒙《りよもう》を解任し、陸遜《りくそん》という若い将軍を後任にいたしました。これは、関羽《かんう》の油断を誘うためです。江陵《こうりよう》、公安《こうあん》にさまざまな工作をしている気配もあります」

そして、頻繁に使者をこちらへ送ってきている。使者の件について知っていたら、自分も孫権《そんけん》に関羽を討たせようと考えたかもしれない、と曹操《そうそう》は思った。このところ使者の応対なども、よほどのものでないかぎり、曹丕《そうひ》に任せている。

「若いのか、やはり」

あるいは、純粋なのか。諸葛亮《しよかつりよう》の弱点は、唯一その純粋さなのかもしれない。漢中《かんちゆう》の戦での、四つの陣を曹操は思い浮かべた。四つがさまざまに連動し、八つの陣にむかい合っているような気分になった。戦術でも、恐るべきものを持っている。それも、純粋さが生むものかもしれない。

ならば諸葛亮の純粋さは、人を切り、自分も切る。

「殿下、私は確かに若輩《じやくはい》ではありますが」

「おまえのことを言ったのではない、司馬懿。ちょっと思ったことがあっただけだ」

司馬懿に、諸葛亮のような純粋さがあるとは、とても思えない。むしろ、狡知《こうち》だ。だからこそ、諸葛亮と組み合わせれば、面白いとも思えた。

狡知も純粋さも、なにか生み出すものを持っていれば、曹操は認める。

「やってみよ。まず、私からの使者を返礼に出すところからだ。そしてすぐに、関羽への攻撃命令を出せばいい」

「荊州《けい》の江南《こうなん》は渡す、という条件でよろしいのでしょうか？」

「よい。私から見れば、わずかな土地だ」

孫権が、その場の欲だけで動く男とは思えなかった。関羽を攻めたからといって、そのまま自分に服従してくるはずはなかった。かなり先まで、見通しているはずだ。雍《よう》、涼《りよう》二州を蜀《しよく》が奪《と》れないとなると、どうしても呉《ご》と結ばざるを得ない。そこまで見通して、荊州を奪ろうと目論《もくろ》んでいるのなら、孫権のしたたかさも、やはり手《て》強《ごわ》い。

三人が退出していった。夏《か》侯惇《こうとん》は、満足そうな表情をしている。曹操を無謀《むぼう》な戦に駈《か》り立てずに済んだ、と思っているのだろう。

爰京《えんきよう》を呼んだ。

今回の出陣には、夏侯惇《かこうとん》に言われたらしく、爰京《えんきょう》もついてきていた。

曹操《そうそう》は、もはや戦陣という気分ではなくなっていた。あとひと月は、曹仁《そうじん》は樊《はん》城《じょう》で踏ん張れる。そのひと月の間に、司馬懿《しばい》の策は動きはじめているだろう。

寝台に横たわると、爰京が掌《てのひら》を当ててきた。

「殿下、鄴《ぎょう》へお帰り願いませぬか？」

爰京が言う。背中に当てた掌には、強く弱く力が加えられていた。

「なぜだ？」

「血が、滞っております。それも、これまでになかったほどに。鍼《はり》を打っても、すぐには戻らぬと思います。鄴で、ゆっくりと休んでいただけませぬか？」

「いまは戦だ、爰京」

「どういう戦か、私は存じません。戦場を馬で駈け回られるのなら、むしろよいような気もいたしますが、殿下は心の中だけで戦をしておいでです」

「戦は、まず心からはじまる」

「そして、心の中だけで終るものですか？」

「いや、相手を殺した時に、終る」

「殿下。余人には想像だにできないところにおられる。それはわかります。しかし、私は殿下のこういうお躰《からだ》に、触れたことがございません。心配です」

「もうよい、爰京。おまえがここにいる。だから、ここでよいのだ」

曹操は眼を閉じた。爰京の指が背中に食いこんでくるのを待ったが、いつまでも掌が当てられているだけだった。

野に降る雪

1

樊城《はんじょう》の近隣の村を、関羽《かんう》は関平《かんぺい》の率《ひき》いる二千騎ほどを連れて、駈《か》け回った。洪水にやられた村が多い。家を失った人々の群れもいた。わずかだが、関羽は兵糧《ろう》を与えて歩いた。苦しいのは、兵も民も同じである。

「父上、江陵《こうりょう》からの兵糧が、時々滞っております。もっと頻繁《ひんぱん》に運べと催促はしているのですが、盗賊が出没するという糜芳《びほう》殿の報告がありました」

それは、関羽も聞いていた。多分、糜芳の言い逃れだろう。江陵から樊城まで、賊が動き回る隙《すき》はない。麦城《ばくじょう》の兵糧は孟達《もうたつ》に回したので、江陵と公安《こうあん》のものを合わせて、こちらへ運ばなければならない。そういうことで、糜芳と士仁《しじん》は手間取っているに違いなかった。

もともと、兵糧は潤沢《じゅんたく》にある。移送の態勢も、遺漏はないようにしてきた。ただ、樊城を攻囲する軍が、六万にまで増えている。それで、時々不足する事態になった。戦《いくさ》をする兵たちの身になれば、命がけで運べるはずだ。麋芳と士仁にはそう言ってある。

関羽が気になっているのは、孟達が房陵《ぼうりよう》、上庸《じようよう》をまだ完全に制圧できずにいることだった。孟達が、一万の軍を四百里（約百六十キロ）東へ移動させて陣を敷けば、宛城《えんじよう》の徐晃《じよこう》は完全に釘《くぎ》付けになる。そうなれば、関羽は樊城攻囲を廖化《りようか》に任せ、二万ほどの軍で北へも進めるはずだ。

樊城は、焦らなくても年が明けるころには、落ちる。曹仁《そうじん》は、曹操《そうそう》の撤退命令がないかぎり、限界まで踏ん張るだろう。そういう男だった。于禁《うきん》にしろ曹仁にしろ徐晃にしろ、古い馴染《なじ》みの男たちだった。ともに闘ったこともあり、性格も闘い方も、ほぼわかっている。

徐晃は沈着で、危険を感じたら、無理に動こうとはしない。じっと待てる男だった。だから周辺で叛乱《はんらん》が起きているいま、無理な出撃はしようとしないのだ。曹仁は、思い切りのいいところを持っている。しかし、いまの状態で城から打って出ることはまずなく、もしあれば、その時点で勝負はつくと関羽は考えていた。

すべては、思う通りに進んでいる。曹操《そうそう》も洛陽《らくよう》に入ったが、そこを動く気配は見せていない。孔明《こうめい》の戦略がいかにすぐれたものか、関羽《かんう》は何度も思い返しては感嘆した。勇猛《ゆうもう》に闘うだけが戦ではない。どう闘うか。なにを目的として、勝てばどうなり、負ければこうなる、という分析までして、はじめて武器を執《と》るべきなのだった。

樊城《はんじょう》攻囲の本営に戻ると、呉《ご》から使者が待っていた。荊州《けい》境界線の呉側の総指揮官だった呂蒙《りょもう》が、病《やまい》のため陸遜《りくそん》という若い将軍と交替する、という知らせだった。呂蒙の病は、この一、二年言われていたことだった。ついに、一線での指揮が耐《た》えられなくなったのだろう。

陸遜からの書簡《しょかん》も届いていた。一軍の指揮など経験がないので、関羽にも助言を貰《もら》いたいという、へりくだった内容の書簡だった。呉も、多分人材を合肥《がっぴ》の戦線に割《さ》かなければならない、という事情があるのだろう、と関羽は思った。

「江陵《こうりょう》、公安《こうあん》から、一万の兵を呼び寄せろ」

使者が帰ると、関羽はそう命じた。

房陵《ぼうりょう》の孟達《もうたつ》は、当てにできない。漢中《かんちゅう》への水運の要《かなめ》を押さえる位置にいるというだけで、よしとした方がいいのかもしれなかった。

とにかく、叛乱して参軍してきた者たちより、少数でも自分の手で調練《ちょうれん》した兵をそばに置いておきたかった。呂蒙が若い指揮官と交替したことで、当初はあまり警戒する必要はないだろう。呼び寄せるには、いい機会だった。

「それにしても、孟達のだらしのなさはなんだ。援兵の一万も出せぬとは。新城郡《しんじょう》にも上庸郡《じょうよう》にも、それほどの敵はおるまい」

「宜都郡《ぎと》の三倍はある広さで、鎮撫《ちんぶ》がなかなか難しいということでしたが」

「いまは戦時なのだ。要所を押さえれば、鎮撫は後回しでもよい。それを、いくらか過敏になりすぎているのだな。いずれ、徐晃《じょこう》とぶつかる。むこうも必死だろう。その時は、必ず側面から攻撃できる準備を整えておけ、と孟達に伝えろ。これは、要請ではない。命令だ。いいな、廖化《りょうか》」

「私自身が出向いて、孟達殿にお目にかかろうと思いますが」

「命令で、充分だ」

細かいことを気にして、この戦はやっていられなかった。大戦の直後で、益州《えき》内部にも細かいことは無数に起きているはずだった。しかし、長安《ちょうあん》を奪《と》るところまでやる。それが、機を摑《つか》むということなのだ。大きな流れができていけば、細かいことは自然に収束し、そうでなくても、腰を据えようと思うところまで行ってから、解決していけばいい。孔明《こうめい》はそう言い、関羽《かんう》もまさしくそうだと思った。そうやって前へ出ることを考えていると、勢いというものがついてくるのだ。

長い間、戦を続けてきた。勢いがどれほど大事なものか、関羽は身に沁《し》みて知っている。言葉で説明できない、不思議な力だった。

漢中《かんちゅう》から曹操《そうそう》の大軍を追ったことで、蜀《しょく》軍には勢いがついている。魏《ぎ》は、たとえ大軍でも勢いをなくしている。

戦の機ならば、自分にも見れる。そしていまこそ、戦の機なのだ。

「各地で叛乱を起こし、城に籠《こも》ったり砦《とりで》を築いたりしているところには、少しでもいいから兵糧を届けてやれ」

「しかし、攻囲軍だけでも、兵糧は不足気味です、関羽様」

「江陵《こうりょう》、公安《こうあん》には、たっぷりと余裕がある。一万の兵には、輜重《しちょう》も押させて、駈《か》けさせるのだ。どうせ麋芳《びほう》と士仁《しじん》の下では躰《からだ》がなまっていよう。引き締めるのにちょうどいい。いいか、通常の速度での行軍だ」

腰をあげ、関羽は攻囲軍の視察にむかった。

劉備《りゅうび》が、成都《せいと》で三万の軍を集めた。

調練をしながら、漢中にむかうと知らせてきた。

「遠征のための兵糧は、ぎりぎりというところです、孔明殿。殿の三万が増えると、そうなります。あとは、来年の収穫まで待たなければなりますまい」

馬良《ばりょう》が、南鄭《なんてい》の本営に報告に来た。

馬良がそう言うのなら、限界だろう。来年の収穫をどうすれば増やせるかまで考え、漢中どころか、巴西《はせい》、巴東《はとう》まで駈け回っているのだ。

曹操軍が撤退の時に、追撃を防ぐために壊していった桟道《さんどう》の修復も、予定通りに進み、ほぼ終っていた。それも、馬良が迅速《じんそく》に木材の手配をしたからできたことだ。すべてが、ぎりぎりだった。関羽が北進するのも、漢中で出動準備を整えるのも、桟道の修復や、兵糧の調達もだ。

この戦は、ぎりぎり可能なところで闘うしかない。いま長安攻略を逃がせば、次にはたやすく奪れはしない。四十万の大軍を出動させた魏軍も、一年でその消耗を回復させるはずだった。そうなれば、長安の奪取は持久戦になる。

荆州《けい》東部に、無傷の関羽軍がいた。それが、戦の継続を可能にした、唯一の理由だった。そして関羽は、想像以上に荊州北部で闘い、各地で叛乱まで起こさせている。

「急ぐべきことが、次第に少なくなってきた、馬良《ばりょう》。間に合うかと気を揉《も》んだものだが、樊城《はんじょう》がいつ落ちてもいいと思える状態に、漢中《かんちゅう》もなった」

「孔明《こうめい》殿は、まさに不眠不休でございました。弟が、ついていけぬと愚痴《ぐち》をこぼすほどに」

「誰《だれ》もが、踏ん張った。天下を取るのがこの機、と心の底から思えたからだろうと思う。馬謖《ばしょく》も、よくやっているぞ」

「あれは、幼いころから、できないことまでできると言うようなところがありました。私が心配しているのは、そこだけです」

「戦を重ねるうちに、それは直る。馬謖の持っている大きなものは、まだ開花するには時がかかるだろう。しかし、いずれは開く。将来の蜀漢《しょくかん》を担うのは、馬良、馬謖の兄弟だろうと私は思っている」

「蜀漢？」

「そうだ。蜀の地を基盤に、漢王朝を再興する。それが、殿が抱かれている夢だ。だから、私は蜀漢と呼ぶ。蜀漢は、この国の歴史で意味のあるものになるだろう」

準備が整ったといっても、孔明や馬良の仕事は、まだ山積していた。長安《ちょうあん》を奪《と》った場合の布陣は考えてあるが、布陣だけでは兵は飢える。

張飛《ちょうひ》、趙雲《ちょううん》、馬超《ばちょう》の部隊は、陽平関《ようへいかん》から南鄭《なんてい》にかけて、それぞれに駐屯《ちゅうとん》していた。調練がやりやすい場所を選んだのだろう。地形を選ぶ将軍の眼にも、やはり差が出るのだった。それは、戦のやり方に通じるものがある。

雍州《ようしゅう》、涼州《りょうしゅう》の豪族への諜略《ちょうりゃく》は、漢中を奪った時から開始していた。馬超がいることが、とにかく大きい。長安さえ奪ったら、馬超のもとに十数万が集まってくる可能性もあった。

五日に一度開く部将の会議でも、馬超はほとんど発言しない。いくらか冷笑的な眼で、蜀の動きを見ているというところがある、と孔明は感じていた。ただそれだけで、馬超はやると言ったことはやり、それ以上のことはやらないだろう、と孔明は思っていた。心の底に、曹操《そうそう》に対する暗い怒りはあるだろう。しかし、乱世に背をむけてしまうような、投げやりで絶望的とさえ言える情念も、抱いているように見えた。国作りなどという言葉は、多分まやかしだと思っている。張衛《ちょうえい》のことについて一度訊《き》いたが、劉備《りゅうび》と会わせるつもりはない、とはっきり言った。張衛は、国を作るということに幻滅しているのだと。

それでも、山中の仕事があれば、張衛に回すと馬超は言った。そして、その代価を払うのだ。蜀による領地の保証などは、一切求めない。

間者《かんじゃ》などをやる、山の民の集団と似ているところがある、と孔明《こうめい》は思っていた。

張衛《ちょうえい》という男は、五斗米道《ごとべいどう》で、なにかに深く絶望したのだ。そして、自分たちだけの世界に閉じこもろうとしている。馬超《ばちょう》にも、似たところがある。この二人が味わい尽した絶望は、あるいは同質のものだったのかもしれない。

「俺《おれ》は、ちょっとばかり心配になっているのだがな、孔明殿」

五日に一度の会議が終ったあと、ひとり残った張飛《ちょうひ》が言った。

「小兄貴のことが、まず心配だ。別に、理由はない。なんとなく、いやな感じがするというだけのことだ。俺は戦の匂《にお》いを嗅《か》ぎ取ることには自信があるが、そのほかのことで、勘が当たった例《ため》しはない。だから孔明殿とこれほど親しくなっていなければ、口に出さないと思うのだが」

「私も、夜中にひとりでいると、いろいろな胸騒ぎを感じます。そのたびに、ひとつひとつ思い浮かべます。関羽《かんう》殿の、戦。樊城《はんじょう》をじっくりと攻め、城外の敵は瞬時に撃ち砕く。まさに勇将の中の勇将の戦です。荊州《けい》北部はもとより、予州《よ》、司州《し》でも叛乱が起きている。降伏《こうふく》してきた者の中には、豪族だけでなく曹操《そうそう》が派遣した者も多く含まれています。そうやって、ひとつひとついいことを数えあげるのです」

「それで、胸騒ぎが消えるのか？」

「消えません。逆に大きくなることもあります。夜毎《よごと》、胸騒ぎとの闘いです」

「孔明殿にして、そうなのか」

「お顔には出されませんが、殿も同じお気持でおられましょう」

「大兄貴もか。俺が、なんだかんだと心配しても、大した意味はないな」

張飛が、大きな嘆息をついた。

この男も、やはり勇将の中の勇将だった。曹操を追い払えたのも、張飛の騎馬隊の働きが大きい。どんな大軍であろうと、怯《ひる》むことのない動きだった。それを、ふた月毎日のように続けたのだ。大軍の中に躍りこみながらも、驚くほど損害は少なかった。

「張飛殿。いやな感じがあっても当然だ、と私は思うようになりました。この戦は、性急なのです。本来なら兵を休めるべきところで、さらなる大きな戦にむかおうとしているのですから。しかし、曹操と並ぶ力をわれらが持てる機は、いましかないと私は思います。一度だけ、性急で過激で、賭《か》けの要素も多い戦をしてください、と私は殿にお願いいたしました」

「つまらぬことを言って、済まなかった」

「すべてがうまく行っている。こんなはずはない。私は、毎日そう思います。どこかに陥穽《かんせい》があるのではないか。あるのかもしれません。曹操孟徳《そうそうもうとく》という男は、私が考えている以上に、人間離れしていて、厳しいのかもしれないのです。しかし、私にはその陥穽が見つけられません。もしあったら、私が軍師である蜀《しょく》の、不運ということになります」

「そんなことはない、孔明《こうめい》殿。俺は長く戦を続けてきて、ひとつだけ言えることがある。勝ち戦は、大兄貴のものだ。しかし負け戦は、誰のものでもない。みんなのものだ。そう考えないかぎり、戦などできぬぞ」

「ありがとうございます、張飛《ちょうひ》殿」

「俺たちは、いい軍師に恵まれた。趙雲《ちょううん》とも話したことだが、俺たちの誇りのひとつだ」

馬謖《ばしょく》が入ってきたので、張飛は口を閉ざした。

張飛に一礼し、馬謖が喋《しゃべ》りはじめる。

「樊城《はんじょう》攻囲の関羽《かんう》殿から、使者が来ました。呉《ご》で、荊《けい》州の総指揮官が交替したようです。呂蒙《りょもう》から、陸遜《りくそん》という若い将軍に。呂蒙は、病がいよいよ篤《あつ》くなったという話です。これで、関羽殿も気が楽になられたと思います。呂蒙なら、どさくさに紛れて、少し領地を掠《かす》めるぐらいのことはやったでしょうから」

「そうか、交替か」

「陸遜という名は、あまり聞きません」

孔明は、赤壁《せきへき》で周瑜《しゅうゆ》にぴたりとついていた、二人の校尉《こうい》（将校）の姿を思い浮かべた。陸遜と淩統《りょうとう》。赤壁以後も、江陵《こうりょう》にいる周瑜の指示で、ずっと動いていた気配だ。二人とも、いい眼《め》をしていた。周瑜、魯粛《ろしゅく》の存在が大きすぎたので、呉《ご》には人がいないと言われるが、実際には孫堅《そんけん》の時代からの老将が揃《そろ》っていたし、呂蒙、甘《かん》寧《ねい》、周泰《しゅうたい》という将軍の下に、陸遜や淩統という若い校尉がいたのだ。

年長者から若い者まで、ほどよく散らばって人材はいた。

「甘寧は、やはり合肥《がっぴ》の戦線からはずせないのでしょう。見習いの将軍というところですか」

馬謖《ばしょく》が言う。張飛《ちょうひ》は、窓の外に眼をやっていた。

陸遜という名に、孔明はなにかいやな感じを覚えた。いつものことだ、と孔明はそれを押し殺した。

若い者がやることを、曹操《そうそう》はじっと見ていた。

中心になっているのは、曹丕《そうひ》と司馬懿《しばい》である。その下に、若い校尉《こうい》が五、六名いるようだった。ひとつのことをやるたびに、曹操に報告に来る。これは曹丕で、その時は司馬懿も連れていない。

2

呉《ご》との書簡《しょかん》のやり取りも済み、密約は成立したようだ。

「ほう、江陵《こうりょう》、公安《こうあん》を奪《と》らせるか」

「背後に不安を感じ、関羽《かんう》は引き返します。そこに、兵站《へいたん》も断たれるのですから、そうせざるを得ないでしょう。そこに、徐晃《じょこう》と曹仁《そうじん》が追い撃ちをかけます。ただし、それほど深追いはいたしません」

なにを考えているか、曹操には見えてきた。引き返した関羽軍と、呉軍がぶつかり合う。そこで激戦になればなるほど、呉の消耗は激しい。場合によっては、白帝《はくてい》城《じょう》から、蜀《しょく》の救援軍が長江《ちょうこう》を下ってくることも考えられる。そうなれば、蜀と呉の血で血を洗う戦になる。それについては、こちらは見物していればいいだけだ。

　樊城《はんじょう》の攻囲を関羽が解くというところから、蜀と呉の総力戦というところまで、数段階に分けて想定してあった。とにかく、関羽が樊城の攻囲を解けば、周辺の叛《はん》乱《らん》など、ものの数ではなかった。曹仁の部隊だけでも充分で、徐晃はすぐに長安《ちょうあん》に回せるようになる。

　漢中《かんちゅう》に集結している蜀軍は、出動はできなくなるだろう。

　周到なやり方だった。しかし、どこか不快なものがつきまとう。関羽と、一度もまともに闘わない、ということから不快さは起因しているようだった。

「いかがでしょうか、父上」

「まず、隙《すき》はひとつだけだな。それ以外は、周到な作戦と言える」

　ただし、覇《は》者《しゃ》の戦《いくさ》ではない、という言葉を、曹操は呑《の》みこんだ。

　策だけで勝とうと、自分はしてこなかった。四囲に敵を受け、戦だけではとても切り抜けられないという時は、全知全能をふりしぼって、諜略《ちょうりゃく》もめぐらせた。しかし、結着は戦でつけた。それが覇者というものだ、と思ってきたからだ。

「隙というのは、房陵《ぼうりょう》まで進出している、孟達《もうたつ》のことでございますか？」

　側面から衝《つ》かれれば、宛城《えんじょう》の徐晃《じょこう》はそちらに当てざるを得なくなる。しかしそれにも、なにか手を打ってはいるだろう。これだけの周到な作戦の中で、孟達だけを見落とすはずもない。

「よい、私の杞憂《きゆう》であろう」

これまでは、斬《き》り従えることが必要だった。一体どれほどの男たちが、天下を目指し、倒れていったのか。生き残ったのは、三人。いや、乱世のはじめから戦場に立っていたのは、劉備《りゅうび》と自分だけだ。

謀略《ちょうりゃく》にたけた者の時代か。曹操《そうそう》はふとそう思った。乱世の最後を、関羽雲長《かんううんちょう》という勇将が飾るのか。それは、いかにもふさわしい。剛直な、男の時代が終るということだ。

「司馬懿《しばい》は、いつもおまえのそばにいるのか、丕《ひ》？」

「はい。最後に決めるのは私でございますが、司馬懿の考えは無視いたしません。いわば、私の軍師と言ってよく」

「おまえが、使いこなせればだ。曹《そう》家がいつの間にか司馬家に代っていた。そうならないように心せよ。危険な男を使いこなせてこそ、真の私の後継であるとも言える」

「司馬懿は、私には従順です。いまのところはですが」

かすかに、曹丕が笑ったようだった。この息子は、他者というものをほんとうには信じていない。そこが、曹植《そうしょく》との大きな違いで、曹操が好きになれなかったところでもあった。しかし、曹植ではやはり、劉備や孫権《そんけん》の相手にはならなかっただろう。

「あまり無理をするな、丕。蜀《しょく》と呉《ご》は、今回は闘っても、結局は組まざるを得ないのだ。孫権をあまり苦しめると、同盟が即座に復活することもあり得る」

「貪欲《どんよく》にならぬよう、関羽が樊城《はんじょう》の攻囲を解くだけでもよしといたします」

曹丕が退出すると、曹操はしばらくひとりでぼんやりしていた。

夏侯惇《かこうとん》が入ってきた。

「若い者が、姑息《こそく》なことばかりを考える」

「姑息とも言いきれません。殿下は、底の底では直情でおられます。だからこそ、乱世をここまで斬り従えることも、おできになられたのです」

「関羽は、死ぬかもしれぬのだぞ」

「それが、新しい闘いでございます。ところで、いま許褚《きょちょ》に酒を頼みました。久しぶりに、殿下とともに飲みたいと思ったのですが、余計なことだったでしょうか？」

「いや。酒に対しては当《まさ》に歌うべし。人生、幾何《いくばく》ぞ。譬《たと》えば朝の露の如《ごと》し。去りゆく日の苦《はなは》だ多き」

「殿下の詩でございますか。これは困った」

「多くの者が、逝《い》ったな、夏侯惇《かこうとん》」

「はい。敵も、味方も」

許褚《きょちょ》が、酒を運んできた。

しばらくは、黙って飲んでいた。

「私が兵を挙げた時、最初に参じてくれたのがおまえだった。あれからもう、四十年が過ぎたのか。苦しいことは、数限りなくあった。しかし、駄目かもしれぬとは、一度も思わなかった」

「殿下は、闘いのために生まれてこられたようなものです。ずっとおそばにいて、私はそれだけを感じて参りました。戦だけではなく、さまざまなものと闘われ、これからも闘っていかれるのでしょう」

「戦は、若い者に任せるか」

「任せてやらなければ、いつまでも芯《しん》が入りません」

夏侯惇が笑う。この男と喋《しゃべ》っている時は、いつも穏やかな気分に包まれる。それに救われたことが、何度もある。

「ところで、爰京《えんきょう》が心配しております。殿下のお躰《からだ》の方々で、著しく血が滞ってしまっていると」

「鍼《はり》でも、流せぬ血か」

「少しずつ、少しずつ血を通していくしかない。そのためには時が要《い》る、と申しておりました。今度の件が片付いたら、しばらくお休みになり、爰京にじっくりと鍼を打たせてみてはいかがです。この洛陽《らくよう》でも構いません」

「洛陽を、私はあまり好きではない」

といって、鄴《ぎよう》が好きなわけでも、許都《きよと》が好きなわけでもなかった。思い返すと、好きな城郭《まち》などひとつもないのだった。

「いずれ、中原《ちゆうげん》に城郭を作ろう、夏侯惇。洛陽とも、長安とも、鄴とも違う城郭を」

「それは、よろしゅうございますな。銅雀台《どうじやくだい》に勝る、壮大な館《やかた》を建てられますか」

「いや、小さな城郭でよい。通りに出れば民がいて、日々の営みをそばで見ることができる。時には話をすることもあり、館に伴って酒を振舞ったりもする。誰《だれ》も私を曹操孟徳《そうそうもうとく》だとは知らず、ちょっとした金持ちだと思ってくれるような城郭だ」

「それはまた、いまの関羽《かんう》を正面から打ち破るより、難しい話ですな」

夏侯惇が笑った。

曹操《そうそう》は、かすかな酔いの中で、しばらくそういう城郭《まち》を思い浮かべていた。

張昭《ちようしよう》が、武昌《ぶしよう》まで来ていた。

洛陽《らくよう》と武昌の間で何度か使者と書簡を交換し、話はすべてまとまった。

「江陵《こうりよう》に、兵を出せ、呂蒙《りよもう》」

「ひそかに」

いざ江陵を攻めるという時になって、呂蒙はかすかな逡巡《しゆんじゆん》を感じていた。関羽《かんう》とは、境界を挟んでしばしばやり合った。圧倒されて口惜《くや》しい思いをしたことはあるが、不思議に不快になったことはない。悲しくなるほど、わかりやすい男だった。自分にとっては、壁のようでもあった。大言を弄《ろう》さず、しかし言うことはいつもはっきりしていた。

細かく動き回っていたのはいつも自分の方で、関羽はそれをじっと見ていただけだという気もする。

その関羽の背後を、いまから襲《おそ》おうとしている。同盟とは、男の約束なのか。だから関羽は、それを信じているのか。

「兵数は？」

「まず、五千。江陵、公安《こうあん》を合わせて一万五千の蜀《しょく》軍ですが、まったく心配はいりません。公安の士仁《しじん》とは、すでに話がついています。麋芳《びほう》がどう出るかわからないので、ひそかに江陵まで進みますが」

商船を用意してあった。

船底の積荷は、すべて兵である。

公安の士仁をこちらに引きこむのは、難しくなかった。兵糧《ひょうろう》の移送隊を、潜魚《せんぎょ》の手の者が二度襲った。奪うのではなく、ただ燃やしただけだが、移送が遅れたことに対する関羽の怒りは、当然予想できた。

士仁は、ひどくそれを恐れていた。

「陸遜《りくそん》の軍二万が進攻するのは、江陵を奪《と》ってからでよいのだな？」

「奪れると思います、多分。麋芳は、兄の麋竺《びじく》とはだいぶ違います。すでに、江陵城の中に二百名ほど潜入させてありますし」

「呂蒙、関羽は戻ってくるぞ」

「江陵までは、戻れますまい。陸遜の二万が待ち受けます。まずは麦城《ばくじょう》に入ると思いますが、あそこには兵糧もありません」

「わかった。あとは、私がやろう。おまえは、江陵、公安を守るだけでいい」

「行ってきます、張昭《ちょうしょう》殿」

呂蒙《りょもう》は、逡巡《しゅんじゅん》を捨てた。

荊州《けいしゅう》を奪《と》れば、益州《えきしゅう》も望める。そして三州があれば、いま蜀《しょく》がやろうとしていることを、自分たちができるのだ。

「張昭殿、ひとつだけお訊《き》きしておきたいが、殿は天下を取るお積りでしょうか？」

「言葉には出されぬ。そういうお方だ」

「わかりました。これは、天下への第一歩ですな。天下の前では、同盟など意味はありません」

商船隊が出発した。

長江《ちょうこう》の遡上《そじょう》である。漕手《こぎて》も兵だが、具足《ぐそく》などはつけず、ただの民の身なりだった。黙々と進んだ。長江の航行にかけては、呉《ご》の兵たちに勝る者はいない。三日で洞庭湖《どうていこ》の手前に到着し、七日目に公安《こうあん》だった。

用心はしていた。しかし士仁《しじん》は、すでに城を開いていた。かつて劉備《りゅうび》が、荊州南部の経営の拠点にした城である。

五千の兵を整えた。降伏《こうふく》した士仁も入れ、一万の軍で長江を渡った。

江陵城《こうりょうじょう》が、色めき立っている。はじめ城門は閉じられていたが、士仁が出ていって話すと、糜芳《びほう》は城門を開いた。

呆気《あつけ》ないものだった。江陵には、于禁《うきん》が捕われていたが、その部下とともに解放した。

それから二日後には、陸遜《りくそん》の二万が進駐してきて、江陵の北に陣を敷いた。ほかに一万ほどの軍を、張昭は江陵の西に回りこませたようだ。

陸遜は、三日姿を現わさず、四日目にようやく江陵城にやってきた。

「なにをしていた。陣を、麦城《ばくじよう》までのばしたのではあるまいな？」

「麦城に、一応は行ってきました。守兵を追い払い、城を穴だらけにしてあります。あの城で、長く闘うことなどできません」

「それで、陣は？」

「江陵城の北十里（約四キロ）の台地に、魚鱗《ぎよりん》で組んでいます」

位置も組み方も、呂蒙が考えた通りだった。

「麦城は、張昭殿の指示か？」

「いいえ、私が考えたことです。関羽《かんう》将軍が麦城に籠《こも》って、その攻囲となると、またなにがどう動くかわかりません。籠城《ろうじよう》できる城は、潰《つぶ》しておくべきです」

関羽に対して、残酷すぎる、と呂蒙は思った。自分と陸遜の交替は、ただ関羽を安心させるためだけではなかったのかもしれない。自分には、徹底して関羽《かんう》を叩《たた》くことはできないだろう、と張昭《ちょうしょう》は読んだとも考えられた。関羽ほどの武人なら、堂々と死ぬべきだ。確かに、自分の中にはそういう思いがある。

「病はいかがですか、呂蒙《りょもう》殿？」

「心配はいらぬ」

一年前より、病はひどくなっている。すぐに疲れるし、しばしば熱も出すのだ。それに、咳《せき》がひどく、痰《たん》に血が混じることもある。

「これからの戦は、私がやります。呂蒙殿は、どうか江陵《こうりょう》でお躰《からだ》をお休めくださ い」

陸遜《りくそん》は、好意で言っているのかもしれなかった。しかし呂蒙は、もう無用だと、若い将軍に言われたような気分になった。

「軍規は厳しくせよ、陸遜。略奪など、間違っても起きてはならぬ」

「出陣前に、兵には厳しく言い渡してあります。軍規の乱れは、一切ありません」

関羽を甘く見るな、という言葉を、呂蒙は呑《の》みこんだ。同盟を破られたことで、関羽は負けた。不本意な負けだろう。そのまま駈《か》けに駈けて益《えき》州へ逃げこめばいいが、関羽は江陵へ戻ろうとするだろう。そうすればするほど、関羽は深い罠《わな》の中に落ちこむことになる。

「荊州《けい》があれば、魏《ぎ》にそれほど押されなくても済みます」

「天下も、狙《ねら》える」

「そうですね。その気になれば」

陸遜は、気のないような言い方をした。

3

呉《ご》軍侵攻。江陵、公安《こうあん》が落ちる。

その急使が届いたのは、深夜だった。陣舎《じんしゃ》でそれを聞いた関羽は、すぐに全軍に戦闘態勢をとらせた。曹操《そうそう》が攪乱《かくらん》に出てきた。そう判断したからだ。すると、次にはなんらかの攻撃があるはずだ。

朝を待った。

樊城《はんじょう》には、なんの動きもなかった。それもまた、罠《わな》の匂《にお》いを感じさせた。斥候《せっこう》を出したが、宛城《えんじょう》方面でも、動きはない。

二人目の使者が、到着した。関羽《かんう》も見知った校尉《こうい》だった。

「いつ、攻められたのだ？」

ここに到《いた》って、呉《ご》軍が同盟を破ったことを、認めないわけにはいかなくなった。しかし、たやすく江陵《こうりよう》、公安《こうあん》が落ちるはずはない。現に、こうして急使がやってきている。

「私は、使者ではありません。使者を出すべき指揮官は、おりません。士仁《しじん》は呂蒙《りよもう》と内通し、糜芳《びほう》は闘わずして降伏《こうふく》しました。私は、ひそかに逃れて、関羽様に報告に来たのです。江陵も公安も、無血開城です」

「馬鹿な」

「この眼《め》で見て、不眠不休で駈《か》け通してきました。途中で馬が潰《つぶ》れ、あとは自分の足で」

糜芳と士仁が。なぜ、闘うことをしなかったのか。五日、いや三日耐《た》えれば、駈け戻って呉軍を打ち払えた。

「廖化《りようか》、房陵《ぼうりよう》へ行き、孟達《もうたつ》軍の二万全軍を、樊城《はんじよう》に出すように命令せよ。いや、おまえ自身が、引っ張ってこい。王甫《おうほ》、とりあえず一万を連れて、江陵へ戻れ。なんとしても、江陵を取り戻す」

攻囲の陣営が、動きはじめた。なにかあったと城内にも気づかれるだろうが、そんなことを構ってはいられなかった。

廖化が五十騎ほどで出発し、王甫が軍を整えた。攻囲の軍は、八万を超えている。すぐに、衝撃は伝わった。

「早く行け、王甫。孟達が到着し次第、私も駈け戻る」

「関羽様」

王甫が、じっと関羽を見つめた。

「孟達殿は、ほんとうに軍を出すでしょうか？」

「なんだと」

「房陵から側面を衝《つ》けば、徐晃《じょこう》の軍も潰滅《かいめつ》させられたのに、そうしようとはしませんでした。房陵や上庸《じょうよう》の鎮定が、それほど大変なものとは、私には思えません」

「孟達が、裏切りだというのか」

言って、すべてが曹操《そうそう》の謀略《ちょうりゃく》かもしれない、と関羽は思った。孟達を抱きこみ、孫権《そんけん》とも手を握って、同盟を破らせた。

そうも考えられる。しかし、孫権がなぜ、曹操と手を結ばなければならないのか。その理由が、どうしてもわからなかった。荊州《けい》が欲しかったとしても、いずれは曹操と闘わなければならないのだ。

「とにかく、江陵《こうりよう》へ行け、王甫《おうほ》。いろいろ考えるより、動く方が先だ」

「わかりました」

王甫の軍が出発すると、陣営の中はさらに混乱した。

関羽《かんう》は、関平《かんぺい》と胡班《こはん》に命じ、もとからの麾下《きか》を別にした。叛乱《はんらん》を起こして参軍していた者は、少しずつ消えていった。構わなかった。自分の麾下だけで、関羽は攻囲を組み直した。もともと、叛乱を起こして参軍した者を、当てにしてはいなかったのだ。

伝令が、本陣に飛びこんできた。

一万を率《ひき》いて江陵にむかった王甫が、待伏せを食らって、大損害を受けていた。王甫の生死はわからないが、数千は突破して、江陵にむかったらしい。呉《ご》軍ではなかった。徐晃《じよこう》の軍だ。江陵、公安《こうあん》を孫権《そんけん》が奪《と》ることを知っていて、軍を埋伏《まいふく》させていたとしか考えられない。

やはり、孫権は曹操《そうそう》と手を結び、荊《けい》州を奪ろうとしている。樊城《はんじよう》の中で、歓声があがった。城内に、なんらかの方法で、知らせが入ったのだろう。

徐晃が進出してきている、という斥候《せっこう》の報告が入ったのは、それからしばらくしてからだった。六万の軍だという。南に迂回《うかい》している軍が二万。つまり、洛陽《らくよう》の軍が、三万は徐晃軍に合流しているということだ。

参軍していた兵はほとんどが消え、もとからの関羽軍だけになっていた。

完全に、孤立している。

自分が劉備《りゅうび》から預かった荊州の地の中で、拠点さえも失って、流浪《るろう》の軍のようになっている。その事態が、関羽にははっきりとわかった。できることはなにか。それだけを、関羽は考えた。どうしてこうなったかなど、いま考えても意味はない。

江陵を、奪回する。

関羽が考えたのは、それだけだった。

「関平、江陵に戻る。全軍の準備を整えよ」

「父上、徐晃に追撃を受けます」

「構わん。ぶつかって、突き破る。そして、江陵にむかってひた駈ける」

劉備《りゅうび》は、こういう事態になっていることを、まだなにも知らないだろう。知れば、まず自分の身を案ずるはずだ。その時、江陵の城壁から顔を出し、無事だと言って安心させてやりたい。

束《つか》の間《ま》、関羽《かんう》の頭にその情景だけが浮かび、消えた。

全軍が、動いた。徐晃《じよこう》の軍は、すぐそこにいた。城内から、曹仁《そうじん》の軍が出てきたようだ。後方で喊声《かんせい》があがっている。逡巡《しゆんじゆん》は、この場での死だった。

「突っこむぞ」

関羽は言い、赤兎《せきと》の腹を蹴《け》った。騎馬隊が先頭に出た。関羽は、青竜偃月刀《せいりゆうえんげつとう》を低く構え、射かけられた矢を払いのけながら、敵に突っこんだ。四人、五人と斬《き》り倒していく。関羽だ、と叫ぶ声が方々で起きた。血が飛んだ。三十人も斬り倒したところで、敵を突き抜けた。

追撃は、こなかった。騎馬が二千、歩兵が三千ほどは、ついてきている。王甫《おうほ》の軍を襲った伏兵が、どこかにいるはずだ。それも、突き破って進むしかない。

二十里（約八キロ）ほど駈けた時、不意に横の丘陵《きゆうりよう》から敵が出てきた。斜面を利用して、逆落《さか》としの攻めだった。そちらへ、関羽は赤兎をむけた。斜面を駈けあがりながら、青竜偃月刀を左右に素速く遣《つか》った。二十騎ほどは払い落とした。関平《かんぺい》や胡班《こはん》や、ほかに三百騎はついてきている。馬首を回した。今度は、斜面を駈け降りながら、攻め落とした。それで、敵の騎馬のほとんどは倒していた。歩兵を一千ほど、なんとか先へやった。騎馬は、まだ千五百はいる。

「拡《ひろ》がるな。小さくかたまれ」

敵の歩兵が、三段の陣を組もうとしていた。

関羽は、その中央に駈けこんだ。敵が算を乱す。千五百騎が、一団となって突き破った。そのまま、二里（約八百メートル）ほど駈けた。敵の騎馬が、ようやく態勢を立て直して追ってくる。

「行け。すぐに追いつく」

丘の上へ出た時、関羽は言った。最後の一騎が駈け去っても、いつもそばに置いている三十騎ほどは、残っていた。郭真《かくしん》もいた。行けと言おうとしたが、もう敵の騎馬隊はそこまで迫っていた。丘から駈け降りながら、関羽は雄叫《おたけ》びをあげた。十騎、二十騎と、青竜偃月刀が届くかぎり、払い落としていく。敵が逃げはじめた。それを三十騎で追い回した。二百は、払い落としただろうか。

「よし、江陵《こうりょう》にむかって駈けよ」

関羽は言った。

三十騎が駈けはじめても、敵は追ってこようとはしなかった。

一度途中で馬を休ませ、夕刻まで駈けた。

そこでしばらく眠り、深夜になって出発し、また駈けた。先行していた騎馬隊に追いついた。全部で、千二百騎ほどだ。

「父上、御無事でしたか」

関平《かんぺい》が千二百を率いていた。胡班《こはん》はいない。どうしたのか、関羽《かんう》は訊《き》かなかった。関平は、肩に矢傷を受けている。関羽の躰《からだ》も、浅い小さな傷でいっぱいだった。

途中で何度か馬を休ませ、深夜に麦城《ばくじょう》に到着した。

城壁に人がいる。敵かと思ったが、先行していた、王甫《おうほ》の部隊だった。

王甫は、城内の営舎で横たわっていた。江陵《こうりょう》へむかおうとしたが、数万の軍が布陣していたという。ぶつかって、麦城まで押し返された。その軍は、五里（約二キロ）ほど離れたところまで退《さ》がり、また布陣したようだ。

「江陵へ行くのは、難しいと思います。たとえ行けたとしても、城を奪《と》ることなどとてもできません」

それだけ、王甫は喘《あえ》ぎながら言った。

翌朝、王甫は死んだ。

麦城に籠《こも》るしかない、と関羽は思った。王甫の軍と合わせても、二千足らずしかいない。しかし、籠城《ろうじょう》戦である。兵糧《ひょうろう》さえあれば、なんとかなる。

調べさせたが、二千の兵の、三日分の兵糧しかなかった。

丸一日、兵と馬を休ませた。その間に、関羽は城の各所を見て回った。

城壁の方々が、たやすく崩れるようになっていた。補強には、相当の時がかかりそうだ。濠《ほり》の水も、止められている。

この城は、使いものにならなくされていた。

そこまで、この自分を討《う》ちたいのか。関羽はそう思った。

二日目、関羽は兵を集め、残りの兵糧を配った。

「故郷へ帰れ。いままで、私とともによく闘ってくれた。生きて故郷に帰れたら、そこで休め。まだ戦ができると思った者だけが、益州《えき》の殿のもとへ行けばよい」

「関羽様は、どうされます？」

兵のひとりが、叫ぶように言った。

「私は、みんなが出ていったのを確かめてから、益州へむかう。ここは、まとまって出ていくより、ひとりふたりと出ていった方がよい。夜になったら、それぞれに出発するのだ。なにもしてやれぬ。それは悪かったと思う。無事で、そして達者に暮せ」

関羽とともに行く、という兵が多くいた。それは、許さなかった。出ていく者が、関羽《かんう》に別れを告げに来る。すでに、陽《ひ》が落ちはじめていた。

残ったのは、関平《かんぺい》、郭真《かくしん》、それに側近の八名だけだった。

なぜこうなったのか、関羽ははじめて考えた。

孫権《そんけん》が、同盟を破った。それ以外の理由は、なにもなかった。そして、同盟は、戦をするためのものだ。それが破られたら、当然負ける。江陵《こうりょう》、公安《こうあん》を確保できなかったのも、ちゃんとした守将を置かなかった自分の落度だ。王甫《おうほ》、胡班《こはん》なら、いや関平でも、自分が帰り着くまでは、間違いなく確保していただろう。

いまさら考えても、仕方のないことだった。

劉備《りゅうび》に、済まないと思うだけだ。孔明《こうめい》の戦略の中に、同盟が破られることなど入ってはいなかっただろう。結局は、つまらぬ戦しかしない時代になったということか。

劉備とともに、闘うことができなかった。張飛《ちょうひ》と、轡《くつわ》を並べることができなかった。趙雲《ちょううん》とも、会えなかった。しかしそれは、特別口惜しいということでもなかった。

みんな、益《えき》州から自分が闘うのを見ていたはずだ。ともに、闘ったのだ。心の中では、ともに戦場にいた。長い、実に長い歳月、ともに闘ってきたのではないか。

一緒に死のう、と誓った。誓っただけのことだ。一緒に闘おう、という誓いのようなものだった。そして、闘った。ともに、闘った。戦場は違っても、心はひとつだった。

なにを、悔むことがある。人は、いつかは死んでいくのだ。いままで、生きてきただけでも、運には恵まれていた。

「父上、湯がありますが」

関平が、湯気のあがる小さな器を持ってきた。

「貰《もら》おうか」

「戦は、勝っていたと思います。父上は、見事な戦をされました。あまりに見事だったので、曹操《そうそう》は孫権に離間をかけたのです。心の中で、曹操は父上に負けたのだ、と私は思っています」

「もういい。それより、おまえもたくさん傷を負ったな」

「これしき」

「私は、自分の気持を、なかなか言葉で表わせぬ。苦手なのだ。おまえには、ずいぶんつらく当たったと思う。息子だから、この関羽雲長《うんちょう》の息子だから、打ちもした。怒鳴りもした。かわいい分だけ、そうしてしまったのだ」

「父上は、私の誇りでした。なににも代え難い、誇りでした。そういう誇りを持てたことを、私は幸福だと思っています」

「そうか」

関羽《かんう》は、湯を啜《すす》った。

「みんなのところへ行きます。わずかですが、食物もあります。いま、郭真《かくしん》に運ばせます」

関羽はなにか言おうと思ったが、関平《かんぺい》はそのまま立ち去った。城の方々では、火が燃やされている。遠くからは、守兵がまだいると思ってくれるだろう。

「これを」

郭真が、小さな器を持ってきた。

「みんな、食べたのか、郭真?」

「はい。残った兵糧を、等分に分けました」

「おまえはなぜ、麦城《ばくじょう》に残った?」

「関羽様の従者《じゅうしゃ》ですから」

「そんなことを、気にする必要はない」

「いいえ。従者は、いつでも従者です。泣いている私を、関羽様は従者にしてくださいました。そうしていただかなかったら、私は調練《ちょうれん》の中でか、戦場でか、とうに死んでいたと思います」

関羽は、兵糧を口に入れ、湯で流しこんだ。躰《からだ》が、少し暖まったような気がした。

「雪か」

白いものが落ちていた。江陵《こうりょう》のあたりで、雪が降るのはめずらしかった。関羽は、掌《てのひら》を宙に翳《かざ》した。白い雪は、掌に落ちてきては、すぐに消えた。

「ところで郭真、江陵の館《やかた》の庭には、また花が咲くのか？」

「はい、今年の最後の花が」

「どんな色だ？」

「青です。抜けるような空の色です。この雪で、いたまないといいのですが」

「私には、あの花が慰めだった。次にはどんな色の花が咲くのかと、いつも愉《たの》しみにしていた」

「青い花が、咲きます。それから、ほんとうの冬になってくるのです」

一礼し、郭真は立ち去っていった。十名の兵は、ひとつの焚火《たきび》を囲んでいる。

夜が明けても、雪は降り続けていた。

「郭真、旗をあげよ。関羽雲長《うんちょう》の旗を」

「はい」

「城を出る。私は、最後まで諦《あきら》めぬ。男は、最後の最後まで闘うものぞ。これより、全軍で、益州《えき》の殿のもとへ帰還する」

十一名。それが全軍だった。

馬を一列にして、城門を出た。

敵の騎馬隊が数百騎駈け寄ってきたが、関羽《かんう》を見て、呑《の》まれたように立ち竦《すく》んだ。

「駈けるぞ、続け」

関羽は、赤兎《せきと》の腹を蹴《け》った。全軍が、雪を蹴立てて駈けはじめる。遅れて、数百騎が追尾してきた。決して、追いついてこようとはしない。赤兎は、疲れているようではなかった。しかし、ほんとうは、疲れ切っているはずだ。ほかの馬は、潰《つぶ》れる寸前だろう。

それでも、半日ほど雪の中を走った。

前方に、陣が見えた。およそ、一万ほどか。一千ほどの騎馬隊が突出してきた。

関羽は青竜偃月刀《せいりゆうえんげつとう》を低く構えた。突っこむ。十騎もついてきた。五人、十人と倒していく。赤兎は、怯《おび》えることを知らなかった。むしろ、千騎はいる敵の馬の方が、赤兎に怯えていた。千騎が、後退していく。後方から、ずっと追尾してきていた数百騎が、攻めこんできた。乱戦になる。郭真《かくしん》が、倒れた。ほかに、四人倒れた。しかし、百人は倒している。戦では大勝ではないか。関羽は、そう思った。

一斉に、騎馬隊が退《ひ》いた。

矢が射こまれてくる。雪が見えなくなるほどの矢だ。関平《かんぺい》が倒れた。さらに二人倒れた。赤兎にも、三本ほど矢が突き立っている。関羽の躰《からだ》には二本。青竜偃月刀でも、払いきれない矢だった。

雄叫《おたけ》びをあげ、関羽は敵の中に突っこんだ。敵が、崩れていく。雪が、赤く染まる。赤兎が、荒い息とともに、血を噴き出した。それでも、駈けている。

手綱《たづな》を、軽く引いた。

赤兎を降りる。

「もういい。もういいのだ、赤兎。おまえは、私には過ぎた名馬だった」

首筋に、手を置いた。赤兎が、かすかに首を動かした。それから、膝《ひざ》を折った。

青竜偃月刀を低く構え、関羽は敵にむかって歩きはじめた。

いい兄弟がいた。いい友がいた。そして、闘い、生きた。

雪。白い。ただ白いだけの、原野。風はない。一本、二本と、躰に矢が食いこんできた。いい雪だ、と関羽は思った。

血も、雪が隠してくれる。誰かが、支えてくれた。そう思ったが、雪の中に倒れただけだった。

躰《からだ》が、宙に浮いた。


「関羽《かんう》雲長《うんちょう》、帰還できず」

呟《つぶや》いた。

次第に、視界が暗くなった。

本書は、二〇〇二年二月に小社より時代小説文庫として刊行された
『三国志　九の巻　軍市の星』を改訂し、新装版として刊行しました。

時代小説文庫
き 3-49

三国志《さんごくし》 九の巻《きゅうのまき》 軍市の星《ぐんしのほし》（新装版）

著者　北方謙三《きたかたけんぞう》

2002年2月18日第一刷発行
2024年7月18日新装版第一刷発行

発行者　角川春樹

発行所　株式会社 角川春樹事務所
〒102-0074 東京都千代田区九段南2-1-30 イタリア文化会館

電話　03(3263)5247［編集］　03(3263)5881［営業］

印刷・製本　中央精版印刷株式会社

フォーマット・デザイン＆シンボルマーク　芦澤泰偉

ISBN978-4-7584-4652-5 C0193

http://www.kadokawaharuki.co.jp/［営業］
fanmail@kadokawaharuki.co.jp［編集］ ご意見・ご感想をお寄せください。